塞上春风望长城

胡国华 刘霄 ◎ 著

花城出版社
中国·广州

图书在版编目（CIP）数据

塞上春风：望长城 / 胡国华，刘霄著. — 广州：花城出版社，2023.3（2023.4重印）
ISBN 978-7-5360-9827-5

Ⅰ. ①塞… Ⅱ. ①胡… ②刘… Ⅲ. ①游记－作品集－中国－当代 Ⅳ. ①I267.4

中国国家版本馆CIP数据核字(2023)第022942号

出版人：张懿
责任编辑：衣然
责任校对：梁秋华　卢凯婷
技术编辑：凌春梅
封面设计：阳线视觉传达

书　　名	塞上春风——望长城
	SAISHANG CHUNFENG——WANG CHANGCHENG
出版发行	花城出版社
	（广州市环市东路水荫路11号）
经　　销	全国新华书店
印　　刷	深圳市福圣印刷有限公司
	（深圳市龙华区龙华街道龙苑大道联华工业区）
开　　本	880毫米×1230毫米　32开
印　　张	10.25　2插页
字　　数	190,000字
版　　次	2023年3月第1版　2023年4月第2次印刷
定　　价	59.80元

如发现印装质量问题，请直接与印刷厂联系调换。
购书热线：020-37604658　37602954
花城出版社网站：http://www.fcph.com.cn

长城是人类创造的最奇丽、最伟大的作品

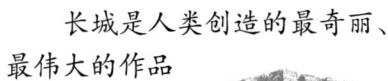

目 录

序章　龙与长城 \ 001

一　教授旅途话长城 \ 007

二　名传千古第一关 \ 019

三　砖石砌成的"教科书" \ 030

四　三口鼎足燕山东 \ 042

五　长城以北的离宫 \ 055

六　"五虎水门"旁的果乡 \ 066

七　金山岭上观敌楼 \ 076

八　险秀兼备的慕田峪 \ 086

九　八达岭上春色无限 \ 096

十　居庸叠翠映云台 \ 107

十一　百灵欢唱的张家口 \ 119

十二　六堡拱卫的大同府 \ 129

十三　娘子关前访巾帼 \ 138

十四　紫荆花丛中的险关 \ 148

十五　平型关前忆当年 \ 156

十六　抚今忆昔过三关 \ 165

十七　七星庙和杨家城 \ 174

十八　绿色长城胜"榆塞" \ 183

十九　黄沙之中的白城 \ 191

二十　花马池的"宝石花" \ 196

二十一　长城脚下鱼米乡 \ 204

二十二　飞来的一只"凤凰" \ 212

二十三　贺兰山中的珍宝 \ 219

二十四　从青铜峡到中卫 \ 229

二十五　从黑山峡到海子滩 \ 239

二十六　洮河水映秦长城 \ 246

二十七　古凉州和新长城 \ 253

二十八　穿越胭脂山 \ 263

二十九　甘州历史的回声 \ 274

三十　黑河之滨的残垣 \ 283

三十一　迷人边城醉人泉 \ 293

三十二　长城西端的雄关 \ 304

三十三　两关之间汉长城 \ 311

序章　龙与长城

世上很多的歌消失了,但是有一首却被很多很多的中国人珍藏在心里,深情地吟唱着:

> 古老的东方有一条龙,
> 它的名字就叫中国;
> 古老的东方有一群人,
> 他们全都是龙的传人。

正像歌里所唱的那样,中国是龙的故乡,我们是龙的传人。作为中华民族图腾[①]和象征的龙,它在哪里?可以说,找到了龙,也就找到了我们民族的根、我们民族的魂。

---

① 原始社会的人,把跟本民族有特别神秘关系的某种动物或自然物用作本民族的标志,这种标志就是图腾。

现实生活里并没有龙。在古代传说中，龙被描绘成一种有鳞、有须、有角，能够吞云吐雾、兴风作雨的神异动物。我们的祖先，从大山的高低起伏，从长河的蜿蜒流淌，从飞鸟行空的轻灵，从鱼翔浅底的飘逸，从劈裂黑暗、惊天动地的雷电，从各种动物的雄姿中，获得了灵感，虚构出了龙。龙的身上，既体现了力，也体现了美，更体现了我们民族丰富又独特的想象力和创造力。

但是，另一方面，现实生活里也确实存在着龙。九曲黄河是游动的龙，万里长城是凝固的龙；黄河是大自然的杰作，长城是人类的创造。我们中华民族的根，系于黄河；我们中华民族的魂，则系于长城。20世纪30年代，中国革命的领袖毛泽东率领工农红军进行了震惊世界的二万五千里长征。风雨征程中，红军来到了宁夏六盘山，英雄的部队和英雄的长城会合了。天高云淡，雄关漫漫，工农红军用血肉之躯，同黑暗势力做着中国有史以来未曾有过的生死抗争。毛泽东向着高山大川，向着长风阔野，向着全世界，一股豪情油然升起，吟诵出了"不到长城非好汉"的雄壮诗句。

自秦始皇修筑长城以来的两千年间，到过长城的好汉可谓不少。秦朝名将蒙恬、汉朝名将霍去病、宋朝名将杨业、明朝名将戚继光……他们不仅多年征战于长城内外，而且有些人还亲自率领部下，设计、修造过万里长城。比如，蒙恬在为秦始皇统一中国的宏图大略立下汗马功劳之后，又督率兵民，把战国时代支离破碎的各国长城第一次联结在一起，建成西起甘肃临洮，东到辽东，首尾相连，一气呵成的万里长城。万里长城的出现，在中国防御史及至世界防御史上，都是一个伟大的创举！又比如戚继光，他在担任明朝蓟州总兵期间（1569—1583），对管辖内的600多公里长城，不但普遍地加宽加高，修补葺缮，还在重要地段加筑了双层城墙。同时，又因险设障，建造了1300多座高大的敌台，解决了过去守卫长城存在的兵力分散、风雨难庇、军事物资不便贮备的问题，使长城的防御体系更趋坚固和严密，成为长城建筑史上的重要创举。此外，还有许许多多不曾留下姓名的将士，"筑人筑土一万里"，将自己的心血、汗水、青春乃至生命，都贡献给了万里长城。他们都是这条巨龙的缔造者和创建者。

历史上，很多的诗人咏叹过长城。唐诗中以长城为题材的非常多，如："饮马渡秋水，水寒风似刀。平沙日未没，黯黯见临洮。昔日长城战，咸言意气高。黄尘足今古，白骨乱蓬蒿。"——这是凭吊长城，写长城以北晚秋景象的。"明月出天山，苍茫云海间。长风几万里，吹度玉门关。"——这是写远在玉门关戍边的兵士和留在家中的妻子感伤别离的。"君不见走马川行雪海边，平沙莽莽黄入天。轮台九月风夜吼，一川碎石大如斗，随风满地石乱走。"——这是写玉门关、敦煌以西一带风貌的。"北风卷地白草折，胡天八月即飞雪。忽如一夜春风来，千树万树梨花开。"——这是写长城西北端冬日雪景的。

这些诗句，或凄婉，或壮烈，或秀丽，或冷峻，无一不是千古流传的名篇。写诗描述长城者，如李白、李颀、杜甫、岑参、高适、王维、王昌龄，等等，无一不是唐朝著名的诗人。他们中有不少人叩访过长城。这些诗篇为后人留下了巨龙的悲苦、巨龙的欢乐、巨龙的功绩、巨龙的气魄。"前不见古人，后不见来者。念天地之悠悠，独怆然而涕下！"唐朝大诗人陈子昂在长城宁武关创作的这首《登幽州台歌》，抒发了一种地老天荒的历史感、寂寞感和悲壮感，就像是长城性格的写照。

历史上还有一些颇具雄才大略的使者、旅行家不仅到过长城，而且超越了长城。汉朝的张骞、班超，唐朝的玄奘，以及成千上万默默无闻的官员、商贾、僧侣，他们怀着与世界沟通的赤诚之心，突破了长城这道人为的防线，过关涉险，披荆斩棘，在没有路的地方，以顽强的毅力，开辟出了中国与西域、中国与欧洲的外交之路、贸易之路和文化交流之路。蜿蜒的道路连接着蜿蜒的长城，中国龙向着世界腾飞。

雄伟壮丽的长城，深深地吸引着外国人士。一百多年前，欧洲著名的考古学家希里曼写了一篇文章《我到长城的旅行》，被翻译成很多国家的文字，广为流传。希里曼早在孩提时代就听说过中国的长城,但是他认为,他所亲眼见到的长城比他想象的还要伟大一百倍。他称长城为"人类的双手所创造的最奇丽、最伟大的作品",是"神话式的创造",只有"巨人族"的人民才能把两千斤以上的巨石和数不尽的城砖、石灰运上陡峭直立的峰崖,在人迹难至的山巅峡谷和荒原大漠之上,筑起连绵不尽的万里长城。一百多年后的今天,各国旅游者纷纷来到长城参观游览,甚至有不少年迈体衰、病痛缠身的游客,克服种种困难,飞越万里,来到中国,只为一睹长城的风采。

面对世界范围的"长城热",我们这些龙的传人当然更不能落后了。我们时刻都在寻找游历长城和了解长城的机会。机会终于来临了,报社的编辑部决定让我们沿万里长城做一次专题采访。我们十分兴奋,随即拟订了一份采访计划。路线是沿着明代遗留下来的长城,从目前尚存的最东端的老龙头、山海关开始,经过义院口、冷口、喜峰口、五虎水门、金山岭、慕田峪、八达岭等关隘直到居庸关。长城在居庸关一分为二,一直到山西的偏关才又重新合二为一,行程两千多里[①]。靠北的长城也即长城的主干线,又叫"外长城",人称"边墙",其著名关口有独石口、张家口、马市口、大同等。靠南的长城又称"内长城""次边""重城",是公元6世纪时我国的北齐

---

① 1市里合500米——编者注。

序章 龙与长城 | 005

王朝为抵御北方的突厥、柔然等游牧民族的侵扰而修筑的,后来也被纳入明长城的体系之中。内长城上的著名关隘有紫荆关、倒马关、平型关、雁门关、宁武关、偏关等。我们决定先探访外长城,再探访内长城,之后,从偏关沿山西、内蒙古交界处的长城继续往西,接着去府谷、神木、榆林、"三边"、盐池、灵武、银川、贺兰山、青铜峡、中卫、靖远,以及河西走廊上的景泰、武威、民勤、永昌、张掖、黑河、酒泉,最后到明长城最西端的嘉峪关。漫长的路线,贯穿河北、北京、山西、内蒙古、陕西、宁夏、甘肃等省、直辖市和自治区。

由于明长城是由秦长城、汉长城、北魏长城、北齐长城、隋长城等历代长城演变而来的,所以旅途中,我们还将顺便访问上述朝代长城中几个有代表性的关隘。在东段,我们准备去隋长城的娘子关;在西段,我们准备去秦长城终点的临洮;到了嘉峪关西端长城以后,尽管明长城已经终止了,但我们还将继续西行,去汉长城最西端的玉门关和阳关。鉴于长城的历史使命结束于清王朝,所以,我们中途还将穿插到长城以北的塞外,去拜访清朝除北京之外的第二个政治中心——著名的承德离宫,并对长城的演变沿革做一个总的回顾。

计划制订好了,只等一切准备就绪,我们便动身到长城去。长城呼唤着我们……

一　教授旅途话长城

从懂事起，我们就知道了长城。就像现在的少年朋友们，又有哪一个不知道长城呢？

随着年事渐长，我们对长城的了解也不断加深。我们知道它是中国古代劳动人民勤劳智慧的结晶，是中华民族历史的见证，是伟大祖国古代文明的象征。我们知道，在世界上，长城受到各国朋友的赞扬。国外一些著名人士，钦佩地把长城誉为"人类文明的纪念碑"。

这些年来，我们还读到了大量有关长城的书籍和诗文。许多作者在字里行间留下了对长城的一片挚情，使得我们也因他们的感染，而在心中对长城产生无限的向往。

遗憾的是，我们对长城的认识，很长时间仅限于"耳听为虚"的范围，一直未能有机会到长城去实地考察，以印证和深化我们的认识。

龙年春天，我们幸运地接到了去长城沿线采访考察的任务。为了做好采访前的准备工作，增加对长城的了解和认识，我们特地到北京一所大学的历史系，向研究长城的权威——纪教授请教。纪教授年轻时，曾徒步万里，考察长城，写过几本有关长城的专著，对长城的沿革和城堡的设置，做过全面的介绍。他已年逾古稀，华发满头，但是面色红润，步履矫健。看得出来，长期野外考察的锻炼，给了他强健的体魄和旺盛的精力。

听了我们的来意，纪教授沉吟片刻，说："你们不是打算从山海关开始长城之行吗？我最近正好也准备到山海关去，如果来得及，你们不妨和我同行。旅途中，我再给你们详细介绍长城的情况。"

这真是太凑巧了。我们高兴地接受了他的建议。就这样，在一个天气晴朗的日子里，我们与纪教授一起，登上了北京开往秦皇岛的列车。

春日的清晨，阳光普照，凉风习习。列车徐徐驶离北京站。

在奔驰的列车上眺望车窗外的景物，是一种难得的享受。景物不时更换，就像放映一部风光纪录影片一样，始终给人以新鲜感。开始，掠过车窗的，是高楼、街市、工厂、汽车、树木；渐渐地闪过的镜头换成了田野、村镇、集市、农舍；后来，又出现了带状的河流、起伏的山峦……

纪教授指着车窗外对我们说："那是燕山山脉，长城的东段就蜿蜒于它的山岭之间。每当看见燕山，我就情不自禁会想起一位诗人的诗句：

　　这儿所有的山，
　　都是奔驰的马群；
　　你啊，长城，
　　就是一条套马的缰绳。

　　燕山——
　　堆积的云！
　　长城就是一道闪电，
　　引来震撼世界的雷鸣！

这些诗句，当然算不上什么杰作，但我却很喜欢，因为它们生动、形象地写出了长城和山脉的关系。"

纪教授轻轻地拢了拢头上的白发，对我们说："你们要我谈长城，这实在有些使我为难。扼要的介绍，你们都知道，无须我谈；详论细考，则竟夜长谈也谈不完。不过，既然答应了你们，总该尽可能提供些背景资料给你们，就算做一次漫谈吧。有什么问题，你们随时可以提。"

接着，他便娓娓谈起了长城的由来和变迁。纪教授不愧是专家，谈起长城来，如数家珍，既精当严密，又明白晓畅。

他告诉我们，长城是人类世界的奇迹，仅仅出现在中华民族的历史上，绝不是偶然的。

作为古代四大文明发祥地之一的中国，有着悠久的历史。早在七八千年以前的新石器时代，人们就已经知道设置防御性建筑了。陕西省西安市半坡村，是我国新石器时期仰韶文化的重要遗址。考古学家在这里发现，半坡村人的住地周围，有一种壕沟，显然是防御野兽以及其他部落侵袭用的。这大致就是城墙的雏形。不过，这种构筑是凹于地面的。后来，随着生产力的发展，防御方法有了新的发展，除凹于地面的构筑外，又出现了凸出于地面的构筑，这就是城墙。此时，凹凸构筑并用，这就是城墙和护城河。据史料记载，早在公元前21世纪到公元前16世纪期间，夏朝的奴隶主贵族就已经盛行构筑"城郭沟池"这样的防御体系了。

到春秋战国时代（前5世纪—前3世纪），铁制工具开始普遍使用，有力地推动了生产力的发展，农业和手工业生产都达到了一定水平，商业也逐渐发展起来。我国的华北和中原地带，出现了一些繁荣的城市。此时，城垣建筑日臻成熟，诸侯纷纷在自己所封的疆土上构筑规模很大的防御体系。城墙筑得很高，有内外两道墙，内称城，外称郭，并且设置了配套的隍池（护城壕，有的有水）、监视敌人的雉堞。在防御体系的要害位置——城门，还建了城门楼、闸门、吊桥等设施。坚固的城池，护卫了城市，却护卫不了城与城之间的广大地带。当时，在阴山山脉北部地带，居住着匈奴、东胡等游牧民族，他们善于骑射作战，来去飘忽，骁勇异常，还时时南下侵扰。位于中国北方的燕、赵、秦三国，为了防御匈奴、东胡的侵犯，便凭山依险，各自沿着阴山山脉修筑起城墙和堡垒来。另外，齐、楚、晋、魏等国，为了彼此防御，也修筑了参差交错的长城。这就是长城兴建的开始。

听到这里，我们问纪教授："这么说，长城并不是从秦始皇开始修筑的了？"

"不错。"教授从容地说，"长城创始人的桂冠可不能戴在秦始皇的头上，否则就要闹'张冠李戴'的笑话了。"

"明白了。可是为什么人们总是把秦始皇和长城联系在一起呢？"

"这主要是因为秦始皇下令修筑了一条史无前例的最长的长城，在这点上，他是有独创性的。"

原来，公元前221年，秦始皇在吞并六国，统一了中国后，为了防备匈奴人的进犯，便开始了规模浩大的兴建万里长城的工程。他先把以前各诸侯国留下的长城连起来，然后，进一步扩充增建。他派大将蒙恬带30万士卒、民夫，承担筑城任务。军民历尽千辛万苦，终于完成了西起甘肃临洮，东至辽东半岛的巨大工程，途经现在的甘肃、内蒙古、陕西、山西、河北、辽宁六个省和自治区。这道城墙名曰万里长城，实际比一万里还长许多。

《史记·蒙恬列传》对此事作了记载："始皇二十六年（前221）……使蒙恬将三十万众北逐戎狄，收河南。筑长城，因地形，用制险塞，起临洮，至辽东，延袤万余里。"由此可见，秦始皇在筑万里长城时，耗费了多么巨大的人力、物力和财力。

叙述完这段历史，纪教授表情严肃地说："秦始皇修筑万里长城，当时在防御上确实起了伟大的作用。可是，古代劳动人民为此付出了极其沉痛的代价。为了修筑长城，从各地征调了大批民夫民工，强迫他们服役，使无数百姓流离颠沛，许多人在饥寒交迫、重役酷刑下丧生。修长城给人民带来了难以言状的负担和痛苦。从根本上说，万里长城是古代劳动人民用血泪和苦难筑成的。"

讲到这里，纪教授不无感慨地说："与万里长城一道流传下来的，有多少动人心弦的故事和传说啊！"

"孟姜女哭长城的故事不就是其中的一个吗？"我们说。

"是啊,这是流传最广的一个故事。长城沿线有许多地方都建有姜女庙,都和这个故事有关。你们到山海关,就能看到最有名的一座姜女庙。"

"历史上真有孟姜女吗?"我们想从历史学家口中追根究底。

纪教授笑着说:"如果要追本溯源的话,应该说孟姜女在历史上确有其人。但她是春秋战国时代的人。从记载看她是杞梁的妻子。杞梁是齐庄公手下的大将,在对莒国的一次战争中战死了。齐庄公开始想草草安葬,杞梁的妻子冒杀身之祸,顶撞齐庄公,要求按周礼迎尸还家,隆重吊唁。这件事在晚唐时被一个叫贯休的和尚安在了秦始皇身上,经过戏曲、说唱的穿凿附会,成了今天流传的孟姜女的故事。杞梁变成了范喜良,杞梁妻变成了孟姜女。传说范喜良被秦始皇征调去修万里长城,多年未归。孟姜女思夫心切,步行千里,到边塞寻夫。没想到丈夫已死,尸骨被筑在了长城里,她悲痛欲绝,对着长城哭了几天几夜,哭得天昏地暗、电闪雷鸣。在滂沱大雨中,长城突然坍塌了一段,露出了范喜良的尸骨。"

"噢,这么看来,孟姜女的故事是人们为了表示对秦始皇的不满而杜撰出来的?"

"是的。"纪教授话锋一转,又说,"不过,对秦始皇的评价,历史上有夸大他过失的倾向,这是不够公正的。人们

一 教授旅途话长城

常由长城而联想到他的暴行。其实，秦始皇在中华民族历史上也有巨大的功绩。他当年修建长城，如果排除劳役过重、扰民过甚的因素，应当说还是一项深谋远虑的创举。长城建成后，对防御匈奴军队入侵，保护华北和中原地区经济、文化的发展，确实发挥过积极的作用。我个人认为，没有秦始皇的宏大气魄，很难设想人类历史上会出现万里长城这样伟大的工程。后人总是指责长城'筑人筑土一万里'。从道德角度评价长城的兴建，的确有它惨无人道的一面。但是这种不人道，是封建社会强迫的劳动方式所固有的，和当时低下的生产力水平以及当时封建的社会制度有关，不能统统归罪于秦始皇个人。"

纪教授一席话，使我们很自然地联想到了秦始皇——这个中国历史上评说纷纭的人物。

秦始皇是战国时秦国秦庄襄王之子，名叫嬴政，他即位时年仅13岁。当时，宰相吕不韦和太后宠信的宦官嫪毐欺他年幼，专权用事。公元前238年，嬴政21岁，宣布亲自执政，表现出了雄才大略。当年，他镇压了嫪毐的叛乱；第二年，罢免了吕不韦的职务，任命有革新精神的李斯为宰相。随后，他派王翦等大将进行了统一中国的战争。从公元前230年灭掉韩国开始，到公元前221年灭掉齐国，十年时间，消灭了割据称雄的六国，建立了中国历史上第一个统一的、中央集权的封建国家。嬴政灭掉六国以后，立即采取了许多有利于统一的措施。他将全国分为三十六郡，郡下设县。他宣布自己为皇帝，国家一切重大事务都要由他来决定，各级官吏也由他直接任命。他还统一了法律、度量衡、货币和文字。他拆毁了以前各国间的防御工事，修建了四通八达的道路，实现了"书同文、路同轨"（统一文字和交通）。为了防止匈奴南侵，他又修筑了长城。这些措施，维护了全国的统一，促进了经济、文化的发展。为了加强自己的统治，他还销毁了藏于民间的兵器，焚烧了过去各国的史书、儒家经典，以及其他诸子百家的著作，坑杀了以古非今的方士和儒生四百六十余名。由于秦始皇过于专制，刑法严苛，租役繁重，加上连年用兵，百姓苦不堪言。秦始皇去世后，这些因素直接导致了大规模的农民起义的爆发。

正因为秦始皇有大功也有大过，所以后人对他褒贬不一。修筑长城这件有历史进步意义的事情，也受到后人的非议。在这一点上，我们很赞同纪教授的观点。

这时，我们的思路又回到长城，问纪教授："秦时的万里长城，东面一直到辽东半岛，如今，为什么长城的东端在山海关呢？"

纪教授答道："要解答这个问题，只须搞清长城的沿革变迁就行了。"

随之，他向我们简要地介绍了长城的沿革史。

秦亡以后，万里长城作为古代的重要防御工事，仍被各封建王朝继续修葺使用。西汉时，骠骑将军霍去病把匈奴逐出河西走廊，为了防止漠北的匈奴卷土重来，汉武帝下令继续修筑长城。汉代除了整修秦代留下的长城外，又在河西走廊北部增建了一千多公里，把长城的西端从甘肃的临洮推移延长到了酒泉、敦煌，并在长城北面筑起了许多城障（断断续续的堡垒），作为长城外围的前哨。

有了防御工程，还必须有通信手段。汉武帝又派人在长城沿线整修和增筑烽火台，每隔五里、十里设台一座，派士卒守卫。在陕西的战略要地甘泉山，还专门修筑了全国的军事指挥中心——甘泉宫，相当于我们今天的国防部，负责接受和分析长城沿线烽火台传来的军情。汉武帝经常在那里分析形势，发布命令，接见将领。

我们问纪教授："用烽火传递军情，来得及吗？"

教授说："你们不要小看烽火台。两千年前，它是一种相当先进的通信工具呢！从敦煌到西汉的首都长安，共两千公里路程。如果敦煌发现了敌情，就在烽火台上燃起烽火报信，邻近的烽火台发现信号后，马上也燃起烽火，一个接一个地传递，只要三四天时间，甘泉宫就可收到情报，比汽车送信快得多。"

"如果大小军情都报，那甘泉宫可就要忙得脚底朝天了。"

"这不必担心。对情报的处理，古书上记载得很清楚：小股敌人来犯，则'边郡之士，闻烽举燧燔，皆摄弓而驰，荷兵而走'。这就是说，看见烽火台烧柴或烧狼粪告警时，说明是小规模的战役，边防部队自己就解决了。只有大的军事行动，才需要甘泉宫调兵遣将。"

纪教授接着说："汉代的长城，有城障和烽火台助威，基本形成了一个完整的体系，在防御中发挥了重要作用。汉代的边关，一度相当安宁。汉以后，北魏、北齐、北周、隋、唐、金等，都对长城进行过整修和利用。不过，这些朝代整修规模并不大。长城的再度兴盛，是明朝的事情。"

明朝重修长城的事，我们在有些书中曾经读到过。元朝灭亡后，蒙古人被赶到了长城以北的塞外。继元朝之后建立的明王朝，为了巩固北方的防务，阻止蒙古人南侵，曾先后二十多次对长城增修或重建。为了防守的需要，明王朝还特地设立了"九边"重镇：辽东镇、蓟州镇、宣府镇、大同镇、太原镇、榆林镇、宁夏镇、固原镇、甘肃镇。"九边"沿线，设立了密集的卫所、关隘和城堡，处处派兵屯田防守，十分严密。

明王朝开国距今六百多年，生产力已发展到一定水平。因

一 教授旅途话长城

而，在长城的建筑上，比秦汉两代更注意工程质量。在长城东线，秦汉两代用石块和泥土修筑的城墙，到了明代，大部分改为内部夯筑心，外部用条石或大城砖包砌。西部的荒凉地带，因建筑材料缺乏，便采取因地制宜、就地取材的办法建筑。在黄土高原地带，就层层夯土造墙；在沙漠地带，土中夹掺砂石和红柳、芦苇秆，像千层夹心饼一样，层层夯筑；在石头多的山区，则建造石墙。明代的长城，城墙平均高10米，宽6.5米，墙上可容五马并骑。后代有人计算过，如果把明代修长城的土石、砖块筑成一道高5米、厚1米的大墙，可以绕地球一周。这是多么浩大的工程啊！

教授还告诉我们，明长城的东端和秦长城大体相同，以辽东鸭绿江畔作为起点。但是，为了防备白山黑水间兴起的女真族，明王朝把长城东端的防御重点，放在了东北和华北交通的咽喉部位——山海关。后来，质量较差的辽东段长城慢慢毁弃，山海关便成了明长城东端的起点。

在交谈中，时间过得真快，不知不觉已近中午了。从飞驰的列车上，我们望着沐浴在金色阳光下的燕山山脉，不禁神荡心驰，浮想联翩。我们好像透过重叠的山巅，看到了燕山深处那高高腾跃起伏的民族之魂——长城。

正是在回想与向往的陪伴下，我们来到了山海关，开始了难忘的旅程。

二　名传千古第一关

目睹山海关的雄姿，谁都会顿生敬意。我们和纪教授来到关前，纪教授说，他来山海关不下十次了，每次见到森严雄伟的关城，仍然感到激动。

位于秦皇岛市东北方的山海关，北依燕山，南临渤海，居东北至华北的咽喉部位，地势十分险要，军事上的意义重大。

我们最先看到的，是山海关的东门。书写着"天下第一关"的巨匾，就悬挂在东门箭楼二层西侧的额枋前。从下面仰望关城东门，我们体验到一种肃穆的气氛和逼人的气势。城门高大庄重，有十三四米；矗立于城台上的箭楼，也高十二三米。箭楼是我国传统的重檐建筑，楼分上下两层。除挂匾的一侧外，另三面开着68个红板箭窗。古时候，这些窗就是射箭的出口，平时关闭，用时开启。

在城楼前，纪教授向我们扼要介绍了山海关的基本情况。此关乃万里长城东段最重要的关隘，有"两京锁钥无双地，万里长城第一关"之称。关城周长约4公里，城高14米，厚7米。关城和万里长城相连，以城为关，形成"铁关金锁接长城"的严谨势态。关城共有四座城门，东边的叫镇东门，西边的叫迎恩门，南边的叫望洋门，北边的叫威远门。东西两门外有延伸出去用以加强防卫的城圈，叫作罗城。城的东南、西南、西北方，挖有穿越长城的城壕。这些地方设水关，有铁闸两重，叫"重键水门"。城外还有南北翼城和烽火台、营盘（驻扎军队的地方）等配套建筑。这一系列建筑群体环环相扣，形成了一个完整的防御体系。纪教授对我们说："从建筑科学的角度来看，山海关不愧是凝聚了我国古代劳动人民智慧的杰作。它巧妙地利用地形地势，把山、海和关城有机地联系起来，使之相互衬托，相互补充，真可说是独具匠心啊！"

我们拾级登楼，纵目远望，巍峨长城像两条伸展的巨臂，由关城分别向南向北逶迤远去。向南，一直延伸到渤海之滨，顶端是俗称"老龙头"的宁海城，恰似载浮于碧波雪浪之上的龙首；朝北，长城跨越于燕山嶙峋重叠的山岭之间，一直向北，向北。

我们凝神半晌，不禁自语道："怪不得叫'山海关'呢，三者果然缺一不可，这名字起得好贴切呀！"

纪教授点头道:"是的,登临山海关,定将关名赞。这名字,有意境,有气势,又极为准确,把山海关的个性和形象全描绘出来了。"

说着,他抬头望着悬在箭楼上的巨匾,说:"山海关,关城绝,名字绝,这块'天下第一关'的匾也绝!"

我们请教授讲讲这块匾绝在哪里。他说,这块匾自古就闻名天下,很多没来过山海关的人,也知道山海关有这么一块匾。匾上五个字,每个长一米六,相当于一人高。写这样大的字,要结构匀称、布局得当可不容易。其中的"一"字,虽然只有一笔,却不显得单薄;繁体的"關"字,笔画近二十画,却不显得臃肿。字的风格凝重有力,布局体现了整体美,和山海关的风格十分相称。

我们说:"是啊,这块巨匾收到了画龙点睛的艺术效果,为山海关增辉不少。"

纪教授说:"关于这块受人瞩目的大匾,还有不少传说故事呢。"

他讲了这样一个传说。由于这块匾上没写年月,未留姓名,所以,它究竟出自何人手笔,长期以来颇费猜测:有人说是晋朝书法家王羲之、王献之父子写的;有人说是明朝奸相严嵩写的;也有人说是清朝湖南的书法家何绍基写的;还有人说是清朝的辽阳籍官吏王尔烈写的;此外,也有人说是明朝成化年间山海关的一位名叫萧显的进士所写。

几种说法当中，还是萧显书匾一说比较可信。因为山海关于明代初期才建，匾额挂上的时间应接近建关的时间。若是晋朝或清朝人所写，以时间上推断，不是太早，就是太晚。另外，关于萧显书匾的事，地方志上也有记载。

"那怎么会冒出王羲之写匾和严嵩写匾的故事来呢？"我们不禁奇怪了。

纪教授说："也是事出有因，且听我慢慢分解。"原来，王羲之写匾的故事，主要歌颂他耿直清正，不巴结官府、不贪图钱财的品质。而他的儿子王献之则不然，见钱眼开，见老子不为钱所动，就编了一首以"天下第一关"为每句首字的藏头诗，骗老子写。王羲之不知是计，大笔一挥，龙飞凤舞，直写到以"關"字打头的那句诗时，发现上当了，只写了一个"門"字，再不肯落笔了。王献之无计可施，只得自己添了后面的几画。无奈王献之功底不够，以致"關"字成了败笔。近看匾上大字是"天下第一關"，远看则成了"天下第一門"了。

说严嵩写匾，是强调"一"字的难写。严嵩写来写去，老是写不好，没法向皇帝交差。实在愁得不行，一天，他路过烧饼铺，从烧饼师傅揉面的动作里学了一招，才写好了那个笔画最少的"一"字。

关于萧显写匾的故事,既真实可信,又富有浪漫色彩。据说明朝成化八年(1472),镇守山海关的兵部主事奉皇帝旨意邀请各地书法大家为山海关城楼书写"天下第一关"的巨匾。应邀的人虽多,无奈试写的字却与关城的雄姿不相称,笔画不是太柔弱,就是太呆滞。

这时,有人建议请本地书法家、告老还乡的进士萧显来写。兵部主事久闻萧显大名,知道此人执拗古板,很难请得动,颇觉为难。眼看挂匾的日期一天近似一天,又无他人可求,只得去请萧显。萧显果然架子十足。他听兵部主事讲明来意,捻须沉吟良久,最后才说:"写倒可以写,但万勿催促。什么时候写好,就什么时候送过去。若催之过急,我就不写了。"

兵部主事心中恼火,但又想:"一天写一字,五天也写好了。五天还是等得的。"于是答应了萧显的条件。谁知一等再等,20天过去了,萧显仍未将字送来。兵部主事急了,但又不好催,只得派人暗中打探萧家的动静。探子回来禀报说:萧显还未动笔,每天把自己关在书房里欣赏历代书法家的法帖墨宝,有时还长时间闭目养神,许是他将写匾的事忘了吧?

因有约在前,故兵部主事强压怒火没有发作。但他立即叫人备了一份厚礼,送到萧家,暗含敦促之意。

然而,又过了20天,萧显仍没有动静。探子回来说:"老爷，萧显每天在书房里念诗呢。将'风鼓怒涛惊海怪，雷轰幽谷泣山灵''来如雷霆收震怒，罢如江海凝清光'之类的句子吟个不停。"兵部主事大怒。但转念一想，咦，探子读的句子，都与艺术有关，说明萧显并未忘了写匾。既然等了这么长时间，索性再多等几天吧。

不料，转眼又过了一个多月，萧显连一个字也没送来。兵部主事又气又急，便亲自出马，微服出访，去打探消息。他偷偷到萧显家里，发现萧显既非看书，也非吟诗，而是在后院"练功"。他扶着院墙看了一阵，只见萧显背着一根扁担，侧着身子，用扁担的右端在比比画画，不像使枪，又不像舞棍。兵部主事既生气又纳闷："这老头莫不是昏了头？写匾是皇上的旨意，他却不放在心上。干脆别让他写匾了，让他尝尝板子的滋味，看他还敢不敢戏弄我了。"

兵部主事回到衙门，马上摔下一道令牌，把萧显五花大绑抓了起来，正准备问罪，突然传来圣旨，限三天后把匾挂上箭楼，不得有误。兵部主事慌了手脚，当即放了萧显，赔罪之后，再三恳求他动笔。

萧显没有办法，叹口气说："写是可以写，只是蒂不落，瓜亦难熟啊！"他吩咐人在城楼前垒了一个台子，将一丈八尺①长、一人高的木匾架在台上，又叫人将他早已准备好的

---

① 1市尺合1/3米，10市尺等于1市丈。

加长柄的大笔拿来,并让全衙门的人都动手磨墨。

一切准备就绪,萧显站在匾前,沉思良久,又皱着眉在匾前几度徘徊,终于,他抓起大笔,在墨缸中饱蘸浓墨,吸足一口气,疾趋匾前。但见他一侧身,伸直胳膊,就像用扁担练功一样,身手矫健,浑身气力由丹田直贯臂膀、手腕,直透笔端。大笔似游龙舞动。不一会儿,"天下第一關"五个大字赫然呈现在匾上,笔锋峻拔,字形浑厚刚健,萧显扔掉大笔,大汗淋漓地站在匾前。

兵部主事不由得看呆了,这才明白萧显看帖、吟诗、舞扁担的苦心,不由得又钦佩又惭愧。听了这段故事,我们情不自禁鼓掌说:"这实际是讲学习方法的故事。宋代诗人陆游说过,学写诗不可一意钻诗,还要博采善择,他的名言是'工夫在诗外'。萧显书匾,先看帖,后吟诗,又舞扁担,实际是说写字不能光练字,还要充实自己的知识,扩大自己的眼界,增长自己的功底,这叫'工夫在字外'。教授,您说对不对?"

纪教授笑着说:"对!对!"他看我们爱听故事,于是又讲了一个"下"字的故事。

这是从萧显写匾的故事派生出来的一段插曲。传说萧显写完匾后,兵部主事一边赶紧让人往箭楼上挂匾,一边又在东门前的酒楼设宴为萧显庆功。酒过三巡,宾主一同凭栏欣赏刚挂上去的新匾。忽然,他们发现楼下看匾的人们都在交头接耳议论着什么。萧显顺着众人手指的方向望去,呀,怎么"下"字少写了一点?兵部主事也看出了问题。萧显正准备登楼补写时,有人通报说,替皇帝来看匾的蓟辽总督已到关城。兵部主事吓得脸都发白了。萧显急中生智,马上让人研墨,墨研好后,他顺手抓过堂倌手中的抹布,揉成一团,饱蘸墨汁,朝箭楼抛去。只听得"啪"的一声,抹布不偏不倚,正好打在"下"字的右下部,补上了那一点。据说如果仔细看,现在还可以看到抹布打匾时溅起的墨点呢。

听到这里,我们都笑了起来:"嗬,真够神的了。"故事无非要说萧显的功底多么深厚,但也可以看出,人们对这块匾是极为珍爱的。

纪教授告诉我们,现在挂在箭楼上的这块匾是1920年重刻的。原匾现收藏在箭楼下。清光绪五年(1879)还刻过一匾,藏于箭楼之上。

由匾及关,我们联想到了山海关的来历和变迁,便问纪教授:"明代以前,山海关是否也设过关呢?"

纪教授说:"远一点说,最迟在新石器时代,我们的祖先已经开始在山海关一带活动了。1978年夏天,在山海关东罗城外关门口村,曾出土了一批属于'龙山后期文化'的陶鬲、陶罐和彩陶壶。隋唐时,曾在距山海关约50公里的抚宁县

（今秦皇岛市抚宁区——编者注）设过临渝关。元朝时，又设置了迁民镇，曾大量移民来这里。但是明代以前，这里并未正式设关。朱元璋建立明朝后，为了防备被赶回草原的蒙古人南侵，决定在北方移民屯田、筑城防卫，于是洪武十四年（1381）设了山海卫，管辖10个千户所。后来，负责修筑长城的大将徐达见这里'枕山襟海，实辽蓟咽喉，乃移关于此，连引长城为城之址'。从此以后，就有了山海关。到现在已有整整六百多年历史了。"

听完介绍，乘着余兴，我们又去寻访山海关周围的名胜。由关城东行约6公里，我们来到了位于望夫石村旁凤凰山之巅的"姜女庙"。这座庙也叫贞女祠。沿着108级石磴攀登，我们便来到了庙前。庙前廊柱上刻着一副没有标点符号的奇怪对联。上联为"海水朝朝朝朝朝朝朝落"，下联为"浮云长长长长长长长消"。

我们左看右看，难解其意："这副怪联到底是什么意思呀？"

纪教授笑着说："这副对联也是山海关的一绝，难倒过不少饱学之士。如果用标点符号断开，再将音同义不同的谐音字放在适当位置，就不难懂了。它读作'海水潮，朝朝潮，朝潮朝落；浮云长，常常长，常长常消'。这副对联与浙江温州江心寺的楹联相似，可能是明朝戚继光驻守此地时，他的江南籍部下介绍过来的。不要以为这副对联是在玩文字游戏，其实里面包含着深刻的人生哲理。"

进庙后，我们看到供奉在前殿的孟姜女彩绘泥塑像。她面带愁容，身着素服，左右两边有童男童女，背包携伞，给人风尘仆仆、长途跋涉的感觉，象征着孟姜女千里寻夫的艰辛。神龛两边的柱子上又刻着一副楹联："秦皇安在哉，万里长城筑怨；姜女未亡也，千秋片石铭贞。"横额上写着"万古流芳"四个金字。四周的壁上镶嵌着许多石碑，刻着历代人士赞颂孟姜女的诗文。

姜女庙的背后，有几块相拥的巨石，其中一块上，刻着"望夫石"几个大字。纪教授对我们说："传说孟姜女千里迢迢来到这里，登上这块石头眺望长城，希望找到丈夫的身影。后来人们就在石头上刻了'望夫石'几个大字。你们注意到没有，这块石头上有几个小坑，据说是孟姜女当年留下的足迹。"

不说不注意，一说还真像。说这几个坑痕是孟姜女留下的深情脚印，信的人恐怕不多，但是却可窥见后人对孟姜女的同情与敬仰，以至于她的一举手、一投足，都被人们赋予了传奇的色彩。

在望夫石的侧面，有一个小石台，有人说这是当年孟姜女梳妆的地方。望夫石后面，又有一座红柱小亭，相传是孟姜女整衣处，故名"振衣亭"。

从望夫石村到姜女庙（贞女祠），到望夫石、梳妆台、振衣亭，这里处处都有孟姜女的"遗迹"。孟姜女这个善良多情、勇于抗暴的古代女子，完全被笼罩在一片神话的光环中。经过数千年岁月，她成了人们心目中的一位女神。她的故事成为长城故事中最富传奇色彩的一个。

三 砖石砌成的"教科书"

第二天,纪教授游兴更浓,带着我们翻山越岭,又寻访了山海关附近的历史胜迹。他一边带路,一边如数家珍般地介绍山海关一带的沧桑之变,使我们仿佛观看了当年的一幕幕历史活剧。

在姜女庙南方,距海岸不远的地方,有两块伸出海面的黑色巨石;一块稍高,呈瘦长形,像一道石碑;一块稍矮,呈圆形,像一丘坟茔。

纪教授指着那两块石头,说:"知道吗?这可不是平常的石头,它们有用历史和神话编织而成的'出身'。"

我们左看右看,还是看不出这两块礁石何以不寻常,只好向教授请教其中的奥妙。

纪教授饶有兴趣地告诉我们:"这两块石头中瘦长的那块叫姜女碑,矮胖的那块叫姜女坟。它们的名字,在这一带妇孺皆知，可谓大名鼎鼎呀！传说当年孟姜女绝望投海后，海里涌出了这礁石筑成的一碑一坟。老百姓说，这是因为孟姜女的壮举惊天地，泣鬼神，鬼神就给她在海上修了坟，立了碑。"

我们定睛再看，果然很像碑和坟。这第一个编织姜女碑和姜女坟故事的人，的确有丰富的想象力。

纪教授听我们这么一说，有点不以为然。他说："这两块石头，可不全是和传说联系在一起的，否则，我就不会对它们这样感兴趣了。我们搞考古的人认为，它们首先是和历史联系在一起的。"

纪教授没头没尾的话可把我们搞糊涂了："那么，它们和哪段历史有关系呢？"

纪教授没有正面回答我们的问题，却反问道："你们知道碣石吧？"

"是不是秦始皇、汉武帝、曹操和唐太宗登临过的碣石？知道呀，很多史籍里都有关于它的记载。"

司马迁在《史记》中就记载了秦始皇东临碣石的历史。秦始皇是在公元前215年东巡至碣石的。到这里后，他让人勒石刻下了《碣石门辞》，以示纪念。

从司马迁的记载中可以看得出，碣石和长城的修建还有某种联系。秦始皇东抵碣石后，面对浩渺大海，产生了对神仙生活的仰慕。为求长生不老，他派燕人卢生由这里入海求仙，为他索要永享天年的灵丹妙药。卢生当然找不到仙药，他在海上漂流了一段时间后，空手而归。他怕得罪秦始皇，性命难保，就编了一通谎话，对秦始皇说，他在海上见到了一种符谶之书，上面写着"亡秦者胡也"。卢生虽没求到仙药，却带回了"天机"，可见不虚此行。因企求长命百岁而变得十分迷信的秦始皇，相信了卢生的谎言。为了保住天下，他马上派大将蒙恬，率三十万大军北击胡人。战后，为防备胡人南侵，又决定兴建长城。当然，秦始皇修长城未必只因为一句"天机"，主要还是为了巩固边防，防止匈奴南下，保障中原经济、文化发展的现实需要。卢生的谎言，正好符合了秦始皇的战略思想，所以才受到如此重视。

继秦始皇之后，汉武帝、曹操和唐太宗也先后登临过碣石。汉武帝在此修过"汉武台"；三国时的曹操，则在这里留下了千古流传的佳作《观沧海》；唐太宗东征路过这一带时，可能是因为追思历史，感慨良深，所以留下了"之罘思汉帝，碣石想秦皇"的句子。

那么，这盛名所传的碣石，究竟是岛名还是石名，究竟在陆地上还是在海中？经过纪教授解释，我们才明白了它的历史变迁和目前的"身份"。

纪教授告诉我们，近年来由于我国文物考古工作者的努力，竟意外地揭开了这千古之谜。原来，文物考古工作者经过两年多的考察挖掘，在姜女坟东西海岸两处，挖出了一个范围约14平方公里，包括6处秦汉大型宫殿的遗址群。遗址群所在地一处叫石碑地，一处叫小黑山头。石碑地遗址规模较大，占地约15万平方米，主体建筑紧靠海岸线，是一个宏伟的高台多级建筑。这里出土的瓦当与秦始皇陵出土的瓦当基本相同。根据各种迹象推断，这里很可能就是秦始皇东巡时的行宫，卢生也很可能是在这里受命而入海求仙的。小黑山头遗址出土了大量绳纹、云纹瓦当和汉砖，从建筑格局和规模来看，极像以台榭楼阁为主要特点的汉代建筑。专家们认为，小黑山头很可能是汉武帝东巡碣石的"望海台"，也就是《新唐书·太宗本纪》中提到的"汉武台"。根据上述两种判断，专家们进一步得出了"姜女坟就是碣石"的结论。沧海桑田，千年变化，碣石已变成海中的一块礁石了。

纪教授一番话，使我们不得不对眼前这看似寻常的石头刮目相看了。如果它确是碣石的话，当见识过历史上那宏伟壮观、声势浩大的场面，它该是历史留下的最可靠的见证。如果它有灵性，能开口说话，一定能讲出许多动人的故事来。可惜它默默伫立在海中，任凭风吹浪打，一言不发……

在山海关，这种无言的历史的"见证人"，何止碣石呢？在这里，几乎每一座峰岭、每一条河流、每一处海滩、每一块礁岩，都保留着对往昔繁华岁月以及烽火狼烟的记忆。

出山海关西门，行几里路，有一条河。河道不宽，遍布卵石。由于上游兴建水库，近海口的水流清浅。溯流而上，可以远远望见峡谷中的那座水库。山岭参差列障，拥库屏立，湖光山色相映，显得水碧山青，风光独好。

纪教授告诉我们，这条河因石头多，所以叫石河，古时候叫渝水。它傍关而过，所以山海关古时候也叫临渝关、渝关。上游的那座水库叫石河水库，是新开辟的游览胜地，景色秀媚多姿。

我们一致同意去石河水库乘舟畅游。那里的湖面狭长曲折，峰回水转达三十多里。汽艇在湖中破浪前进，沿途有无数奇峰异石。湖区的群山都是花岗岩形成的类喀斯特地貌，经亿万年风雕水刻，形成了似僧、似虎、似猴、似手掌的奇特景致。它有三峡的险峻，又有桂林山水的秀丽，在当地有小三峡与小桂林之称。导游指着由远及近的山峰，让我们欣赏。"横空石壁""洞山剑峰""山中月镜""杏林春晓""鹦鹉戏水""华佗采药""仙人竖指"等景观，真令人目不暇接。

我觉得"洞山剑峰"最有特点。它原是燕山群峰之一，石河水库蓄水后，它成了独立于湖中的一座孤岛。它的山峰陡峭如刃，像一柄长剑直刺云际。山的东侧有一个黑森森的山洞，这就是洞山的来历了。

为了给我们增加游兴,纪教授依着船栏,给我们讲了一个关于"洞山剑峰"的故事。这是燕山深处数不清的神话故事中的一个。

传说古时候,石河里住着一条苍龙,经常兴风作浪,危害百姓。一天,八仙之一的吕洞宾驾云从石河上空经过,忽觉有一股冲天怨气,直冲脚底祥云。他低头一看,原来是苍龙作怪,民怨沸腾。他决心为民除害,就摇身变成一个牧羊少年,把石河滩上的卵石变成一群绵羊,赶到河边喝水。苍龙见他眼生,就变成一个留胡子的老头来吓唬他。两人话不投机,按捺不住怒气,都现出了本相,在石河上空动起武来。双方斗了三天三夜未见胜负。吕洞宾勃然大怒,双手擎起宝剑,用尽全力朝苍龙头上劈去。苍龙见情况不妙,霎时化作一道白光,往河里钻去。谁料它慌不择路,一头撞在了洞山上,把山腰撞了个大窟窿,便钻了进去。此时,吕洞宾的宝剑已劈将下来,把洞山劈掉了一片。吕洞宾虽未劈死苍龙,却着实把苍龙吓了一跳,它从此再也不敢兴风作浪了。

纪教授指着峰顶西边一块直立的大片石说:"这块片石像刀锋一样锐利,据说就是吕洞宾用宝剑劈成的。"

石河的神话,固然动听,毕竟是虚构的,它只是增强了我们的想象力。我们后来听到的石河的真实故事,却震撼了我们的心。我们游石河水库回来,又经过石河,经过山海关西门外那片开阔地。纪教授对我们说:"你们知道明末清初的山海关之战吧?这里就是当年的古战场。"

读史时,在我国历史上产生过深远影响的山海关之战,曾给我们留下了深刻的印象。1644年春天,李自成率领起义军攻占北京之后,为杜绝后患,立即争取镇守山海关的明朝总兵吴三桂。李自成让被俘的吴三桂之父吴襄写信给儿子,劝其归顺起义军。吴三桂打算听从劝告。但在他领军西行时,在永平(今河北省卢龙县附近)听说他的爱妾陈圆圆被起义军将领刘宗敏抢占,不禁大怒,马上推翻前议,宣布与起义军誓不两立。他说到做到,派兵击败了李自成的先头部队。吴三桂的敌对行动没有引起李自成的警惕,他仍然一心要招抚吴三桂。吴三桂打他的人马,他倒给吴三桂送去了四万两白银劳军。吴三桂一面收下赏银,一面暗地里派人向关外的清摄政王多尔衮表示,愿"开山海关门以迎大王"。多尔衮大喜,双方结成同盟。防备不足的李自成率军到达山海关。吴三桂勾结清兵,趁起义军立足未稳,与之在山海关内的原野上展开了一场大战。李自成惨败,留下了千古遗恨;而清兵大摇大摆入关,开始了两百多年的清朝统治。

纪教授指着石河西岸说:"1644年农历四月二十一日,李自成带领两万农民起义军抵达山海关时,吴三桂的军队就是在那里布阵的。"

随着他的叙述，当年的激战场面宛如就在眼前。李自成见吴三桂迟迟不降，于是命令部队向其发起进攻。农民起义军数千人的先头部队突破吴三桂军的层层防线，一直杀到西罗城下。吴三桂见势不妙，便玩弄诈降之计，拖延时间，等待清兵接应。多尔衮接到吴三桂的投降书后，率兵昼夜兼程，于二十一日夜间赶到山海关。

二十二日，农民起义军与吴三桂军展开了决战。吴三桂投入全部兵力作困兽之斗。李自成带领明朝崇祯皇帝的二子、三子，立在一个高岗上观战。农民起义军集中兵力攻打北翼城和东罗城，以截断敌人退路。吴三桂的军队拼死抵抗，双方厮杀成团，烟尘四起，喊声冲天，石河沿岸血迹斑斑。两军从清晨一直杀到日过中午，吴三桂军渐渐不支，主力开始瓦解，北翼城守军已向农民起义军投降。

当日上午，当打得难解难分之时，吴三桂曾骑马到欢喜岭的威远城，请多尔衮即刻带兵入关解围。善于用兵的多尔衮却按兵不动。太阳开始偏西，起义军与吴三桂军都已筋疲力尽，多尔衮这才兵分三路，突然入关。此时，狂风大作，黄沙蔽日，清兵在风沙的掩护下，迅速出现在战场上。一直养精蓄锐的清兵，吹响号角，齐齐呐喊，从吴三桂军的背后冲出，与农民起义军展开了搏斗。尽管事出意外，但是久经沙场的农民起义军临危不惧，顽强抵抗，战斗再度呈白热化。从石河到红

三 砖石砌成的"教科书" | 037

瓦店十余里的地段上,刀光闪烁,箭矢如蝗,刀枪碰击的铿锵声和兵士的呐喊声,汇成一曲恐怖的战歌。鞍马劳顿之师毕竟难敌以逸待劳的兵将。农民起义军终于败退。在秦皇岛附近的范家庄,李自成处死了吴三桂的父亲吴襄。

纪教授不胜感慨道:"历史尊重'必然',但也不否认'偶然'的重要。山海关之战,对中国历史产生了难以估量的影响。它是清兵入关的起始,也是李自成的农民起义军由胜转败的转折点。"

当地人说,每年四月,闯王李自成的灵魂都要到古战场来游荡一次。当启明星升起的时候,河滩上很静,很静,这时候如果有人路过这里,就能听到闯王长吁短叹的声音。老乡们说,这一仗,使闯王的灵魂想了几百年,还没有想通!

闯王魂游古战场,这自然是传说。不过,多少年来,闯王的失败,确使无数英雄豪杰、志士仁人扼腕长叹。血染过的石河滩,无疑有许多教训值得后人深思。

如果石河还没能使你的思古幽情得到充分的满足,那么,不妨再到山海关南的老龙头走一遭,因为老龙头也曾在中华民族的历史上留下了难忘的一页。

老龙头位于渤海之滨,距山海关关城8里。自从鸭绿江到山海关这1900里的明长城被毁灭后,老龙头就成了万里长城名副其实的东端起点。

老龙头是一座山的名字。山冈上有座宁海城。从宁海城往东直到渤海，有一段高城，蜿蜒在海岸的沙滩上。海涛拍击着墙体，昼夜发出"哗啦""哗啦"的轰响。老龙头的山冈下，遗留着一堆巨大的花岗岩石条，海水浸泡着它们。

纪教授告诉我们，据史料记载，当年修老龙头长城时，颇费功夫。海边易受海涛冲击，木材、石料都难保坚固，所以在修筑的时候，工匠们用了许多铁锅铺在沙滩上，基础稳固了，上面再砌砖石，建长城。即便如此，四百多年来的狂风大浪，仍使当年修筑在铁锅上的入海石城全部坍塌了，空余条石听涛声。

我们爬上老龙头宁海城的高冈，从这里望海，但见水天一色，海鸥翻飞，白帆点点。纪教授说："这里本来还有一座宏伟的澄海楼，是明末所建，清康熙、乾隆年间做过几次修复，到清末时还保存得十分完好。清朝皇帝每当回奉天（在今辽宁省）祭祖时，总要来这里登楼观景，饮酒赋诗。乾隆皇帝还亲笔题写了'澄海楼'的匾额。很多文人学士，对酒当歌，也留下了不少诗篇。"

"您是否记得其中的佳句？"

"记得不多。印象最深的是清代陈丹的诗：'长城万里跨龙头，纵目凭高更上楼……大风吹日云奔合，巨浪排空雪怒浮。'这几句气势很大，一定是登澄海楼而被激发出的灵感。"

"可是，这座富有灵感的楼哪里去了呢？"

"唉，说来话长。"纪教授给我们讲述了澄海楼"消失"的经过。这是中华民族又一段惨痛的历史。八国联军侵占北京后，1900年9月，又北上进犯山海关。9月30日中午，英国侵略军先头部队乘坐"矮人号"军舰在老龙头登陆。当时，老龙头是海防要地，有5座新式炮台，派重兵把守。英国海军1个少校带了18名士兵，一枪未发就占领了火车站和5座炮台。清朝提督郑才顺，带领老龙头海口守军仓皇后撤，将海防要地拱手让给了侵略者。10月2日，侵略军组成的联合舰队也从老龙头登陆，并由此攻进了山海关。他们烧杀抢掠，为所欲为，老龙头山的澄海楼，也被他们夷为平地……

每一个中国人，对老龙头和山海关的光荣及耻辱都不会漠然处之。饱经忧患的山海关，还见证了1922年的军阀交战、1931年的日寇侵略。在旧中国，它阅尽了笼罩在中国人民头上的愁云惨雾。只有1945年，中国人民解放军展开的山海关保卫战，才使它看到了希望。这场战役发生在抗日战争以后。蒋介石为了抢夺胜利果实，妄图进犯东北解放区，从11月14日开始，派出6万军队，向山海关、九门口一带发起了全面进攻。解放军某部为了掩护调到东北的军队和干部，在敌众我寡的严峻形势下，经过20天的顽强战斗，胜利完成了保卫山海关的任务，主动后撤。这一仗，书写了山海关历史上最辉煌的一笔。

山海关只是我们万里长城之行的第一站。在这里，我们翻开了用砖石砌成的历史教科书，获得了很多教益。我们期待在后面的游程中会有更大的收获。

四　三口[①]鼎足燕山东

在山海关北面约30公里处，屹立着一座不大的关堡——义院口。临近关堡，我们不禁为它得天独厚的位置和周围奇丽的风光叫好。

这座关堡设在燕山余脉一道小山口的要冲位置，两岸是巉岩壁立的高耸峰峦。峰峦间草木蓊郁，岚霭蒸腾。山口约有三四十米宽，一道清流由关下穿过，潺潺入关。河道两旁农舍杂陈，炊烟袅袅。当地人告诉我们，穿关而过的这条河叫大石河，濒河而居的农家约有五六千户。

在关前远远望去，但见峰峦与关堡相得益彰，山光与水色相映成趣，景色中蕴含着一种雄奇秀丽的韵味。

关堡是由石块垒就的，已经坍塌，残部剩有三五米，占地面积估计有六七百平方米。关门自然早已不复存在，大石河由

[①] 指义院口、喜峰口、冷口。

关下石洞中流过。关堡的遗址上，到处长满了杂草、荆棘，一片衰败景象。此关扼踞山口要道，如果坚守在这里，要入关难于登天。如今，关外有一条宽敞的马路直通关内，昔日军事要塞已成为通衢大道。

在这里，我们目睹了长城在燕山余脉巡回盘绕的壮观。义院口关堡西北侧，山势陡峭，呈垂直的形状，连山羊也难攀缘。可是长城却从上面从容不迫地横贯而过。有几处特别险峻的山峰上，长城简直像钩子一样，倒挂于山上，看了让人不禁拍掌称奇。长城在这一带的山峦间起伏连绵。它临水壁立，和关堡亲密相连，接着又探头于南面的几座山岭间，渐渐消失在我们所来的山海关方向。

看见长城在这一带经由的地段，我们对祖先产生了由衷的敬佩。这一带连徒手登攀都艰险异常，可几百多年前的工匠们，在当时技术水平很低、筑城条件很差的情况下，却要把上千斤重的巨石和几十斤重的城砖搬运上去进行建筑，这是多么难以想象的事情啊！住在大石河边的一位老人告诉我们，他听祖辈说，为了把筑长城的砖石运上山去，明代的工匠们想出了许多聪明的办法。据说，大石块都用滚木移动，冬天时，还泼水冻成冰道，在冰上滑行；城砖则用木辘轳吊运。这些办法，在现代的工程建设中，也还用得上呢。长城的建筑，凝聚了我们祖先何等的辛劳和智慧啊！

从义院口开始，燕山东段的余脉略呈弧形向偏西北方向延伸。这一段山脉，峰岭虽不算特别峭拔险峻，但是山峦重重叠叠，此起彼伏，沟谷犬牙交错，密布于冈岭之间，地形相当复杂。山脉的南缘，就是一望无垠、遍地锦绣的华北大平原。这一段山脉，就像巍然屹立在华北平原东部的一道屏障。越过这道屏障，一马平川的华北平原基本无险可称。因而，在军事上，这里也有着非常重要的地位，守住燕山及其余脉，就等于守住了华北东部的门户。

我们驱车向前行驶，道路在山间绕来绕去，车体颠簸得厉害。车窗外，在蓝天和峰巅之间，映出长城暗黑色的身影。长城在这里可谓关防密集，几乎每一个谷口、川道（平坦的山路）、冈岭，都设了关隘寨堡。长城在界岭口向北绕行了一圈后，又开始顺山势朝西北方向曲曲折折地前进。

我们沿着长城，经过细谷口、苇子谷、孤石峪、甘泉堡、星星谷、罗汉洞、青山口、佛儿峪等关堡，来到了河北迁安境内的冷口关。一进此关境内，我们感到眼前豁然开朗。在燕山东段我们历经的关堡中，冷口关可算是建在较开阔地段的一道关堡。

冷口关在迁安北面，离县城约有二十五公里路程。此关两侧的山势较平缓，如龙眠虎卧，威风稍减。中间的川道地带约有一里多宽。川道在关口内的山脚处，突然横开，宽敞处足有十多里路。川道地带异常平坦，一条笔直的大路纵贯关口内外。砖筑的关城已倾颓，从遗址看原先约有八九百米见方。

我们顺着山道登上了关口西侧一座山的山脊，极目瞭望关内外景色。关外，是一条宽展平坦的大川。川里是平沙、清流、蔓草、农田，黄绿映衬，煞是好看，犹如浓重的油画颜料涂抹出的一幅美丽的图画。关内，呈喇叭状投射出去的平川，展宽成了阔荡无边的华北大平原。田野上齐刷刷的小麦一碧万顷，在微风中泛起一层层绿浪。被麦浪包围的村庄、农舍，活像是漂浮在绿色海洋上的航船；冷口关两侧低矮的群山，则像海洋中的岛屿。

行前我们翻阅过资料，知道冷口关外的那条大川，古时候既是水草丰美的牧场，也是兵家纷争的战场。那时候的少数民族骑兵，常逼近冷口关，试图越关侵扰；驻守边关的将士岂肯干休？于是，大川之上一次次兵戎相见。

我们从山上下来，回到关口，遇到一位戴眼镜的中年人。他笑着向我们招呼道："你们是来考察冷口关的吧？对这里印象如何？"

我们说："走马观花，谈不上考察。只是感到这个关口的位置很有意思。"

中年人点头，大有英雄所见略同的模样。他自我介绍说，他姓陆，是迁安本地人，大学毕业后回到县上的中学当了

四 三口鼎足燕山东 | 045

历史老师。平时他对访古问今很有兴趣，闲暇之时，常到燕山的长城沿线去游玩，今天是利用假日特意来游冷口关的。

我们很高兴遇到了知情人，便问道："陆老师，你对燕山东部的长城很熟悉了，能不能给我们介绍一下它的特点和作用呢？"

陆老师谦虚地说："这是给专家出的题目，我不过是一个长城的业余爱好者，知道得不多，只能有一说一，有二说二了。"

说罢，他带我们向关内走了一段路，然后指着冷口关两边的山脉说道："不知你们注意到没有，从冷口关往东和往西，燕山山脉走了一条什么形状的线路？"

"弧形线路。我们从义院口过来时就注意到了。"

"这就好解释了。"陆老师接着说，"从你们经过的义院口到冷口，再由冷口到西面迁西县的喜峰口，燕山山脉正好在华北平原的东北边缘画了一个半弧。这三口处于弧上的三角位置，呈三足鼎立之势。因此，这三口便成了燕山东部山脉三个最重要的长城关口，它们既相互策应，又相互影响，像是被安置在华北东部的一把老虎钳。"

"一路上，我们经过了许多以口、寨、营为名的地方，如东胜寨、台头寨、驸马寨等，它们在防御上又处于什么样的地位呢？"

"这些以寨、营为名的地方，古时候都确实建过军事营寨，它们均系三口防御体系中的环节。这个防御体系，即使用现代眼光来衡量，也相当科学和严密。三口是重点防御对象，三口之间，逢山建关，遇谷设口，关口左右，遍布营寨，形成有机的连环套，不管哪里出现敌情，周围可以立即驰援。"

我们听了介绍，不禁称赞道："建立这样的防御体系，可真得有点军事才能呢！"

"是呀。你们知道这一套防御体系是谁督造的吗？"未等我们回答，他立即说，"就是明朝著名的民族英雄戚继光。"

"戚继光是抗倭名将，他和长城有什么关系？"我们问。

"戚继光和明代长城关系可大啦。"这一句开场白后，陆老师有板有眼地给我们讲了抗倭名将戚继光驻守长城的经过。

戚继光，山东蓬莱人，是明朝的一位抗倭名将。

嘉靖年间，戚继光已是一名武将，在浙江、福建、广东一带抗击倭寇。戚继光带领的军队经过严格训练，纪律严明，战术精通，武艺高强，成为一支令敌人闻风丧胆的劲旅，以"戚家军"的称呼而闻名天下。

明隆庆二年（1568），智勇双全的戚继光被朝廷调到北方,以都督同知的头衔,总理蓟州、昌平、保定三镇的防务。当时三镇防务松弛,军心涣散,老官兵们存心给戚继光一个下马威,也好日后乐得轻闲。传说,戚继光第一站到的就是冷口关。那天天黑如漆,凉风刺骨,大雨滂沱,老官兵们抱着膀子,缩着身子,队不成形,眼看要"散摊儿"了。可是等待戚继光检阅的戚家军,肃然站在狂风暴雨之中,人不动,马不鸣,队列如钢浇铁铸一般。老官兵们看得目瞪口呆,这才感到戚继光治军非同一般,马上自动整队,等待检阅,没人再敢以身试法了。戚继光到职后首创军事责任制,功必赏,过必罚,行军、驻扎都一一定出制度。燕山一带长城守军的精神面貌,从此焕然一新。

与此同时,戚继光下令加固原有的墙体,并且增建城台。增建城台之后,长城的防御体系进一步完善和健全了。这是戚继光对长城建筑的卓越贡献。

"什么叫城台?"

"城台是不是长城防御体系中的专有名词?"

见陆老师对城台给了这么高的评价,我们不由得想把这个名称弄个明白。

"你们瞧,"我们顺着陆老师手指的方向望去,只见山岭间盘肠样的长城城墙中间,嵌着一座突出的长方形建筑物,颇像现代的岗楼,陆老师说,"这叫敌台,是城台的一种。"

"一种？这么说，城台不止一种了？"

"当然不止一种。"随着陆老师头头是道的讲述，我们才明白城台的含义。

原来，按照戚继光的设计，明代长城城墙上，每隔300到500米，就增设一座高出墙体的城台，朝迎战方向凸出墙身以外。远望整座建筑呈长方形，有如马脸，俗称"马面"。"马面"之间的距离，在军事上颇有讲究。古时射箭的有效射程约200米，所谓"百步穿杨"。间距过大，强弩之末的箭镞杀伤力小，因此城台之间的距离必须控制在有效射程之内，以300米到500米最为合适。"马面"还具有侧翼狙击的功能。如果兵临城下，城墙上的射口失效，这时，可凭借"马面"调度墙顶的兵力，集中力量迎击架梯爬墙的敌人，靠近的两座城台互为策应，封死了墙根下的"死角"，又成了一着防务上的活棋。

城台是总称，它又分墙台、敌台、战台三种。

墙台有简陋的房间，供士兵巡逻中避风挡雨。

敌台有上下两层，下层是砖砌的小间，可供十余人住宿；上层有射口和瞭望口，备有柴草。

战台建在险要地方。下层是一个没有门窗的密封的高台；中层储存兵器、物资，并有箭窗射口；上层有望风用的"楼橹"，四面有垛口。它的样子和近代的碉堡相似，但是上下出入要用可以收可以放的绳梯。它是军机重地。

城台的设立,大大提高了长城的防御能力。从此,长城的建筑,便由关城、城墙主体、城台、烽火台等复合建筑,串联成一个攻守自如的完备整体。这种多样性的建筑结构,使明代长城达到了长城修筑史上的顶峰。

在戚继光的统率指挥下,长城九镇之一的蓟州镇,先后增建城台一千多座,不仅由浙东子弟组成的"戚家军"投入了这场巩固长城的"战斗",而且戚继光的弟弟戚继美也曾率领山东子弟兵前来修筑蓟州长城。史书记载,戚继光不论在治军还是建城方面,都显露了他出色的军事才能。在他的领导下,燕山长城的守军可谓兵精将强,城坚炮利,军威大振。他在任16年,无敢来犯者。

听了陆老师的介绍,我们才知道,抗倭名将戚继光原来竟与明长城的修建有着这样深的渊源,留下了不可磨灭的功勋!

在冷口逗留了一天后,第二天,我们又来到了迁西县境内的喜峰口。这个关口在迁西县西北80余公里处。我们先到迁西县城,然后搭县政协的吉普车一起去喜峰口。政协的黄委员正好也要去那里。

车行约两个小时后,燕山脚下一道宽不足一里的山口便出现在眼前。下车走进山口,但见山口两侧高山对拱,地形极险。山上遍布松柏，苍翠欲滴。黄委员在山口驻足良久，口里连声说："对，就是这里，就是这里！"

我们问道："黄老，您以前来过这里？"

"是啊！"黄委员不胜感慨地说道，"那已经是半个世纪以前的事了。"

"您能给我们讲一讲喜峰口的情况吗？"

身材瘦削、身板硬朗的黄委员，虽然年近八旬，仍目光炯炯，谈锋颇健。应我们的要求，他先介绍了喜峰口的概况。

喜峰口为明代的重要关口，当年是蒙古乌梁海部落入京进贡的必经之路；如今，乃是唐山地区通往承德、宽城等市县的交通要道。明景泰三年（1452）在此建关，关门城楼高约12米，名叫镇远楼。建关时削山为壁，溪谷小路但凡人迹可到之处，都筑城墙与长城相接。关内遍设营垒、烟墩，相互呼应，气势雄伟。关口原来还有明嘉靖年间（1522—1566）所建的来远楼，可容一万多人驻守。如今，这两座楼都已被毁坏，仅留下了关城遗址。

谈到这里，黄委员话头一转，说："提起喜峰口的名字，还有一个凄凉感人的故事呢。"

原来，喜峰口又名喜逢口。传说古时候有人在边塞驻守，久久未归，其父四处寻访，正好在这座山下相遇，父子高兴至极，抱头大笑，结果乐极生悲，二人突然死去。人们怀着对他们的深切同情,把父子二人葬在山下,这座山口便得名喜逢口。喜逢口在明永乐年间改为现在的名字。

接着,黄委员说:"近代史上,在喜峰口流传的,则是一个振奋人心的故事。年岁大一些的人都知道,东北三省沦陷于日本帝国主义之手以后,中国军队曾在喜峰口打过一次大胜仗。指挥这次战役的,就是国民党著名爱国将领张自忠。"

张自忠在这里打过仗?我们从小就知道北京有条张自忠路,但是对张自忠在喜峰口打仗的事情却所知不详。在我们的要求下,黄委员谈起了张自忠和喜峰口战役。

张自忠是山东临清人。1916年起,他在冯玉祥的西北军中任营长、团长等职。1931年任国民党第二十九军第三十八师师长和张家口警备司令。张自忠治军严明,部队有"铁军"之称。他十分关心部下。在战场上,他经常把汽车和战马让给伤员乘骑,自己却和普通战士一样,徒步行军。因而,他深得官兵的拥戴。

1933年初,日本帝国主义侵占了热河省。张自忠一再勉励部下,要为守卫国土尽忠出力。这年6月,日本军队大举进攻喜峰口,企图由此侵占我国的整个华北。当时坐镇北平的张学良将军命令第二十九军收复喜峰口。张自忠被委任为喜峰口前线总指挥。在喜峰口寨,我军与近万名日军遭遇。张自忠就在炮火连天的前线直接指挥战斗。在他的鼓舞下,第三十八师的战士们如猛虎出山，与敌人进行殊死搏斗。敌人也很顽强，双方在山口鏖战数日，相持不下。这时，张自忠派出两支精干的部队，由樵夫、猎手带路，绕行山间小路，出其不意地从侧面截断敌人的后路，打得敌人措手不及。战士们挥起大刀，杀声震天，长城脚下，横七竖八地倒下一排排敌人的尸体。日军遇到了入侵中国以来的第一次坚决抵抗，终于仓皇败退。第二十九军从此威名远扬。

黄委员沉浸在回忆之中，痛快淋漓地赞道："这一仗打得可真漂亮啊！"

我们这才得知，他当年就是张自忠的部下，此役他也在军中。我们问起张自忠后来的命运，黄老沉痛地说："牺牲了，牺牲得十分壮烈！"

从他的介绍中得知，1940年5月张自忠将军在湖北襄河南岸南瓜店前线与日军作战时英勇牺牲了。

黄委员沉默下来，我们也沉默着，我们一起仰望着喜峰口长城那高昂着的身影。突然，黄委员用他苍老雄劲的声音，唱起一支当年的战歌：

哥哥爸爸真伟大，
名誉照我家。
为国去打仗，

当兵笑哈哈。

走吧，走吧，

哥哥爸爸！

家事不用你牵挂，

只要我长大！

只要我长大！

歌声在大山峡谷间回荡。黄委员老泪纵横。我们抬起头，望着喜峰口背后的万水千山，感到血液在沸腾。

五　长城以北的离宫

告别三口以后，我们在燕山中穿行，一直向西，继而向北，跳出长城，来到了塞外名城承德。

承德坐落在万山丛中，素以景色秀丽和气候宜人闻名中外。它并不是长城的隘口，但它所代表的一切，却给千百年来沿袭不辍的长城建设画了一个永远的句号，长城的使命到此终止了。

这里环境幽静，山清水秀。武烈河、滦河环绕市区；四周群山连绵，重峦叠嶂；奇峰异石，千姿百态。市区北部，就是中外游客交口称赞的塞北名胜避暑山庄和外八庙。壮丽迷人的山庄、金碧辉煌的外八庙和周围秀美的山光水色交相辉映，构成了一个空间宏大、美妙绝伦的景观，令人流连其中，乐而忘返。

我们来到这座长城以北的城市，是为了寻访长城兴衰史上具有特殊意义的见证。明长城由三口西行不远，即由承德地区的南面擦界而过。明长城初建时，包括承德在内的长城北部地区，还是蒙古、女真等少数民族聚居的地方，经济、文化落后。承德市所在的这个小盆地，当时还处于人烟稀少的原始蛮荒状况。在这片土地上活动的游牧民族，还是长城严加防范的对象，他们与长城以南的汉民族经常发生摩擦。这片土地的繁荣兴盛，是从清王朝统一长城内外，在此地修建避暑山庄和外八庙开始的。

承德避暑山庄的修建，意味着长城历史使命的结束。清以前的王朝，除元朝以外，和长城以北的各少数民族一直处于对立状态，因而长城在战略上具有重要的防御作用。到了清朝，情况有了很大的不同。清朝是由关外少数民族建立的王朝，入关以后，一直很注意长城内外民族的统一问题。17世纪末叶，清朝皇帝康熙平定了南方的"三藩之乱"（清初吴三桂等的叛乱）后，立即把政治眼光转向北方，准备解决东北、漠北、西北的防务问题。和汉族统治者不同的是，这位满族统治者没有试图靠修补长城来解决这一问题，而是采取了一种正确的民族政策。清王朝入关前，就和在中国北部游牧的蒙古等少数民族的上层人物有密切的联系。康熙在和这些少数民族原有的友好关系的基础上，进一步采取了团结他们的政策，使这些少数民族心悦诚服，从而形成了"众志成城""边境日固"的安定统一局面。从此，长城失去了它在军事上的意义，而成为往昔历史的见证。

承德市委宣传部的王干事告诉我们："具体追溯避暑山庄和外八庙的兴建起因，还是挺有趣的。"

原来，康熙和蒙古族的上层建立了牢固的关系后，为了加强与蒙古各部贵族的联系，在长城以北通往蒙古各部的交通要道上，设置了周长500公里的木兰围场，每年秋天在这里行围打猎，借以提高八旗军（清朝的兵制）的军事技能，并与蒙古贵族联络感情。康熙皇帝是位射猎能手，少年时跟侍卫默尔根学习骑射，练就了娴熟的弓术和马术。登基后，他仍然常常抽空狩猎。每年秋季在木兰围场进行的"秋狝"，他都要猎杀大批野兽。木兰秋狝规模很大，据目睹过木兰围场狩猎活动的西方传教士南怀仁记载，行猎时，康熙皇帝率领王侯、百官近万人，日夜追捕。待围近后，再挑选三千亲兵，按一定的顺序和间隔距离，绕着山峰，围成直径三里的环形，再向中间迅速推进。无论遇到深涧山崖，还是荆棘，都必须攀涉前进，不能闪出一点缝隙。最后缩小包围圈，把野物赶在很小的圈子内射杀。

由于木兰围场离北京很远，山重水复，大队人马的吃住行止都不方便，需要在沿途建立供皇帝休息和为皇帝储备物资的行宫。原先，这些行宫都是临时性的。为了方便出游，康熙决

五 长城以北的离宫 | 057

定这次建个永久性的行宫。公元1701年（康熙四十年）腊月，康熙冒着凛冽的朔风，带着满蒙二族的骑兵，出喜峰口向北进发。他一边行围打猎，一边踏勘建立行宫的地点。有一天，他路过武烈河边、磬锤峰下的热河上营村，这是一个只有几十户人家的小村庄。康熙见这里群山环抱，南秀北雄，具备建立大型宫苑的条件，加上地理位置适中，离北京不过二百多公里，于是决定在这里建立热河行宫（在热河西岸），后称离宫。康熙为离宫写了一块有"避暑山庄"四个字的大匾。

我们问王干事："避暑山庄是哪一年建造的？"

"盖这座离宫，前前后后花了87年。它的建造始于1703年，止于1790年。"

"用了这么长的时间？"

"因为它的规模极大。它是我国古代留下的最大的皇家园林，占地面积达563万平方米，有两个颐和园那么大。"

"这么说，康熙等不及园子盖好，就去世了！"

"康熙是没能看到避暑山庄全部完工。但山庄是不断增建和扩建的。建好一部分，使用一部分，所以康熙在避暑山庄也没少享福。承德的夏季气候异常凉爽，从避暑山庄初具规模开始，康熙、雍正、乾隆等皇帝，每年从三月三到九月九重阳节，都要带着后妃和文武大臣从北京来到这里。这段时间，大臣奏本、王公贵族朝拜以及外国使节晋谒等朝政活动，都被移到这里来举行。当时,这里可以说是清朝的第二个政治中心。"

我们颇感意外,说:"想不到当年这里竟会这样重要。"

"是啊!"王干事说,"在长城以北建离宫,在清朝以前是无法想象的。承德避暑山庄的出现,在民族统一史上,有划时代的意义。"

我们边走边谈,游览了避暑山庄和外八庙。

避暑山庄这片古典园林,四面群山回合,笼罩在一片静穆安谧的气氛之中。整座山庄,分为宫殿区和苑景区两部分。南面,与丽正门、德汇门相对的,是宫殿区,由正宫、松鹤斋、万壑松风和东宫四组建筑组成。这里的殿、宫、亭、阁,建筑得端庄、静雅而又朴素大方,体现了山庄的本色。

宫殿区北面,是令人心醉神迷的苑景区。这里面又分为湖区、平原区和山区。湖区碧波盈盈,载浮洲岛,酷似江南景色;平原区一马平川,绿草如茵,其间点缀着几顶帐篷,一派草原风光;山区峰岭绵延,峡谷幽深,林木葱郁。这里的景色称得上奇秀二字。北方山川的雄伟壮观、江南水乡的妩媚奇丽,在这里相融无间。宫殿区外,有10公里长的离宫宫墙,它依着山势,蜿蜒穿行,活像是一道小型长城。人们称之为"小八达岭"。这一切组合在一起,活脱脱成了伟大祖国缩小了的版图。怪不得有人留下了"山庄咫尺间,直作万里观"的

五 长城以北的离宫 | 059

诗句呢!

宫墙之外，是金碧辉煌、造型各异的外八庙：溥仁寺、普乐寺、安远庙、普宁寺、须弥福寿之庙、普陀宗乘之庙（俗称小布达拉宫）、殊像寺、伊犁庙。它们自东向西，一字排开，甚为壮观。

我们从丽正门进山庄，在各个风景点细细地赏玩。丽正门是离宫的大门，进门就到了宫殿区。走不多远，就到了正殿。这座殿全由楠木建成。靠近殿门时，我们闻到一丝丝楠木的淡香不断飘来。往前走，是离宫七十二景之首的"烟波致爽"楼。据说，慈禧太后的丈夫咸丰皇帝，当年就是在这里咽气的。也正是从那时开始，慈禧逐渐独揽大权。再往前是"云山胜地"楼。这座楼造得很巧，没有楼梯，要先登上建在院中的太湖石假山，再通过一座空中小桥，才能够到楼上。王干事告诉我们，关于这座楼，《热河志》上记载，这里"八窗洞开，俯瞰群峰，夕霭朝岚，顷刻变化，不可名状，圣祖御题额曰：云山胜地"。

这样有诗情画意的名字，原来是皇帝想出来的。登上这座楼，我们不禁想起了慈禧太后其人。史书记载说，当年慈禧很喜欢"云山胜地"楼，到承德即下榻于此。在英法联军进逼北京时，她仓皇外逃，就居住在这里。也正是在这里，她开始了"垂帘听政"的历史。清王朝也正是由此而更加腐败没落……

由"云山胜地"往前，就是塞湖了。塞湖其实是上湖、下湖、镜湖、澄湖和如意湖五个湖的总称。塞湖之水清澈碧绿，无风时，像是镶嵌在群山合围的盆地间的一块碧玉。微风起时，碧波荡漾，将折射在湖面的阳光，摇晃成万点碎金。湖光与山色相映，更为离宫增加了迷人的色彩。

塞湖虽不如颐和园昆明湖那样阔荡辽远，但也别有一番情趣。它被堤岸、亭榭、小楼分隔成几个独立部分，但又因此而连接成一个大的整体。纵观全景，可以看出，它集江南园林艺术之大成。其中有仿江苏镇江金山亭的部分，有仿苏州沧浪亭的部分，也有仿嘉兴南湖烟雨楼的部分。

这些结构精巧的亭、台、楼、阁，搭配得十分紧凑，在避暑山庄内形成了一个个小巧的园中之园。

王干事带我们来到了如意洲东部，登上了金山。这里是塞湖中最高的地方。如意洲和金山，都是人工建筑的。整座岛屿，全用石头堆砌而成，下有洞府，上有平台。平台上建着天宇咸畅殿，殿后是六面三层的上帝阁。上帝阁也叫金山亭，是亭阁中较大的一座。我们循着亭内的木梯而上，来到金山亭的顶层。由于这里地势较高，凭栏眺望，塞湖四周景象，尽入眼帘。但见蓝天倒映水中，白云好似在水中移动，碧水中的游鱼则像是在天空中飞翔。碧蓝空阔的水天，在湖中融为一体。我们称赞道:"这真是个好地方,视野多开阔!"

王干事说:"这里也是康熙皇帝喜欢来的地方之一。"

由天宇咸畅殿顺磴道而下,我们来到了芳洲亭和爬山廊。这两座建筑都临湖背山而建。爬山廊尤为工巧。它依山而建,环如月牙,笼罩在波光岩影之中,藏秀掩媚,格外动人。

离开金山之前,王干事问我们:"你们发现这里的建筑有什么特点?"

"嗯……好像很紧凑、很精巧。"

王干事点点头:"金山这组建筑的最大特点,就是在有限的面积里,充分地利用了空间,布局结构很巧,各种建筑前后错落,高低参差。整座人工岛三面临湖,一面靠溪,位置选得再好不过了。"

我们笑着说:"我们本来只是凭直观印象,经你一介绍,认识才上升到了理性高度。"

避暑山庄的建筑,可以说处处都是匠心独运的。这里的每一个景点,都有自己的特色,都有自己独特的迷人之处。正是这一个个景点,组成了融江南塞北风光于一体的皇家园林的景致。结构这样精巧、规模这样宏大的园林,如果不是实现了民族统一,根本不可能在长城以北出现。

等到后来参观了外八庙,我们更深刻地感受到了民族统一的伟大例证。从远处看,外八庙像是八颗硕大的珍珠,连成了一串项链,围住了避暑山庄这块稀世珍宝。外八庙虽然都是宗教建筑,但是样式各不相同,分别体现了汉、蒙古、藏、满、回等不同的民族风格。

我们原来想把外八庙逐一参观一遍。王干事告诉我们,外八庙目前只开放了四个。我们只得放弃原来的打算。在陪我们去参观的路上,王干事说:"你们从外八庙可以看出清朝民族统一政策取得的成效。这外八庙,多数是为了加强与各民族上层的交往而建立的。汉、蒙古、藏、回这些人口较多的民族,都有本民族信奉的宗教的寺庙。"

在参观中,他的话得到了印证。普陀宗乘之庙,就是一座藏族寺庙。它的外形和西藏拉萨的布达拉宫相仿,只是规模上小了一点。红色的墙面上,一排排用白粉画出的"盲窗"从底层一直排到顶层,色彩对比非常鲜明。王干事告诉我们,普陀宗乘之庙是仿布达拉宫建造的,所以有小布达拉宫之称。他指着庙顶,对我们说:"你们注意到没有,这庙少了一条龙。一般讲,庙顶饰龙应有九条,叫九龙盘顶,可是这里却只有八条。"

我们抬头望去,果然只有八条金龙盘在庙顶,便问:"这是怎么回事?"

王干事说:"提起小布达拉宫顶上的金龙,还有一段凄惨而又离奇的故事呢。"

传说，这座普陀宗乘之庙，是乾隆皇帝为迎接西藏来承德朝拜的班禅特地建造的。为了建这座庙，乾隆不惜重金，仅盖殿顶的金瓦，就用去了三万多两黄金。庙终于建成了，乾隆很高兴，但又觉得殿顶缺少装饰物，颇感美中不足。于是，又拨了一万两黄金，要在殿顶再加九条镏金的龙。他还亲自画了一大八小九条龙的样子。谁知工匠们造好模子浇铸铜胎时，浇来铸去都是铜疙瘩，总是成不了龙形。很多人忙了一年，连一条龙也没铸成。眼看班禅朝拜的时间要到了，乾隆大怒，限令一日之内必须铸成，否则，就杀掉所有工匠。

工匠们又愁又急。这时，一位老金匠说："铸这样多的金子，如果不用一母双生的童男童女祭炉，是铸不成的。"当时，只有老金匠有一双四岁的双生儿女。为了救众人，他决心用自己的儿女祭炉。工匠们很敬重老金匠，不忍心他为大家牺牲儿女，一齐跪下劝阻，表示宁可大家死，也不能用他的孩子们祭炉。老金匠扶起了众人，让大家继续熔铜试铸。乘大家不备，他将自己的儿女包在包袱里，投入炉中，结果这炉铜水铸成了九条龙，镏上金装到殿顶，一条条都栩栩如生。

乾隆龙颜大悦，在普陀宗乘之庙内设宴庆祝。此时，老金匠却跪在宫后，撮土为香，祭自己的儿女。他边祭边哭，泪水淌成了河。乾隆在宫内举杯痛饮时，突然觉得头上有雨落下。他不觉大吃一惊：日丽天晴，哪来的雨呢？原来老金匠哭时，殿顶的九条龙也扭动身子流泪了。太监们都惊叫："龙活了！龙活了！"乾隆得知是老金匠惹的祸，恼怒异常，令武士把老金匠推出去斩首。这时，殿顶上那条最大的龙飞下来，用龙尾打倒武士，驮着老金匠飞走了。从此，普陀宗乘之庙顶上，便只剩下八条小金龙了。

王干事讲完故事，对我们说："故事当然是虚构的。不过从中可以看出，当年乾隆造普陀宗乘之庙时，是不惜劳民伤财的。"

我们说："劳民伤财固然不好，但也可以看出，乾隆是十分重视和各民族上层关系的。这对维护中国的统一，保证国内的安定团结，无疑是有进步意义的。"

普陀宗乘之庙的修建，只是清王朝重视民族关系的一个例证。另外还有几座庙，也是为表示尊重民族风俗、民族信仰、民族宗教而陆续修建的。

在承德游览，我们除欣赏了壮丽秀美的风光外，还上了一堂形象的清代民族统一史的课程。清代兴盛时期的民族政策，应该说是成功的。它化干戈为玉帛，使古老长城的军事防御作用，永远地成了过去！

六 "五虎水门"旁的果乡

美丽的离宫固然为长城的建设画了句号,但是我们的长城专题旅行才刚刚开始,后面的路还很长很长。我们离开承德,乘车沿着山路,去追赶在燕山山脉中游动不已的长城。

从承德擦界而过的长城,曲曲折折地向西南进发,便进入河北省承德市兴隆县境内。明长城途经兴隆的路线,长达一百八十多公里。兴隆是燕山横跨的主要县城之一,境内山峦重叠。在这里,长城或探头于险峰之上,或低回于峡谷之中。

我们到兴隆时,正值春深时节,但见翠云满山,野花遍地,一派媚人的春光。穿行在山道上,一股股幽香扑进车窗,直沁心脾,使人顿生难言的惬意。

我们透过车窗,一路欣赏着两旁的风光。沿途一些较开阔的地带,都放着一排排的蜂箱。放蜂人在旁边忙着倒蜂房,割蜂蜜。成群的蜜蜂不停地在蜂箱里进进出出，采花酿蜜。

送我们到兴隆来的承德市委驾驶员老罗对我们说："每年春夏季节，总有许多人来这里放蜂。现在人还不多，伏天以后会进入高峰期，隔几里就能遇到一伙放蜂人。"

"为什么都来兴隆呢？兴隆的魅力在哪里？"我们问。

"这就有说头了。"老罗的话匣子打开就收不住了，"主要原因是蜜蜂也要避暑。蜜蜂虽然勤快，但也很娇气，冬怕冷，夏怕热。冷了热了都会得病。从现在开始到8月，山里的气温要比山外低好几摄氏度。放蜂人为了蜜蜂的健康，就带它们找阴凉地点消夏。兴隆这里林木多，气候凉爽，蜜源丰富，所以，招得放蜂人都来了。兴隆还有一大好处，就是山花无毒。有些花，像狗胡椒、山海棠、雷公藤什么的，开的花有毒，如果蜜蜂采了它们的花粉，酿出的蜜也有毒。这种蜜人不能吃，吃了就会有害于健康。放蜂人怕自己的蜜蜂酿毒蜜，所以，他们对放蜂的地点挑选特别严格。兴隆的山里有毒的植物极少，所以他们哪怕绕远道也要来。"

我们看到，放蜂人大都是夫妻搭伙，带着帐篷、铺盖和炊具，有些人身边还带着孩子，显然准备长期在野外安营扎寨了。望着那一顶顶的帐篷，我们忽然也想加入他们的行列，在兴隆美丽幽静的大山里，守着嗡嗡飞舞的小蜜蜂，过一个艰苦而又浪漫的夏天！

我们乘坐的吉普车在弯弯曲曲的盘山公路上颠簸着向前行驶。苍翠的山林、突兀的峰岭、峥嵘的山岩，像一幅幅好看的水墨画，不断地由车窗两侧铺展开来。长城在路旁的山岭上忽隐忽现，绕过一座山岭，它突然逼近在公路的上方。老罗"吱"一声停住车，对我们说："你们要找的'五虎水门'到了。"

我们下车后没走多远，果真看到了与长城连为一体的这座著名的水门。

水门多建在长城经过的山谷地带，相当于现代建筑中的排水孔、泄洪道。有的水门，是作为关城的局部结构，修建在关隘处，以便山谷间的激流通过；有的水门，只是在长城城墙的基部砌一个拱形洞孔，实际只能算是水洞，以便让较平缓的细股水流通过。"五虎水门"则是明长城上相对独立的水门建筑，这在万里长城中是不多见的。

它建在燕山主峰雾灵山的峡谷之中，是两个并列着的拱门。它的结构与长城整体结构相吻合：以规范的大条石做基础和铺垫，上砌青砖，内填土石，组成明长城的一个局部。这两个拱门大小相同，高5.1米，宽3.9米，可容咆哮的山洪顺利通过。拱门两侧有一圈边框，也用条石堆砌装饰。石条的顶端，刻成相同的虎头图案。图案以阴刻的线条为主，简练夸张地勾画出虎头的形象，然后略加浮雕，达到了更加传神的艺术效果。

两座拱门四面的四个虎头，加上另一个刻在拱门上的虎头，这就是五虎。虎头的雕刻，显然出自古代民间工匠的巧手，和传统的宫殿建筑装饰艺术的细腻与富丽截然不同，表现出一种粗犷的自然美，和整个长城的风格融汇无间。这座水门，在某种意义上，为雄伟的长城又增添了一种动态、一点气魄、一抹异彩。

到了"五虎水门"，自然要到屏护着这座水门的雾灵山看看。雾灵山在长城的北侧，是燕山山脉的主峰。它又名五龙山。来到雾灵山下，仰望那被云雾拥抱的雾灵山主峰歪桃峰，老罗给我们讲了一个动人的神话故事。

传说雾灵山之所以经常烟雾缥缈，是因为山下压着一条会吞云吐雾的小白龙。很久很久以前，天上的玉皇大帝终日过着奢华的生活，却不关心人间百姓的死活，还要老百姓定期向他祭祀进贡。有一年，燕山一带连遭蝗灾和旱灾，庄稼歉收，百姓没有钱物可以祭祀玉皇大帝。玉帝非但不体恤百姓的疾苦，反而勃然大怒。他命令所有的神龙都不准给燕山一带播云布雨，要让这里大旱三年。这一来，燕山一带旱得土地冒烟，河水断流，赤地千里。老百姓无吃少喝，连草根、树皮也挖光剥尽，许多人饥渴而亡，一片凄凉景象。

百姓的痛苦，丝毫未使玉帝产生怜悯之心。三年期限过

六 "五虎水门"旁的果乡 | 069

后，他不但不解除禁雨令，反而要继续惩罚人间。他的侍从小白龙十分同情人间百姓，不满玉帝的做法。当天夜晚，小白龙乘玉帝酒后酣睡，悄悄跑出凌霄殿，给燕山降了场大雨。霎时山间有了清泉，河道有了水流，枯树发芽，野草生根。旱情解除了。百姓们喜出望外，立即抢时机耕地下种。欢乐景象重返燕山。玉帝从酣睡中醒来，发现燕山的旱情解除，知道一定是天宫里有人违令私自降雨，龙颜震怒。经过再三查问，得知是小白龙所为，于是令天兵天将对小白龙重加责罚，并将之打落凡间，压在燕山主峰西侧。从此，燕山一带遭到天上的玉帝更严厉的报复：三年一小灾，五年一大灾，老百姓过的日子真比黄连还苦。

  小白龙被压在大山下面，心中一直愤愤不平，年复一年地在山下苦苦挣扎。到第十年时，小白龙憋足劲，猛地掀开山头跳了出来。这座被掀开的山，后来被人们叫作"气石岔山"。小白龙挣脱时，地动山摇，惊动了燕山附近的百姓，大家一齐跪倒在地，向在天空中腾飞的小白龙祈雨。小白龙见了，心中十分不忍。但是想起上次遭到玉帝的重罚，内心又犹豫了。百姓见状，伏在地上苦苦拜求。善良的小白龙实在不忍心了，不顾自己的安危，一抖龙鳞，在燕山上空"哗哗哗"地降起了大雨。

  燕山百姓又得救了。玉帝见小白龙再次违背旨意，暴跳如雷,立即要天兵天将把小白龙压在燕山主峰之下,让它永世不得翻身。从此,小白龙一直被囚禁在燕山脚下。小白龙自己失去了自由,却一直关心着燕山的百姓。它背负着沉重的大山,却不断地大口喘气,布云吐雾,降毛毛细雨,形成了有名的"一年七十二场雾灵雨"。百姓们为了感谢小白龙的恩德,世世代代传颂着它的事迹。燕山主峰也从此被叫作"雾灵山"或"五龙山"。

老罗说,虽然小白龙的故事是人们编造的,但雾灵山一带的气候、风光,却真像有神人保佑,奇异中透着一股灵气。这座山在兴隆县北面17公里处,海拔2116米,方圆800里。"雾灵"的名字,是因这座山终年雾霭蒸腾缭绕而得来的;五龙之名,是因它有五个峰头。由于这里天灵地杰,人们就编出美丽的神话,来赞美雾灵山奇特的风光。

老罗对我们说:"燕山周围的人,都很喜欢雾灵山。《兴隆县志》也说,雾灵山是'金银山、万宝山、风景山'。"

我们点头表示同意这个看法:"雾灵山的风景确实迷人。"

"风景倒还在其次,它受当地人喜爱,主要还因为它是座宝山。"老罗对雾灵山充满感情,他向我们介绍,"你们看,山上的林子多密!树木品种超过200种。松、柏、杨、椴，应有尽有。而且树木花草的品种随着山势的高度而变化，多姿多彩。据考察过雾灵山的植物学家讲，这里的植物，在华北植物区系里具有代表性，像是一个亚高山性乃至高山性的自然公园。它也是研究植被高度变化的天然实验室。雾灵山区已经引起了国内外学者的重视。据说，早在清朝时，一些外国驻华使节、传教士、学者，就对雾灵山区的植物进行过研究，并留下了有文字记载的资料。山里什么样的药材都有，人参、灵芝、丹参、沙参、地黄、黄连、金银花等，少说也有三百多种。林木方面的土特产也很多。

"山上的飞禽走兽也不少，有鹿、羚羊、野兔、石鸡、八哥、画眉、啄木鸟。矿藏也很丰富，金、银、铜、铁全有。"

"嗬！怪不得县志里说雾灵山是'金银山、万宝山'呢！"我们赞叹道。

老罗领着我们，钻入遮天蔽日的密林中，沿着崎岖的小道，向山顶攀去。我们的脚步声和谈笑声，惊起了栖息在树上的小鸟。寂静的山中，充满着一种安宁舒适的气氛。走在山间小路上，我们感到身心舒畅，雾灵山迷人的风姿，吸引着我们深入云霭中，一睹它的真容。

登上雾灵山主峰，眼界顿开，一股豪情由心底涌起。燕山的群峰像在我们脚下奔腾的海浪，云霭似轻纱般飘挂在山间。燕山南缘,密云水库在阳光映照下,闪动着无数银色的光点,仿佛一池碎银在那里浮光泛影。水面上罩着一层薄雾。再远望,朦朦胧胧看得见北京城的轮廓。

老罗对我们说:"秋高气爽的时候,视野比现在还要开阔。夜晚时,可以隐隐约约地望见天津市的万家灯火。"

说话间,只见一大片云雾从东面飘来,向周围群山浸漫开去。雾灵山下瞬间化成了一片云海,群山成了悬浮在云雾中的一个个翠绿色的孤岛。老罗惊呼道:"这就是雾灵云海。你们赶上了!"

眼前的景象的确壮观。那山,那树,那云,若隐若现,若有若无,像一幅淡笔点染的水墨画。一切都在微风中飘摇,一切都像经过了一条无形的绸帕湿湿一拭,一切都那么迷茫、神奇。身临其境,我们感到自己飘飘欲仙……

下山时,老罗唯恐我们漏看了景致,特意带我们来到了仙塔沟。仙塔沟实际是位于雾灵山主峰腰部位置的一条山沟。在这条沟里,有一座著名的仙人塔。

仙人塔是座石塔,天然形成,而非人工建筑。因为它出自大自然的鬼斧神工,所以被称作仙人塔。

仙人塔高50米,底部直径约10米,外表和人工宝塔酷似,细看就能发现"破绽"。它是由无数块不规则的岩石自然垒积而成,塔顶端的石块,像是单摆浮搁在上面的。仙人塔高峻

六 "五虎水门"旁的果乡 | 073

挺拔，直指苍穹。由于这里处于海拔1350米的位置上，地势较高，常有白云萦绕于塔身，仿佛披裹着条巨大的纱巾，更加衬托出了它的天生丽质。

面对这大自然出神入化的杰作，惊叹、赞美之感，一齐在我们心中升腾。人们常称工匠能巧夺天工，看来天工之巧实非人力所能超越，仙人塔就是一个证明。

后来，我们从有关资料中得知，雾灵山中会形成仙人塔这样的奇观，和雾灵山的特殊地理环境有关。整个雾灵山主峰，是形成于燕山旋回时期的一个巨大正长岩（偏碱性深成岩的一种）岩体，由于正长岩比周围的灰岩、砂岩、页岩抗腐蚀性强，于是形成了雄伟的山峰。但是正长岩岩体的不同部位结晶不同，抗腐蚀性能也不尽相同。抗腐蚀性差的，因风霜雨雪的侵蚀而逐渐风化、矮化；抗腐蚀性强的，则傲然挺立，岿然不动。仙人塔就属于后一种情况。它历经无数次地震却没有倒塌，可见有多么坚固。

在雾灵山这座长城途经的山上，我们还看到了成片成片的果园。它们主要分布在山麓和山谷。老罗告诉我们，这一带历史上就是出干鲜水果的地方。近些年，兴隆县的农民实行联产承包责任制后，对雾灵山周围的荒山、荒谷进行了改造，营造了不少果园，使兴隆县的干鲜果品生产达到了很高的水平。

我们问："兴隆出哪些干鲜果品呢？"

老罗说："要问品种，那可就多了。北方出产的干鲜果品，这里都有。但质量好、产量多的是板栗和红果。兴隆是京东板栗的主要产地，北京城里秋天卖的糖炒栗子，个大、乌亮、壳薄、肉香的就是兴隆出产的。我国的板栗远销日本，每年栗子还没熟透，日本的客商就来雾灵山里坐等催货了。"

"京东板栗有这么大名气呀，真不简单！"我们由衷地夸道。

"这里的红果就更受欢迎了。"老罗说，"这几年，兴隆县红果林发展得最快。你们看到的这些果园，大部分种的都是红果。"

"红果，是不是山里红？"

"是的。现在呀，连鸟不拉屎的石板上也栽种上红果。秋天来看，才叫好看呢：漫沟漫谷全是山里红，远看大山浓妆艳抹，近看红玛瑙缀在绿叶之中，山啊，谷啊，全被映红了！"

兴隆除板栗和红果外，梨、苹果、核桃、柿子、李子也很出名。果林的发展，既绿化了荒山，又满足了市场需要，同时增加了果农的收入。如今，兴隆县的农民可富足了。他们进城赶集，不再步行或骑毛驴了，而是骑着崭新的自行车，骑着摩托车。

塞外，过去总是与荒凉、贫穷联系在一起的，想不到如今竟成了奉献甜美的果蜜之乡。当年在雾灵山周围修筑长城的人，绝难料到"五虎水门"的所在地会有这样的沧桑之变。

七　金山岭上观敌楼

离开兴隆县西行，我们来到了金山岭。登临位于燕山深处的金山岭长城，只见座座巍峨的敌楼，密布在北京密云和河北滦平的接壤地带，这马上就引起了我们的注意。

这次与我们结伴而来的旅游局的老方，是为发展金山岭长城的旅游业来做实地考察的。他告诉我们，像金山岭这样密集的敌楼，难得见到，是万里长城独具特色的一大景观。

我们目测了一下，大约每隔一百米就有一座敌楼，在有些形势复杂的地段，不过三五十米就耸立着一座敌楼。它们随山势而错落，而起伏，表现了强烈的动态美，使得金山岭上的长城像高潮迭起，一浪高过一浪。

这里的敌楼，不但数量多，而且外部形态和内部结构也很丰富多彩。从外观看，楼墩有扇形、方形、圆形、拐角形等多种；楼顶则有平顶、穹窿顶、四角攒尖顶、八角藻井顶和船篷顶。从内部看，花样就更多了，有单空、双空、川字、回字、品字、日字和田字等多种类型。很多敌楼，连箭窗的数目也有意显示不同。每面或两窗、三窗，或四窗、五窗、六窗。老方告诉我们，敌楼因箭窗数目的不同，分别称作"二眼楼""三眼楼""四眼楼""五眼楼""六眼楼"。

人面不同，物各有态，大自然蕴藏着丰富的个性美。这个美学原则，想不到竟在金山岭长城的敌楼上得到了体现。古代没留姓名的普通工匠们，在极其艰苦的劳作中，在严峻的崇山大川的包围下，在平凡的一砖一瓦、一石一木的砌筑时，倾注了诗意和艺术追求。金山岭的敌楼，因此跻身于艺术品的行列；那些古代不知姓名的人们，因此获得后代赠予的艺术大师的资格。

这些敌楼，一般分为两层。第一层是戍守的堡垒，有券（建筑物上砌成弧形的突出部分）门和通道；第二层由垛口[①]、射孔、瞭望孔及女墙[②]围成，高1.7~1.9米。垛口的脊背上，挖有圆形槽孔，白天用来插旌旗，夜晚用来置灯火，以壮军威。另有一部分敌楼，第二层除女墙外，中间还建一座山房。听老方解释原来这叫"铺房"，是供巡逻放哨的士兵休息、避风雨的地方。内部呈空心的敌楼，史书上称作"空心

---

① 城墙上向外或向上突出的部分。
② 城墙上面呈凹凸形的短墙。

台"。敌楼上下两层有楼梯相连,但也有敌楼不设楼梯,只在两层之间开一个天窗,垂下一根绳索,靠绳索爬上爬下,这是为了防守的需要。万一敌人攻入敌楼,马上把绳索撤去,封闭天窗,切断上下之间的联系,增加敌人进攻的难度;而守楼士兵则可以争取时间,坚守待援。

为了防止敌人攻占城墙后威胁敌楼,在敌楼之间的地段,还构筑了好多道障墙。障墙有一人多高,也有射孔和瞭望孔,可在墙后阻击敌兵。敌楼的入口也设计得很科学。不少入口,并不正对敌楼墙上的通道,而是设在敌楼内侧墙下。必须经过敌楼下仅容一人通过的小路,再绕过障墙,才能进入。这种步步为营、层层设防的结构,把长城分割成了许多独立的单元,即便敌人登城,也极难攻入敌楼。

在两山之间的沟洼处,我们见到了一座奇特的敌楼,它比一般敌楼大,也是两层,上层也建着一座铺房。它的南侧,是个较开阔的地方,用砖砌筑了一座两间房大小的磨房。敌楼北面,有一道长约百米的长城,顺着山梁一直延伸到数条山沟交汇的地方。这段长城的北端,又修了一座较小的敌楼。在大敌楼的外侧,用砖砌了一道围墙,形成了一个小院,把敌楼环在中间。老方告诉我们,这种围墙叫坞墙。坞墙上有两个出入口:从内口可以登上长城,再由长城进入大敌楼;由外口可以通向长城以外。

由此，沿山坡向前四五十米，是一道石砌的梯田状的墙。离梯田墙两米光景，是靠人力在平缓的坡上砍削出的垂直陡壁。我们不知这有什么作用，便问老方："这道墙是做什么用的？"

老方答道："这叫挡马墙，也叫垂墙。它是用来阻遏敌人进攻的。靠了它，进可攻，退可守。守军力量强时，可以灵活出击，居高临下打击敌军；力量弱时，又可以此为前沿，步步为营地进行防守。"

他回头让我们注意大敌楼，说："你们看，以这座楼为中心的这一套建筑，是一个完整的防御体系。这座敌楼前后共有十多道障墙，要攻入其中，谈何容易！"

金山岭长城的敌楼，构筑得巧妙，它符合实战的需要，同时，又建造得精美，楼内楼外很重视装饰。在金山岭东山上，有一座"五眼楼"，房顶饰有八角藻井，和一些大殿、庙宇的房顶一样。敌楼门突出于城墙一米多，门框是用磨得十分平整的花岗岩制成的，刻着花卉图案。在敌楼的铺房上，有用砖磨成的椽头，既坚固又美观，富有民族建筑的特色。

老方对我们说："从前，这座敌楼的中心还有一口水井，清水常盈，可供守城的士兵饮用。"

随后，老方又带我们登上一座当年用来放粮草、兵器的库房楼，他对我们说："这里是观赏金山岭长城全貌的最佳位

七 金山岭上观敌楼 | 079

置。在这里,欣赏以敌楼为主要特色的金山岭长城,可以充分领略它的森严气势。"

极目四望,果然视线无遮无碍。西部山势较缓,长城宛如一条处于休憩状态的巨龙,静静地盘卧其上,龙尾翘上高山之巅,龙首探入潮河(河名),活像正在痛饮清凉的河水。再西面,是镇守于卧虎岭上的古北口关,它势压群山,气度恢宏壮阔;北面,是在苍茫云海中若隐若现的崇山峻岭,远望犹如滚滚的绿涛;东面,是云烟缭绕、直插云天的燕山主峰雾灵山,活像浮于云海中的一座仙岛;南面,像一块碧玉镶嵌于群山之中的密云水库,波光粼粼,犹如一面巨大的宝镜。我们沉浸在大自然的美景之中。

由库房楼继续前行,我们忽然发现有一面城墙,上面留着成百上千个瞭望孔、箭孔和吐水口。这些孔口的形状内大外小,向下倾斜,样式各不相同,造型美观,像开在长城上的一个个精致的小窗口。马道上每隔六七米,就放着一堆有棱有角的大石头。"这些石头是做啥用的?"我们感到奇怪。

老方笑着说:"听说过古时候的'滚木礌石'吗?据说这就是所谓的礌石,用来充实守军的武器库的。至于这种说法是否可靠,还有待于进一步考证。"

我们试着搬起一块礌石,嚄,真够分量的。一天要是扔上这么一堆礌石,恐怕要累垮的。"砰"的一声放下礌石,往前走，我们又有了新发现："怎么长城外面四五十米的地方好像又冒出一道墙的痕迹？"

老方顺着我们指的方向看去，说："噢，那是一道外墙。金山岭长城除主墙之外，还曾用山石砌过一道外墙，作为第一道防线。外墙砌得比较马虎，大部分已经塌毁，但还留有痕迹。长城修建的原则是因地制宜，何时建外墙，要看具体情况来决定。除外墙之外，主墙也不是一成不变的。譬如金山岭长城的主墙，在山势较平缓的地方，就建得又高又厚。在山势陡峭的地方，就只筑外墙，不建女墙，也不设垛口。外墙上分布着三层射孔，可用不同兵器向各个角度分不同层次射击，形成猛烈的火力网，阻遏敌人。这种外墙叫战墙。"

面对古人细致严密的建筑思想，我们十分佩服。

老方含笑考我们："你们知道金山岭长城是谁的杰作？"

"不是明初徐达负责修建的吗？"

"这叫只知其一。不错，开始的确是徐达建的，但长城形成高水平的防御体系，却有谭纶和戚继光的功劳。"

原来，金山岭长城后来经过抗倭名将谭纶和戚继光的改建，才成为这种模样的。

明代洪武年间，徐达指挥士兵民夫，开始修筑金山岭长城。燕王朱棣夺取政权，当上皇帝后，1403年，从南京迁都北京，多次派人对长城进行修整加固。1550年，鞑靼（我国北方少数民族）首领俺答率领军队逼近长城。俺答用兵颇有谋略，他一面派人佯攻古北口关，一面派精锐部队沿山间小道悄悄赶到古北口长城侧面，发动了一场突然袭击，登城后拆毁了用碎石砌成的长城，攻入关内。然后，他率领军队对古北口关内外夹攻，夺取了关城。入关后，俺答的军队烧杀抢掠了整整八天，一直攻到北京附近。后来遇到明军的反攻，这支军队才满载财物由古北口关撤军。这次的入侵事件，使明朝军政各界看到了明初所建长城的不足之处。

1567年，抗倭名将谭纶和戚继光被调到蓟辽、保定驻守。在他们的指挥下，从1568年开始，明代对长城又进行了大规模的改建。谭纶、戚继光重新设计了长城的防御体系，建筑材料改用巨大的花岗岩，里面夯土墙，然后用每块重达12.5公斤的青砖，把长城包砌起来。长城的高度和宽度，则根据地形确定。城墙一般高5～8米，底宽6米，上宽5米。墙上建女墙，女墙两侧都设有垛口和射孔、瞭望孔，这对明初的长城也是一个改造。明初的长城，只有一面设防。谭纶和戚继光吸取了俺答的军队内外夹攻夺取古北口的惨痛教训，做了这一修改。

当时，火器已开始出现，为了适应守军使用火器的需要，他们还在城墙上设置了炮台。他们进行的最重要的改造，是在长城上修筑了密集的敌楼。这些敌楼相互呼应，又自成一体，具有十分重要的实战价值。

老方告诉我们，存放在河北省滦平县博物馆的一块碑，上面详细记载着谭纶和戚继光改造金山岭长城的经过。

我们贴近城墙细看，发现不少砖上都刻着字，字迹已经模糊不清，勉强可辨认出"隆庆二年造"等字样。我们问："这是否记载着长城砖的烧制年代？"

老方说："是的。金山岭的城砖，很多都刻着烧制年代和砖窑地点。其中以隆庆二年（1568）和万历五年（1577）的最多。这表明这段时间长城的修筑规模最大。另外，考古工作者还发现有少数城砖上刻着'万历三十七年（1609年——编者注）造'的字样，这说明，在谭纶和戚继光之后，明朝还对长城进行了维护。你们有兴趣的话，不妨再仔细看看，或许还能在一些砖上找到烧砖部队的番号。可以看出，那次修建长城的组织工作十分严密，表现了谭纶和戚继光的高超才能。各路军队参加施工，既有分工，又有协作。"

老方兴致勃勃地又说道："最有意思的是，考古工作者还在一部分砖上发现了'万历五年山东左营造'的字样。"

"这么说河北金山岭的砖有一部分是从山东运来的？"

"非也。"老方呵呵地笑了，"考古工作者开始也这样认为，后来在古代文献上找到了答案。原来，隆庆三年（1569），戚继光的弟弟戚继美率领山东的一支部队到这一带守卫长城,后来又参加了金山岭长城的修建,砖上山东部队的番号,就是他们留下来的。戚继美的部队筑了十年长城,直到万历十年(1582),才随戚继光调防到贵州。"

再往前走,我们又看到了两座与众不同的敌楼——三层高的敌楼。它们的顶层筑着仿木结构的小屋,上面雕梁画栋,比寻常的铺房高级多了。老方推测这是指挥官居住的地方。大金山敌楼顶上的铺房,据说是万里长城修建得最美、保存得最好的铺房之一。

老方的介绍滔滔不绝,他又兴致勃勃地说开了:"你们知道这两座敌楼的名字吗?西面的叫小金山楼,东面的叫大金山楼。不言而喻,它们坐落的山峰,分别叫小金山、大金山。金山岭长城,正是因这两座金山而得名。大、小金山的名字,不是一早就有的,据说也是戚继光驻兵蓟州以后才取的。"

原来,戚继光从江南带去的戚家军,在镇守长城、改建长城过程中,那些士兵身在北地,心系江南,为表示对故乡的怀念,他们借用江苏镇江大、小金山的名字,来称呼洒满他们血汗的两座北方山峰。金山岭由此而得名。

我们乘兴来到金山岭东端。这里有一座山脊如削、直插云天的山峰。长城沿着刀刃般的山脊蜿蜒而行,通向峰巅。山顶巍然矗立着一座敌楼,长方形,高6米,宽8米,长14米。我们气喘吁吁地爬上这座敌楼,只见四周的山形地貌,像沙盘中的模型，尽收眼底。似九曲回肠，曲曲折折前进的长城，像一条青白色的长练，由东方飘来，向西方逝去……

老方带着几分遗憾对我们说："你们来得不是时候。如是秋天来，当秋高气爽之际，趁黎明前夕登上此处，可以遥遥望见北京城黎明前的灯火。所以，这座楼又叫望京楼。"

听了介绍，我们立下心愿：待金秋时节，再访金山。

八　险秀兼备的慕田峪

离开金山岭长城，我们经过著名的古北口，往西不远，就来到了慕田峪。这是长城上新辟的一个大型游览区。它位于北京怀柔县（今北京市怀柔区——编者注）北部，距怀柔县城仅20公里，距北京也才70公里。这段长城于1985年经过了整修，不久前，才正式对外开放。如今，它已成为长城上的又一个旅游热点，每天都有大批中外游客前来游览。

我们是随一个华侨归国旅游团一道来到慕田峪的。在慕田峪村下车后，便见绿茸茸的草、茂密的灌木，还有树冠如巨伞撑开的老核桃树、老柿子树，这儿一株，那儿一棵，枝叶在风中微抖，有老友迎人的亲切感。野花点缀在山道两旁，长城像长龙在一派绿涛中游曳。

慕田峪长城不以险峻闻名，而贵在燕山山脉难得有这样一片苍翠植被！承载长城的群山，竟然笼罩着郁郁葱葱的氛围,使我们这些看惯了泥土沙尘的人的眼睛为之一亮。沿着山径向上进发,我们发现看上去不高的山,由于坡度急而陡,倒也爬得不轻松。透过林中的空隙,能看见白云映衬的独秀峰、连绵不断的波浪岭。它们和这树、这花、这林中的清泉,以及卧峰贴谷的长城,组成了一个峥嵘巍峨又不失妩媚的庞大山体,仿佛在支撑着云天。

我们到达慕田峪时,朝阳刚刚跃上山顶,将万道金光洒落在群山之中。千姿百态的山体和密密匝匝的树木,随着视角的不同,色彩在不断变化,闪烁着橙黄、碧绿、蛋青、葡萄紫、玫瑰红的跳动的光点,煞是好看。

我们沿着登山步道,来到了正关台。这里就是慕田峪关城的所在地。这座关城由三座敌楼组成,结构完整,气势不凡。走到关下时,导游的姑娘小赵告诉我们,此关素有"京师北门"之称。

这京师北门在建筑上颇有特点。它的下部,是用略呈方形的花岗岩砌成,底座如磐石般坚固;上部用青砖砌成,结构精巧。从小赵那里我们得知,在长城诸关中,此关的质量属于上乘。为了保证坚固,当年是用江米(糯米)汤代水和灰勾缝的。

这座关的设计,从军事眼光来看,十分科学。城的内侧有供登城用的券门,有石砌台阶直通门下。城楼两旁都留有豁口，既能攻又能守。放箭时用的射孔向下倾斜，可以很方便地由里向外瞄准，而从外面却不容易看清里面。马道墙外侧砌有炮台，一旦重兵犯境，还可用炮火拒敌。在登楼途中，我们问小赵："慕田峪关城造型不同一般，不知长城的其他关城是否有与它相似的？"

小赵笑着说："长城博大精深，我也不敢说自己说得准。但据说，这座关城在它的诸'兄弟'中算得上独树一帜。它是复合关城，由三座敌楼组成，当地人称它为'三座楼'。这组建筑在造型、选址、构势方面有许多长处，是其他关城所不及的。"

旁边一位银丝满头的老华侨听得入神，要求道："你能不能具体介绍一下呢？"

小赵爽快地答应了。她带我们登上城楼，对我们说："你们先看看四周的风光，留意这段长城的特点，然后我再给你们讲解。"

我们环视四方，只见关城的南面，是一望无垠的平川，东西北三面，都是奔涌起伏的山岭，仿佛凝固的碧涛绿浪。这一带，山势比较平缓，没有过于突兀的峰峦，但是，正关台脚下的山峰，却高出周围的山峰许多，使正关台处于最佳视点。站立此处，眼界大开，有"登泰山而小天下"之感，这座关城的位置，果然选得再好不过了。

旅游团的华侨们俯视着祖国大好河山，无不为之动容。白发苍苍的老华侨，口里喃喃地说："真是太壮观了！太美了！"

小赵笑盈盈地开口了："站在关城之上，可能大家都发现了，这里视野十分开阔，可以饱览周围的绮丽风光。慕田峪长城的关城、敌楼和墙体，依山就势而建，关城建在控制扼守全局的位置上。关城的主楼垂直出线，与整段长城成掎角之势，呼应着两侧的敌楼，形成了三道长城会于一台的景象。"

有人问："怎么会有三道长城呢？朝东北的那道，当然是通古北口的；朝西北的，大概是通居庸关的。朝西南的那道，它通向哪里呢？"

小赵颔首笑道："是啊，这道长城引起了许多人的兴趣，它在当地群众口中叫'秃尾巴鞭'。顾名思义，它只有一截躯干。它向西南方向延伸了大约一千多米，就中断了。"

"是不是后面的长城倒塌了？"

"不是。"小赵说，"倒塌的长城总会或多或少留下遗迹，即使一段中断，再往后也应该可以找到接续的部分。而'秃尾巴鞭'到此为止，没有再修建。"

"这是为什么呢？"大家七嘴八舌地问道。

小赵摊开手，做了个无可奈何的姿势，说："这个问题

八 险秀兼备的慕田峪 | 089

我也回答不了。这是长城的千古之谜。当年为什么要修这道'秃尾巴鞭',没有人考证出结果。传说是因为负责修建的官员勘探线路出现偏差,误修了这道'秃尾巴鞭',那个官员还因此被杀头。另有传说讲,这道长城的修筑是有原因的。那位官员并无过失,他是因为被诬告而丧命的。据说当年曾有一块碑,记载着'秃尾巴鞭'问世的始末,可惜碑早已毁坏了,留下了千古之谜。"

小赵这番话,使得大家既好奇,又遗憾,真希望"秃尾巴鞭"之谜能有解开的一天。

小赵领着我们在长城上漫步,一边走,一边讲述慕田峪长城的历史。她告诉我们,慕田峪长城和慕田峪关,大约是在明朝永乐二年(1404)修造的。据清朝乾隆年间的《日下旧闻考》记载,明初徐达筑边墙,自山海关西抵慕田峪,延袤一千七百里。可见这段长城和山海关长城建于同一时期。戚继光任蓟州总兵时,也对这一带的长城进行了修整。修整过的长城,敌台骑墙而立,与长城连成了一体,无论是攻是防,都很便利。这是戚继光对长城的一项重要改造。

我们问小赵:"最早的秦长城经过这里没有?"

小赵答道:"秦始皇修长城时,这一带把赵长城与燕长城连在了一起。秦长城经过的渔阳郡,就位于现在的怀柔县。但明长城所经的线路,与秦长城已不尽相同。据史料记载,公元

552年时，北齐王朝在这一带修过长城；元朝时，在慕田峪西端的黄花城设过千户所。"

"噢，看来尽管好几个朝代在怀柔县修过长城，但是慕田峪长城的修建是在明朝以后了？"

"是的。明朝把长城的线路确定在这一带，和明皇陵工地的迁移有很大关系。自从永乐皇帝把皇陵迁移到十三陵以后，慕田峪一带就成了皇陵北部的重点防护地带，因而修了坚固的长城作为护陵的重要防线。也正因为这样，明王朝后来还不断地对这段长城进行修整、加固。慕田峪长城西端的黄花城，也因此被改为镇，成为仅次于居庸关、古北口的二级重要防线。由于经常修整、加固，所以这段长城保护得较为完整。我们现在看到的长城，大体上就是1568年至1619年间改建的。"

她还告诉我们，当时慕田峪是黄花路渤海所下辖的七个隘口之一，因紧靠皇陵，战略地位十分重要。它经过明王朝多年苦心经营，形成了完整的军事防御体系。它的墙体坚固、敌楼密集，关隘险要，加上周围山峦重叠、山势起伏，由慕田峪望去，在当时的条件下，真可谓固若金汤。

我们一边攀登一边观察，极为佩服慕田峪长城的施工质量。巨砖大石，严丝合缝，高墙箭垛，无丝毫偏差。我们问小赵："这段长城最近经过修整吗？"

八　险秀兼备的慕田峪 ｜ 091

小赵说:"那当然。前一段发起'爱我中华,修我长城'的活动,各界募捐了几百万元,一些老华侨和外国友人也参加了募捐。这笔钱有相当一部分被拨给了慕田峪长城,用于公路建设和墙体修整。但这段长城保存得比较好,修复时费工不多。"

小赵指着一段女墙叫我们看:"喏,经历数百年风霜,竟然完好如初。据专家们考察,慕田峪长城的建筑质量是上乘的,所花工本也比其他地段多。因为费用超支,一个负责修建这段长城的官员还被砍掉了脑袋。"

从她口中我们得知,当年负责修整这段长城的指挥官叫蔡凯,人称蔡大人。他为人严谨、认真,对工程质量要求非常高,检验得极为严格,稍有一点偏差就要返工。工程结束后,朝廷派人查验他的账目,发现开支超过其他工段,以为他贪污了施工费。皇帝大怒,下令砍了他的头。后来,一位懂行的钦差大臣视察慕田峪长城时,发现工程质量远胜其他工段,这才知道冤枉了蔡大人。于是朝廷立即为他恢复名誉,并在长城附近为他立了一块碑,表彰他的功绩。这块碑后来被毁掉了。

我们沿城墙向西北方向前进,一路随山势翻越登攀,进一步体验到前人修筑这段长城的艰难。有不少地段,都是从陡立的山崖和狭窄的峡谷中修过去的。有一处,经过的山脊,宽不到一米半,长城恰是骑跨着锋刃般的山脊从容经过的。这段长城,女墙高约一米半,中间的道路不过一米左右。长城两侧,是望不见底的深渊。供攀登的石阶,几乎呈直角。我们鼓足勇气向上爬,仍然禁不住胆战心惊。

上去还算容易,下来可就难了。我们扶着墙体慢慢往下,环视两旁直落的山涧,顿时感到一阵晕眩。定定神,望过去,长城像是从空中落下的一根飘带,映着耀眼的阳光,好似在风中摇动。站在飘带这端的我们,身子也不由自主地左右摇摆。我们深深地低着头,手足并用,一步步谨慎地挪动身子下来。有位老华侨,干脆一点一点艰难地蹲着"走"下来。不知当年修筑这段长城的人们,是怎样攀登、运料、拌灰、砌筑的?我们忽然感受到我们民族的魂魄,以及从这沉默魂魄中迸发出来的英雄主义。

翻过这段山脊,前面竟是一道狭窄的断崖!而长城却未中断,它从悬崖上凌空而过,使我们相顾失色。小赵告诉我们,这段长城是从架在悬崖上的两根铁梁上修过去的。这在当时来说,要有很高的建筑技巧与水平。这段长城极窄,所以两旁未修女墙。我们到了这里,已无再向前走的勇气了,大家一致同意往回走。

小赵抿嘴一笑:"行,往回走吧。据老乡们说,若要过去,只能骑在墙上,双手支撑,一点一点往前挪。当地人中也只有那种'爬山虎'才有胆量偶尔炫耀一次技巧。"

在慕田峪,不但可以领略奇险,而且可以体验到秀美。奇险和秀美相融无间,可以说是慕田峪长城的最大特色。慕田峪长城内外,山清水秀。从长城脚下的花岗岩缝隙中,涌出淙淙的山泉。泉水甘甜清洌。水量最大的有两眼泉,一眼叫作珍珠泉,一眼叫作莲花泉。这两眼泉的名字真是形象极了!

珍珠泉涌出的水流,徐缓匀静,其间常有水泡上蹿,就像从泉水中托出了一串串晶莹透明的珍珠;莲花泉冒出的水流,水势急猛,喷溅成一朵朵水花,形状就像盛开的莲花。小赵告诉我们,这两眼泉水都含有丰富的矿物质,是优质的矿泉水。怀柔县利用这两眼泉水制成"北冰洋"矿泉水,深得游人欢迎,并已销向京城的宾馆。

长城周围的山林,浓郁繁茂,翠色喜人,不仅在燕山山脉,而且在长城沿线可谓得天独厚。我们来时正好是晚春季节,满山遍野百花争艳:雪白的是梨花,浅红的是杏花,嫣红的是山桃花;此外,还有淡紫、鹅黄、宝蓝各色叫不上名字的野花。这成团成簇的鲜花,洋溢着活力,使古老的长城也返老还童了。我们还第一次看到栗子花,它正在甩穗,满树挂着一串串的翡翠粒。在林间逗留,听着山泉的欢唱,闻着醉人的花香,正好缓解一下刚才攀登的辛苦。

小赵看我们不忍离去,于是她也挑了一块石头,坐下并介绍说，这里一年四季都适宜游览，每个季节都有不同的韵味。夏季，这里绿荫如盖，林间舒适凉爽，是三伏天最理想的避暑佳境；秋季，核桃、山梨、苹果、山楂熟了，山坡上、峡谷中更是绚丽，吃着野果，观赏林间景色，别有情趣；冬季，到处冰天雪地，银装素裹，景色妖娆而壮观；至于春景嘛，小赵莞尔一笑，说："诸位身临其境，可亲自做出评价。"

"四季皆美！我们相信，相信。"老华侨点着头，引起一片附和之声。而眼前络绎不绝的游客，正是慕田峪魅力的最好证明。他们三三两两，结伴而行。有的骑马、骑驴上山，以过"骑士"之瘾；有的依着垛口拍照，留下人生美好的一瞬间；有的边走边嚼当地特产——红果做的"益寿糕"，以收解馋、延年之双效。

这么多的老老小小、黄白皮肤的中外游客，都在慕田峪长城游览区找到了欢乐，这不是偶然的！

九　八达岭上春色无限

八达岭在慕田峪的西面。长城可供游览的地段，最出名的恐怕要算八达岭了。它是离北京最近的地段，也是保存得最完整、视野最开阔的地段。

我们由慕田峪回到北京，好好地休整了一下。第二天，天气晴和，我们踏上了由北京开往八达岭的旅游列车，去闻名已久的八达岭赏景踏青。车过南口后，地势渐行渐高。列车随山势曲折蛇行。经过一个小时之后，便到了青龙桥车站。

在青龙桥车站前，立着一尊高大的铜像，其外形是一个身穿大衣、留着八字胡的人。旅客中好些人招呼同伴："快看呀，这就是詹天佑像！"

纪念我国早期著名铁路工程专家詹天佑的铜像，就立在离八达岭不远的这个小车站。詹天佑的事迹，小学语文课本里就有记载。他是安徽婺源（今属江西）人，生于1861年。他在

1905年至1909年时,主持修建了我国自建的第一条铁路——京张铁路,即现在的京包线北京至张家口段。当时我国工程技术水平很低,修铁路遇到了很多困难。詹天佑以自己的聪明才智,攻克了一关又一关。他因地制宜采用"之"字形线路,减少了工程量;他采用"竖井施工法"开挖隧道,缩短了工期。在修建铁路的过程中,他培养了一大批工程技术人员。他一生为我国铁路工程事业的发展做出了重大贡献。正因为这样,人们至今怀念他。

列车由青龙桥穿过一孔又一孔隧道,向北继续行驶,便来到了旅游列车的终点站。我们下车后,步行了十多分钟,就到了八达岭下。一座高大的城楼屹立在我们的面前,这就是八达岭关城。城门上写着"北门锁钥"四个大字。八达岭外有两个关口,一个俗称"南口",一个俗称"西口",而"北门锁钥"门外我们站的地方,就属于西口范围了。穿城而过,我们又来到了关城的东门。东门上有"居庸外镇"四字。在东门外公路边,有一块巨石,上面刻着"望京石"三个大字。

和我们同来的一位徐姓老人,是土生土长的"老北京",他有一肚子京味十足的掌故传说。他站在石上,感慨地对我们说:"你们知道这块石头为什么叫望京石吗?想当年,八国联军进攻北京,慈禧太后仓皇出逃,一口气走到了八达岭,她站在石上恋恋不舍地回望北京。慈禧太后的

'御足'一登,这块石头顿时身价百倍,成了有名的望京石了。"

我们站在石上引颈东望,却见雾霭朦胧:"北京在哪儿啊?根本看不见嘛。"

徐老的信誉受到怀疑,有点气:"我还能哄你们吗?北京离这儿也就百里地儿吧。遇上爽爽气气的天,从这儿真可以瞅见北京城,黑乎乎的一大片。今儿个天有点阴,加上这几年,空气污染多厉害!怨谁呢?你们今儿看不见,不等于百十年前慈禧太后也没看见。"

看得出,徐老的知识更新得不错,还知道空气污染呢。他说得也在理儿,看来是我们孤陋寡闻了。我们笑笑,从石上下来。徐老消了气,忍不住又摆开"擂台",给我们介绍起八达岭来。这八达岭一带海拔1000多米,比北京高,是居高临下、四通八达之地,所以叫八达岭。它地居要冲,是北京的前沿防线,有"一夫当关,万夫莫开"的名声。人们说,"居庸之险不在关,而在八达岭"。意思是说,八达岭南面的居庸关是以八达岭作为屏障,才成为险关的。八达岭长城西门写的"北门锁钥"四个字,就形象地概括了八达岭与居庸关的关系:居庸关好像北京的门户,八达岭好像门上的一把铁锁。万一铁锁被打开了,门户自然也就洞开了。

从八达岭关城的规模,就可看出它在防御上的重要地位。八达岭关城修筑得坚固无比。城高七八米，墙厚约4米，关城面积5000平方米。整座关城全部用巨大的花岗岩石条和大块城砖砌成，敦厚结实，坚不可摧。以古代的刀枪剑戟来攻打，恐怕要望城兴叹了。

我们和徐老一道，沿关城的台阶登上了长城。这段长城，沿关城西面的城墙，分别向南北延伸出去，南不见头，北不见尾。南北两段都向游人开放。北长城连接着四座敌楼，称北四楼；南长城也经过四座敌楼，称南四楼。它们卧居在八达岭上，顺其自然，弯弯曲曲，蔚为壮观。

八达岭的城墙，比别处更厚实。它的墙基用每块重2000斤的石条砌成，每块石条宽6米左右，比一般家庭的一面墙还长。墙基上部的墙体用城砖砌成。这些砖也很不平凡，平均每块宽0.7米。城墙宽处，可容5匹马并行，10个人成横队通过。城墙高约7.8米，最高处8.5米。城墙的外侧，建有垛墙，上有砖砌的垛口。垛口上下部都有洞，上面的是瞭望孔，下面的是射击孔。城墙内侧，筑着1米高的女墙，它起着栏杆的作用。城墙内侧隔不多远，就有一个券门，设有石梯，可供上下。

城墙每延伸三五百米，在地势较高处，便筑有一个方形或长方形的墙台或敌楼。八达岭长城的墙台均为一层，敌楼均为两层。南长城的一、二、三楼，实际都是一层的墙台；北长城的一、二、三楼，筑的才是两层的敌楼。墙台结构比较简单,供士兵巡逻放哨用;敌楼比较精致,高、宽各十米,一层有多道石拱券门,并有通向二层的石梯。敌楼二层也设有垛口、瞭望孔和射击孔,格局和前面提到的金山岭长城的敌楼相仿。

在八达岭长城上眺望,看到的景象气势磅礴而又变幻莫测。脚下的关城,恰处于山岭的最低处,长城由它的两翼向高处的山岭迅猛腾飞,仿佛一对强劲的翅膀。关城像身子。两者结合,活像一只振翅翱翔在峰岭上空的巨鹰。再沿长城往上走,到北三楼俯视下界,长城又成了一条嬉戏于碧涛之中的苍龙。八达岭四周,望不断的山,望不断的岭,峰岭青翠,跌宕起伏,就像滚滚而来、滚滚而去的大海。面对这壮丽的风光,我们情不自禁吟诵起陈毅元帅写的《长城词》:

八达岭上望天渺,

长城逶迤万峰小,

如此江山真美好。

正值春日,八达岭上游人如织。游客中,有白发苍苍的老人,也有四五岁的儿童,还有很多外国游客。他们兴致勃勃,神情激动,无不为自己能亲临这人类历史上的伟大建筑而自豪。对有的人来说,游长城甚至是他们多年的夙愿。听说有位八十余岁的美国老妇，不顾家人劝阻，誓死也要做一名登上中国长城的"好汉"，为了防备万一，她写了遗嘱，来到中国，登上长城，曰："死而无憾！"

我们也遇到了一对满头银丝的外国夫妻。他们气喘吁吁地登上敌楼，一边倚墙眺望远近景致，一边赞美道："多美啊，真是妙极了！"

我们用英语和他们攀谈，他们告诉我们："当我们还是小孩子的时候，就从当传教士的祖父口里知道了中国的万里长城。多年来一直盼望一睹它的风采。如今年过七十才算如愿以偿。长城名不虚传，比我们想象的还要壮观。通过长城，我们增加了对中华民族的了解。能够创造长城的民族，今后也一定能够创造新的奇迹。"

我们告别了这对热情洋溢的外国夫妻，继续在八达岭上漫步。这时，徐老指着长城下面的一座山头说："你们注意看，那里有一块石头，和周围的石头明显不同。"

我们顺着他手指的方向望去，使劲看啊看，嘿，总算看到了那块石头。它的表面又平又黑，却嵌有许多白色的斑点，就像溅满了白漆。"那块石头怎么长了这样一副尊容？"我们好生奇怪。

徐老眉梢一扬，用得意的口气对我们说："这可是天生的花斑。春来秋去，风吹雨淋，这白斑不会掉色。如果石头被毁坏了，不久，在伤痕部位又会重新长出白色的点子。"

"这是有灵魂的石头吧？它怎么能像植物那样有再生能力呢？"我们又是诧异，又是好奇。

徐老说，这块石头和刚才的"望京石"一样，也有名有姓，它叫白花石。这名字背后，有一个让人听了不好受的故事。话说秦始皇修长城，累死了许多老百姓。孟姜女的丈夫也被抓走修城去了，一去好多年，不知死活。孟姜女思念丈夫，沿着长城，边哭边找。这天到了八达岭，她实在走不动了，就坐在这块大石头上哭泣。她哭得那么悲伤，直哭得天上的云彩不再飘动，直哭得小鸟不再歌唱。她在泪眼蒙眬中，恍惚看到有人在吃白米饭。嚼，白米饭！这是丈夫最爱吃的东西啊。于是，她找来稻米，做了香喷喷的白米饭。可是丈夫在哪里呢？做好饭后，为了等丈夫来吃，她就把饭放在这块石头上晾凉。时间长了，白米饭渗进石头里，于是留下了许多白花花的斑点。

"原来白花石也和孟姜女寻夫的故事有关系。话说回来，故事归故事，徐老，如果用科学解释，这白点子究竟是怎么一回事呢？"

徐老笑笑："据可靠人士透露，这主要是因为这种白花石含的石英比较多。"

随后，徐老又带我们来到八达岭关城东门外的一个山坡上，在一个涵洞口，刻着"天险"两个大字。大字的左边，还有五行小字。小字写着，"天险"二字出自延庆州官董思和宋骏声之笔，1835年农历四月题，由刘振宗雕刻而成。

我们又不解了，问徐老道："这里公路宽敞，哪里称得上天险呢？"

徐老瞪了我们一眼，用带着责备的口气说："你们怎么能用现代眼光来寻访古迹呢？当年，这里山口狭窄，悬崖壁立，的确是个险要的地方。只是到现代，凿宽了山峡，修通了公路，这里才成了坦途。不过，万一打起仗来，这里仍旧是兵家必争之地。"

徐老一解释，我们明白了。

由"天险"南行不远，远远望见公路右侧有一巨石，形状很像乌龟。它趴在草地上，伸着脑袋，仿佛在张望京张公路上过往的行人车辆。我们猜道："如果这块石头有名字的话，那它一定叫乌龟石了，对不对，徐老？"

"猜得好。"徐老笑着说，"你们认出了乌龟石，可是你们知道它的来历吗？"

"难道又有什么传说？"

"那当然。"徐老的热情很高，回答了我们的提问。看来怀古说典，对老人来说也是一种享受，"传说，古时候八达岭一带出了一个乌龟精。这乌龟精神通广大，到处兴妖作怪，吞

九 八达岭上春色无限 | 103

吃了不少行人和牲畜，毁掉了不少庄稼。一时间吓得百姓谈龟色变，纷纷逃难，过往行人也不敢从这一带经过。可是这里是通向东北、内蒙古的要道，出关就得从这儿走，所以经常有人遇害。一天，天上的王母娘娘闲着没事，从云缝中看见乌龟精在人间为非作歹，把老百姓害苦了，她动了恻隐之心，决心除掉乌龟精。她从头上拔下一支金簪，扔下去，不偏不倚，正好把乌龟精钉在这里了。乌龟精变成了一块大石头，金簪变成了桑树。"

我们听了不禁笑着说："这个故事编得不错，结局挺美满的。"

徐老说："当地人可不把它当故事。他们说，小时候亲眼见过金簪变的桑树，叶子金闪闪的，可惜后来不知被谁砍了当柴烧了。"

徐老认真的辩白，逗得大家哈哈大笑起来。

徐老不愧是博古通今的"老北京"，在他的带领下，我们还寻访了著名的岔道城遗址。出八达岭关城，行三四里路，便来到延庆县西拨子乡（今延庆区八达岭镇——编者注）岔道村。村南有一段高大的城墙残壁，徐老说，这就是岔道城遗址。

徐老哼着鼻子告诫我们说："你们可不能小看这座岔道城。想当年，它可是八达岭、居庸关防御体系的重要组成部分呢！"

岔道城所在地原名三汊口、永安甸，是出入居庸关、八达岭的必经之路。明王朝为了保证京城的安全，对八达岭、居庸关的长城修筑得十分精心。在建成素有"绝险"之称的居庸关之后，于弘治十八年（1505）建成了八达岭关城，增加了一把"北门锁钥"，强化了这里的防御体系。可是，明朝的文臣武将们还是不放心。在他们的建议下，明王朝又于嘉靖三十年（1551），在三汊口增筑了岔道城，给八达岭这把"锁钥"又添了一道"保险栓"。岔道城周长不到三里，有东西两门。它处于八达岭的前哨地位，敌人进犯，必须先攻岔道城，否则不可能靠近八达岭。

当年的岔道城也是以条石作为基础，上部内填土石，外包青砖。它的古老的东关石桥，除了表面被马蹄、车辆磨出了半尺多深的沟痕外，至今保存完好。桥上铁铸的桥钉被磨得像电镀一般光亮。

徐老告诉我们，直到解放初，岔道城东西两个城门和部分城墙都还在，后来被毁掉了。现存的南城墙，是因为防水的需要才得以幸存。岔道城的遭遇，在我们心头留下了几分遗憾和惆怅。如果早些重视保护文物，岔道城的命运也许好得多。

岔道城早年不但是军事要塞，而且是过往行人留宿打尖的驿站。明朝人在一首题为《岔道秋风》的诗中写道：

历尽羊肠路忽通,

山村摇曳酒旗风。

这两句诗为我们勾画出一个酒肆临街、令人神往的繁华小镇的风貌。村里人说,京张铁路还没修通以前,这里还很热闹,常有蒙古商人和中国的河北、东北大汉来村里歇脚,故村里人多数经商,很少有人务农。村里的街道上,一溜排满了客店、车马店、酒馆、饭铺和专为贩猪赶羊人开的羊店和猪店。平常日子,街上总是人来人往、热热闹闹的。自从京张铁路修通以后,客商坐火车进北京,岔道城的商业地位才渐渐下降了。尽管时过境迁,如今这里街上做生意摆摊开店的人还不少,反映出当地人的经商传统和习惯。

踏遍八达岭,纵览长城内外名胜古迹,累得我们步履蹒跚。奇怪的是徐老年过花甲,且多次游览,仍然兴致盎然。我们问他何以有如此高的雅兴,他笑了一笑说:"游长城譬如读好书。好书之所以让人百读不厌,是因为每读一遍,总有新的收获。游长城也是一样,每登临一次,都能使我得到一点新的感受。所以我也是百来不厌啊!"

反问我们自己,不也获益匪浅吗?比起刚下火车的时候,自己的内心更充实了,知识更丰富了,眼界更开阔了。

十　居庸叠翠映云台

在八达岭内侧，是距北京最近的长城要关——居庸关。它离北京不到五十公里，是名副其实的首都门户。

从八达岭出发，乘车顺着关沟南行，沿途景色异常幽美。关沟两旁，山峦夹峙，吐秀吞奇。山上，林木覆盖，苍翠蓊郁；沟畔，山花野草，鲜艳茂盛。穿行沟间，呼吸着清新的空气，欣赏着山野秀色，心里有一种说不出的惬意。

在关沟走了约十公里，我们即见到了居庸关的关城。关城跨在两山之间，东西两面筑于山上；南北两面，筑于两山与关沟之间。关城南北两面原有城门。如今，城门已不存在，只剩下两个门洞，由八达岭至北京的公路，正好由门洞下穿过。

我们由门洞进入关城，看见关城内的道路两旁有许多摆摊的小贩，还有摄影个体户。见游客临近，他们便一齐吆喝着招揽生意。他们卖的除零食、水果、茶水、汽水外，都是与长城有关的纪念品，如纪念章、照片、书签、印章、石刻、砖雕等。此外，还有印着长城图案和"我到了长城"字样的汗衫、背心、手绢等。与我们同时抵达居庸关的游客不少。外国游客和港澳游客对这些纪念品很感兴趣，纷纷上前选购。

看到这种场面，我们脱口而出："哎，这些小贩还挺有经济头脑呢！"

旁边一个叫小晶的年轻姑娘搭腔说："那当然，这是顺应长城旅游的需要而发展起来的。长城在世界上独此一家，国内国外的好汉争着到此一游。于是，长城沿途的农民就兴办了商业和服务业，创出了新的致富之路。那位卖长城背心的中年汉子，一个月收入两千多元，比得上城里干部的工资呢。"

小晶是我们同车的伙伴。她是中国社会科学院的研究生，因为"迷"上了一个与长城有关的论文题目，特地前来进行实地考察。

听了她的话，我们开玩笑说："你这个长城迷，不管什么，只要和长城沾边的，你肯定投赞成票。"

"那当然。"她满不在乎地用自己的口头禅回敬我们。

我们想让她做云台之行的导游，故意激她道："你既然这样喜欢长城，总该熟悉长城的情况。那我们来考考你居庸关的关城有多大？它两边的山是什么山？"

"这难不倒我。"小晶不假思索地说，"绕居庸关城一周有十三里半，城墙高四丈二尺，厚二丈五尺。它的东面是翠屏山，西面是金柜山。"

我们见她真有些学问，便告诉她，我们考她是假，目的是让她介绍情况。小晶爽快地答应了我们的要求。

我们早有一个疑问在心头徘徊，便请教说："居庸关这个挺怪的关名是怎么来的呢？"

小晶说："居庸关的名字，缘起于'徙居庸德①'。据说秦始皇修长城时，将强征来的民夫士卒都迁居到这一带。民夫士卒这些下层劳苦百姓当时被称作'庸德'。所以，这座关便得名'居庸关'。这个名字沿用到了汉代。三国时，居庸关被改称为西关；北齐时，又改名为纳款关；唐朝时，先复名居庸关，后又叫蓟门关、军都关。唐以后的辽、金、元、明、清各代，则都用原来的名字居庸关。现存的城关边墙，是明朝洪武元年（1368）由明初的大将徐达建的。"

小晶还告诉我们，居庸关有南北两个外围关口。南面的叫南口，是关沟的入口，原来也有完整的关城和边墙，现已颓圮，只在沟口两旁的山脊上，还可以看出城墙的痕迹。居庸关的北口，就是现在的八达岭。

居庸关自古即是著名险关，有"天下九塞，居庸其一"之称。它北据八达岭的要害部位，南通京城，所以历代都将它作

---

① 庸，平常。庸德即指道德品行平常。

十　居庸叠翠映云台　｜　109

为防守的重镇。元代时这里设过万户府，负责统领守卫部队3000人和南北口各地守卫军693人。元代的守军是蒙古人和汉人混编的。明代时，这里曾设过卫，也驻守过大量部队，并经常修理关城，增添武器、军备。

小晶一边娓娓地介绍居庸关的历史，一边把我们引到位于城中心位置的石台跟前。这座石台呈方形，墙体由大石块砌成，上面有一圈汉白玉栏杆。

小晶领我们沿着石阶登上石台，她手指石台告诉我们："你们可别小看这座石台，它叫云台，称得上是一座宝台，是全国重点保护文物。在它的台上和券洞内，保存着许多元代的雕刻，还刻着几种罕见的其他民族的文字。正是这些雕刻和文字，才使这座石台成了具有重大历史价值和艺术价值的古迹。"

"石台既然布满元代的雕刻，那么，云台应该是元代的建筑吧？"

"你们猜得不错，它的确是元代的建筑。"小晶眼里闪着得意的光彩，说，"我对云台做过详细研究和考证，你们问我算问到家门口了。它是1345年元顺帝时建的。台上原来矗立着三座石塔。现在的云台原来只是塔的基座。明代时，石塔被毁，就在台上建了'泰安寺'。这座寺院清朝时又被大火焚毁了，台基却从一次次浩劫中留存下来。正因为它是六百多年前的'元老',所以才成了国宝。"

游览中,我们睁大着眼睛,生怕漏看了国宝的宝贝本色。云台底座为长方形,高约10米。它的下基座东西长26.84米,南北宽17.57米,顶部东西长24米左右,南北宽14.73米。云台下面,正中开着一道券门。券门贯通南北,高7.27米,宽6.32米。券洞的顶部,结构很特殊,是等腰梯形的。而我们以往见过的砖木结构的券洞,绝大部分是半圆形或尖瓣形的。小晶告诉我们,这在我国古代建筑中是罕见的。

云台顶部,砌着两层石台盘。台盘的四缘凸出于台面。下层台盘四周,刻着兽面和垂珠;上层则刻着云纹。台面上,立着一圈汉白玉栏杆。栏杆的望柱(栏杆柱)高约半米,每根望柱之下和台顶四角,都安着向外探出的汉白玉刻的龙头。望柱上端,刻着莲座,莲座上是火焰形柱顶。望柱之间,横镶着栏板,上面雕刻着花纹。

我们绕着平台,逐一欣赏了刻在栏杆上的花纹、云纹、兽面和龙头。六百多年前的工匠们,能雕刻出这样精美的艺术品,实在令人钦佩。

小晶听了我们的观感后,点头说:"这圈栏杆的价值,就在于它们的结构和上面的雕刻都体现了典型的元代风格,是研究元代建筑、艺术、文化的重要实物。"

平台的杰作堪称一绝,而券洞的雕刻更是丰富多彩。

券门的洞外一圈，刻着金刚杵交叉而成的图案以及大象、猛龙、卷叶草、大蟒蛇；门的正上方，刻着金翅鸟王。进入券洞，只见洞内的四角，刻着四大天王。这四大天王都是由许多块石头拼成的浮雕像，现出威猛刚劲的气势和力量。小晶介绍说："这种由许多石块拼集成的大型浮雕，在我国古代石雕作品中是不多见的。它们被雕得这般活灵活现，在世界石雕艺术中，也是珍品。"

券洞内壁上，还刻着许多的文字。我们仔细辨认，汉文刻的是《陀罗尼经》咒颂文。其他的呢，看上去如同天书，竟没有一个字认得。"这些长篇大论都是什么呀？"我们问小晶。她答道："你们看，上面从左向右分三层排列的，分别是梵文，以及藏文中的加嘎尔文和吐波文；下面的文字，是直排的，有两种自左向右排，有两种自右向左排。自左向右的，是八思巴蒙文和维吾尔文；自右向左的，是汉文和西夏文。"

"真有意思！同一种经文用六种文字排刻，就像现在人民币上印着五种民族文字一样。"

小晶一本正经地说："你们说对了。元朝建立的也是多民族组成的国家，当时的主要民族都保留了自己的文字。在重要场合，这几种文字都是并用的。从六种文字对照雕刻的《陀罗尼经》咒颂文，可以看出当时各民族之间的文化交流和相互尊重。"

券洞顶部的雕刻，给我们留下了神奇的印象。券顶正中部位，雕刻着五个圆形的曼陀罗图样，图样中央刻有佛像。券顶两侧的斜面上，各刻着五尊大佛，盘腿坐在莲座上，周围遍刻小佛。券洞边上，装饰着各种花草的浮雕图案。

云台的券洞，其实是一座由浮雕组成的画廊。小晶一边目不转睛地看，一边啧啧赞叹。离开券洞时，她对我们说："我虽然详细研究过居庸关的材料，但毕竟眼见为实。这里的元代石雕太迷人了。我终于明白为什么人们会这样推崇它们了。我也十分爱好古代艺术，对这方面的情况也多少了解一点。云台石雕的确是最典型的元代杰作，它糅合了汉民族与蒙古等少数民族的不同风格。石雕的构图大胆奔放，表现手法既粗犷雄健，又细腻传神。如果不是多民族文化的交流，世界上就不会有云台石雕这样了不起的作品了。"

游罢云台，小晶又带我们攀登到居庸关关城西面的山坡上。我们纵目环顾八方，只见峰奇、山秀、谷险、景幽，确实是设关置城的好场所。远处奇峭的冈岳和幽深的峡谷笼罩着一片静寂，近处的山岫间，云蒸霞蔚，雾气朦胧。山坡上，林木葱郁；山谷里，草色青青。我们沉醉其间，轻轻赞道："好一处燕山佳境！"

"那当然！"小晶用不容置疑的口吻说，"这里的景色自古就有盛名。早在金代，这里就被列为燕京八景之一，称作

'居庸叠翠'了。"

忽然，小晶一拍脑袋："差点忘了告诉你们，居庸关之所以出名，不仅是因为有云台，有美景，还因为它是内外长城的东端会合点。"

原来长城由山海关行至居庸关后，再往西，即分为内外两道长城。外长城由河北北部经张家口的独石口、棋盘梁等地，过山西和内蒙古交界的得胜堡、杀虎口等地，到黄河边的偏关附近与内长城会合。内长城则经过河北的紫荆关、山西的平型关，到达偏关。由偏关过黄河后，长城就合二为一，一直向西挺进了。

漫步在山坡上，小晶向我们介绍了居庸关的重要名胜古迹。她指着山坡西面说："从这个方向往前走不多远，有座白凤冢，传说埋葬着明朝的一位漂亮姑娘。这位姑娘叫李凤仙，是大同的一个酒家女。一次，明朝正德皇帝出游，路过酒家女门前，见李凤仙体态轻盈，美貌无双，就强行将她带走，打算进京后纳为嫔妃。谁料路过居庸关，在一座庙中歇脚时，李凤仙看到庙中塑像凶神恶煞，惊骇而亡。正德皇帝就地立坟，将她草草安葬。当地人就称这座坟为白凤冢。"

小晶说完，眼睛调皮地眨眨，似乎说信不信由你们。然后一转身，手指着北面的大山说，几里外，有一座五鬼头山。传说关沟是由五位力大无穷的鬼力士劈开的。五鬼头山下有一座山峡，一股清泉终年不断地从山缝中流下来，发出清脆的声响，宛若弹琴的声音。所以此峡得名弹琴峡。顺着关沟南行，还可以看到一块平整如台的大石块，当地人传说是北宋杨六郎的点将台。

"不对！"我们插话道，"宋代时，这一带是辽和金的疆土，杨六郎怎么会到这里点将呢？"

小晶笑着说："我并没肯定杨六郎在这里点过将，我只是告诉你们当地人的传说。传说不必当真，姑妄言之，姑妄听之嘛。"

说着，她领我们下山，走着走着，忽然回头问道："不过，这一带也流传着一些真实的故事。比如明朝皇帝英宗的事，你们知道吗？"

明英宗在土木堡被擒，这事谁不知道？明英宗叫朱祁镇，是明朝的第六个和第八个皇帝。他小的时候，父亲朱瞻基（明宣宗）重用宦官，让一个粗通文墨的太监王振教过他。王振不认真教书，却变着法儿教朱祁镇玩儿。小皇子很喜欢王振。明宣宗死后，九岁的朱祁镇当了皇帝，后世称他作明英宗。王振被封为司礼太监，帮明英宗批阅奏章。王振欺英宗年幼无知，把军政大权全揽在手里，权重一时，气焰熏天，背着英宗干了许多违法勾当。朝廷大臣谁也不敢得罪王振。

当时，瓦剌部落在首领也先的统领下，又强大起来。也先

十　居庸叠翠映云台

曾派三千名使者到北京进贡马匹，请求赏金，王振认为也先谎报人数，削减了赏金和马价。也先还为儿子向明王朝求婚，也被王振拒绝。这样一来他们得罪了也先。也先亲自率领骑兵进攻大同，大败守军。

边境告急后，王振因家乡蔚州（今河北蔚县）离大同不远，怕田产被瓦剌军侵占，便怂恿明英宗亲征。明英宗对王振言听计从，他让弟弟朱祁钰留守北京，自己贸然决定出征。没多久，明军前锋在大同城边全军覆没。各路兵马在瓦剌骑兵进攻下，纷纷溃退。王振看到形势不对，又劝明英宗退兵回京。在退兵的路上，王振忽然出现一个奇怪的念头，要回乡摆一摆皇帝老师的威风，于是劝明英宗和他一起到蔚州去住几天。明英宗同意了。几十万将士往蔚州走了四十里后，王振开始担心自己田里的庄稼被兵马踏坏，又下令往回走。这一来，耽误了撤兵时间，被瓦剌部落的骑兵追上。明军败退到土木堡时，有人劝明英宗趁天未黑，赶到怀来城再休息，瓦剌军赶来，也可坚守。王振却因装运自己财产的几千辆车子未赶到，硬要大军在土木堡停留。土木堡名为堡，实无城堡可言。第二天，瓦剌军包围了土木堡。明军突围时，死伤近半，明英宗也被俘虏了。王振被痛恨他的禁军将领砸死。明英宗被俘后，也先挟持着他，不断骚扰边境。为了国家利益，皇太后在于谦等大臣的支持下，立明英宗之弟朱祁钰为皇帝，这就是明代宗。后来，也先攻打北京时，被于谦带领将士打败。也先看留住明英宗已无用，便把他放回北京。过了几年，明英宗乘明代宗生病之机，与部分将领、大臣、宦官谋划，再次复位。明英宗上台后，本来对扶他弟弟做皇帝的于谦就有气，加上又听信奸臣挑拨，不顾于谦的大功，将他杀害。

这一段历史，和居庸关有什么关系吗？小晶带我们走下山坡，指着居庸关北面说："明军溃败、明英宗被俘的土木堡，就在离这儿不远的地方。王振专权误国，明英宗昏庸无能的故事，在居庸关老幼皆知。"

"原来是这样。不知土木堡还有遗迹吗？"

小晶说："一无所有。当年就没堡，如今自然什么也没留下。不过，作为发生过重要历史事件的地方，有人到居庸关后，也常会发思古之幽情，顺便去土木堡看看。土木堡明英宗被俘之事，历史上叫土木之变。它是瓦剌民族英雄也先的光荣记录，也是明王朝没落的开端。"

因时间匆忙，我们未顾得上去访问土木堡，又踏上了新的旅程。

长城从居庸关开始，分内长城和外长城两个走向。内长城又称"次边"，在宣府镇、大同镇以南，河北、山西境内。河北境内的居庸关、紫荆关和倒马关俗称"内三关"，山西境内

十 居庸叠翠映云台 | 117

的雁门关、宁武关和偏关俗称"外三关"。内三关和外三关以及内外三关之间的平型关都是内长城上著名的关隘。外长城在宣府、大同两镇以北，位于明代长城山海关至嘉峪关的主干线上。这条干线又称"边墙"。外长城上的著名关口有独石口、张家口、马市口和大同。内外长城在偏关（位于山西省）的老营重新合二为一，过黄河入陕西，蜿蜒向西而去。

离开居庸关以后，我们决定先去采访长城主干线上的外长城。我们过独石口，但没有停留，一鼓作气，来到张家口。

十一　百灵欢唱的张家口

张家口市，顾名思义，是由关口发展起来的城市。长城沿线，关口和城市连在一起的地方，大概也只有张家口了。

我们早已得知，张家口这座塞上名城，同时也是外长城的要关。这里是自明朝宣德四年（1429）开始修建城堡的，嘉靖八年（1529）建筑了城门。由于它位于河北北部，又是内蒙古和河北之间的重要通道，在地理上有特殊的地位，因而历来是兵家必争之地。

花了两天时间，我们游览了张家口。张家口东西北三面都是山。鱼儿山、太平山、赐儿山像三个卫兵把它紧紧地环绕。滔滔的清水河，由北而来，流经城中，像一条彩带把这座山城分为两半。可河上的五座大桥，又把它紧紧地连为一体。城内街道纵横交错，四通八达；街道两旁高楼林立，店铺密密地排着，繁华异常。清水河两岸，是文化娱乐场所，设了公园、体育场、滑冰场和足球场。

漫步在清水河边的林荫道上,我们发现,张家口养鸟的人特别多。清晨,在街头和公园里,到处可见提着鸟笼子遛鸟的人,其中有老人,也有青年。遛鸟的人喜欢找有树木的清静地方。合意了,就常常来,成了规律。来了,把鸟笼子往树上一挂,打开笼罩,耐心地等待自己的鸟和着树上的鸟一起鸣叫。养鸟人一边欣赏鸟叫,一边还在草地上找虫子给自己的宝贝鸟儿准备"荤菜"。

在人民公园的一片小林子里,我们见到一位须发斑白的遛鸟老人,便打听张家口何以养鸟的人这样多。老人一捋胡子,像怪我们孤陋寡闻似的说:"你们难道没听说过张家口的百灵吗?"

我们只好老实承认:"没听说过。难道张家口的百灵有什么讲究吗?"

也许是我们谦虚的态度博得了老人的好感,他主动介绍说:"张家口是正宗的百灵产地,出的百灵到哪儿都叫得响,没有能与之相比的。有这么好的条件,养鸟的人自然就多了。"

"张家口的百灵难道是全国第一吗?"我们有些半信半疑。

"这错不了。"老人用权威的口吻说,"看来你们对养鸟是外行。懂行的人都知道，张家口的百灵在关内外最绝了。它的口音、毛色、身架、神态和那欢蹦劲儿，都是别的地方比不上的。"

老人见我们听得津津有味，不由得打开了话匣子："你们别以为养鸟挺简单，这里面学问可不少！爱鸟的人，养的无非两种鸟：看的鸟或听的鸟。看的鸟叫观赏鸟，主要为了欣赏它的毛色、身架和神态；听的鸟叫听口鸟，主要为了听它那两口唱。除此之外，还有人养杂耍鸟。这种鸟会玩点特技和杂耍，像抽张牌啦，做个滑稽动作什么的。但是这种鸟不入流，不为养鸟界的高雅人士所重视。行家们都知道，无论哪种鸟，最要紧的是产地。比如鹦鹉，讲究山东青岛产的；画眉，讲究四川产的；而百灵，则最好是张家口产的。到鸟市上去，同样的鸟儿，正宗产地出的比杂牌的价钱要贵出好几倍哩。"

"一只百灵值多少钱呢？"我们好奇地问。

"那相差的价码可大啦。便宜货，三五块钱可以买一对；俏货（好的），一只起码值三五十；最贵的，卖到二三百块，甚至千把块钱。"

"同是张家口的百灵，怎么才能分辨它们的好坏呢？"

"主要看它们叫得怎么样。听口鸟讲究调教。调教得声音清亮，叫出的套数多，就值钱；如果不小心让它们脏了口，那就不值钱了。"

"什么叫'套数'？'脏口'又是怎么回事？"

老人笑着说："这是养鸟的行话，不怪你们不懂。"他向我们解释道，百灵最善模仿，经过悉心的调教，可以叫出各种各样的声音。一种声音，算一套调。叫得好的百灵，能唱出"十三套"，既可模仿燕子、麻雀、喜鹊的叫声，还能模仿青蛙、小叫驴和下蛋母鸡等动物的叫声，非常有趣。能叫出"十三套"的百灵鸟，身价倍增，算是百灵中的名牌。连一套两套也学不会的，就是"大路货"，说明它的"智商"太低，上不得台面。不过，张家口的百灵，多半都能唱个三套五套的。所谓"脏口"，就是染上不好听的叫声。像学乌鸦叫，学猫头鹰叫，就是沾上了的"脏口"。对这种鸟，养鸟人避之唯恐不及，生怕"脏口"传染给自己的同类宝贝。

我们问老人的百灵会唱几套。老人含笑不语，动手小心翼翼地取下笼罩，现出了自己的百灵。啊，漂亮极了！这只百灵身形俏丽，颜色灰黄，遍体油光闪亮，一看就知是只不寻常的鸟。它蹦跳了两下，浑身一抖，跳跳鸟架，用尖尖的嘴儿，轻轻地啄理了几下羽毛，歪着头瞅了主人片刻，突然欢快地叫起来。叫时它还不忘左顾右盼，跳上跳下。这只百灵的叫声悦耳动听，音色清亮优美，音调曲折多变，忽短忽长，时而低絮，时而高亢。我们侧耳细听，果然听出麻雀的喳喳声，青蛙的呱呱声，燕子的嘀哩哩声。叫了一阵后，老人又用笼罩罩住鸟笼，叫声便戛然而止。

这时，老人才开腔："听出来没有？它已经能叫九套了。再调教调教，有希望学会'十三套'。"

在张家口，爱鸟养鸟的老人多得很。在他们的宠爱下，城市的各个角落，都可以听到百灵的清脆叫声。百灵已成了张家口的"市鸟"。我们正是在百灵声声中，游览了张家口。

到张家口的第二天，我们即去寻访外长城和关城城门。位于独石口西南方的张家口，又名东口，外长城从它的北面穿过。当年建张家口时，它的城堡分为上下两堡。上堡在城北，建有北门，下堡在城南，建有南门，两堡之间建有商埠。上下堡加上商埠，就是现在张家口的市区范围。下堡如今已经无踪可寻，上堡却古迹犹存。

往城北的上堡去，地势逐渐狭窄，城市明显处于两山环抱之中。临近北境，一座城楼赫然出现在我们眼前。城楼耸立于山谷之中，城楼门额上写着"大好河山"四个笔力遒劲的大字。从城楼伸向两侧的长城骤然突起，这就是外长城了。这段长城保存完整，高矮宽狭和八达岭长城相仿。城墙外侧设有垛口，内侧砌女墙。由于有山峰、谷口、城市做依托，因而显得格外森严。

我们昨天事先查阅了有关资料，从中知道，这座城门叫大境门,门额上的四个大字,是察哈尔都统高维岳所书。这座关口,是明朝洪武元年(1368)朱元璋手下的大将徐达率兵补建的。现存的城楼是清代重建的。

大境门既是连接边塞与中原地区的交通要道,也是河北和内蒙古通商贸易的货物集散地,军事地位更是重要。

来到大境门,我们不禁想起了民族英雄吉鸿昌的事迹。1932年,吉鸿昌率领抗日健儿,正是由大境门出关北上去抗击日本侵略者的。吉鸿昌是河南扶沟人。他年轻时从军,曾先后担任过西北军冯玉祥部的师长、国民党第十军军长,并代理宁夏省政府主席。1931年,九一八事变后,他满怀抗日壮志,急欲上战场杀敌。后来,因为他反对枪口对内攻打中国工农红军,被蒋介石强令出国。翌年他回国,加入了中国共产党,决心为共产主义而奋斗。1932年5月,他联合冯玉祥、方振武等人,组成了察哈尔民众抗日同盟军,担任了抗日同盟军第二军军长兼北路前敌总指挥。他亲自率领部队,出大境门北上抗日,顽强迎战装备精良的日军,在很短时间内就收复了宝昌、康保、多伦等地,把日军赶出了察哈尔一带。

察哈尔民众抗日同盟军的英勇行为,极大地激励了全国军民的抗日斗志。然而,当时奉行不抵抗主义的国民党政府,对察绥军民的抗日爱国活动,不但不支持,还竭力破坏,致使抗日同盟军处于孤立无援的境地。1933年9月,抗日同盟军在日伪军和国民党军队的夹击下，终于失败。兵败之后，吉鸿昌潜入北平、天津一带，继续从事抗日活动。1934年11月9日，他不幸在天津被捕。敌人为了收买这位抗日志士，使尽了威胁、劝诱等各种手段。但吉鸿昌大义凛然，不为所动。11月24日在北平从容就义。

吉鸿昌当年未遂的壮志，他的同志们替他实现了。中国人民在中国共产党的领导下，终于取得了抗日战争的胜利。1945年8月24日，人民军队正是由大境门入城，解放了张家口市。

我们正陷入往事的回忆之中，突然被一阵清脆的百灵鸟叫声唤醒。我们出大境门，循声走去，只见一只百般玲珑的小鸟，在我们前面飞飞停停，像是在召唤我们。

我们信步朝北走去，不觉来到公路西边一座石壁前。这座石壁系人工削成，壁上镌刻着"内外一统"四个方桌般大小的汉字，旁边题"康熙三十六年孟夏"几个字。在大字的下方，刻着一行竖写的汉字"唵嘛呢叭咪吽"，还有三行横写的梵文和藏文。

从题字年代推断，这些石刻已有几百年历史了。可当时刻这些字的意思是什么？又是在什么背景下刻的呢？我们向一位出关游览的本地人请教。他瞥了一眼石壁说："你们问这些石刻吗？它们还真有来历呢。"

原来，1695年，游牧于新疆一带的一个蒙古族部落在首领

十一 百灵欢唱的张家口 | 125

噶尔丹煽动下反叛了清朝。1696年，康熙皇帝率兵亲征，取得了重大胜利。1697年，当康熙路经张家口返京之际，张家口各界人士为了表示对平叛斗争的支持和对凯旋之师的欢迎，特地在康熙军队预定经过的正沟道路旁削壁刻字。那"内外一统"的石刻标语，集中反映了人民主张统一、反对叛乱的愿望。四个大字下面的三种文字刻的六字真言，是宗教界专用的术语，表示吉祥如意的意思。

那人说，正沟石刻完成后，康熙出于行动保密的原因，改道由元宝山小路进入张家口，未从石刻处经过，没能看到这巨大的石刻标语。但是张家口人民维护祖国统一的爱国热情，却因这一石刻而永世传扬。

在张家口的日子里，我们还怀着浓厚的兴趣，寻访了与长城同时代的古建筑永泉寺。这座寺庙建在张家口西侧约三里处的赐儿山上。这里山势高峻，绿树成荫，海拔有一千多米，现在是张家口的重要风景区。永泉寺坐西朝东，随山就势，像梯子一样，一步一级择景而建，环境幽静，格局素雅。寺内有一块碑，记载着永泉寺重修的经过。上面写着，永泉寺始建于明朝洪武二十六年（1393），后来又有过修葺和增建，近代又开通了登顶之路。

我们沿着共二百二十级的石磴道，登上了赐儿山山巅。山顶有小亭一座，高耸入云。站在亭内眺望，视野十分开阔，可以望见张家口市全景。

赐儿山西边的崖下，有三个石洞。据说中为风洞，洞内风声总是呼啸不停；左为水洞，洞内泉水甘美，终年不竭不冻；右为冰洞，洞内一片冰雪世界，盛夏不融。水、冰两洞虽然近在咫尺，而寒暖迥异，有夏冬之别。洞前有几株古柳，据说是明代所栽。风、水、冰三洞的西面，有滴珠鸣玉洞，洞底有泉涌出，洞顶有水珠下落，淙淙之声不断，像有仙人在洞内弹筝。这四个洞，怪异奇特，一洞一个特色，凑在一起，构成了岩洞的大观。

赐儿山上遍栽树木，青翠一片。山上还有烽火台遗迹及万松亭等古迹，登山览胜的游人络绎不绝。

张家口的名胜古迹纵然使我们留恋，然而，更吸引我们的，却是这个城市本身展现出来的崭新面貌。漫步在张家口市郊，触目皆是烟囱、水塔、高压线和高大的厂房。昔日的这座塞上古堡，如今成了新兴的工业城市。

我们从有关部门得知，解放前，张家口只有十几家设备破旧的工厂。如今，全市已拥有机械制造、化工、化肥、电子、纺织、医药、皮革等三百多个工矿企业。城市的东南角已形成了一条工业大街。在工业大道上，不时能听到厂区宿舍飞来的百灵鸟的叫声。

众多工厂中，我们最感兴趣的是毛皮和皮革企业。我们知道，张家口毗邻内蒙古大草原，早在明末清初时，就已是蒙汉贸易的商埠。毛皮是这里集散的最多的货物。这里生产的毛皮，叫作"口皮"，具有皮板柔软、丰厚平整、毛色洁白、耐水洗、防虫蛀、弹力强的特点，在国内外享有很高声誉。但是，解放前，张家口实际上只搞单纯的毛皮转运，毛皮加工业十分落后，仅有几家手工作坊。解放后，这里的毛皮加工工业才得到较快的发展。现在，全市有了自己的毛皮厂、皮革厂、皮革服装加工厂，同时还建了地毯厂、毛纺织厂和皮毛机械厂。毛皮加工采取了新工艺，每年鞣制能力达到一千多万张，可以鞣制绵羊皮、山羊皮、兔皮、水貂皮、旱獭皮、狐皮等各种皮革。口皮的质量也越来越好，毛皮的花色品种由原来的五六种，发展到了五六十种。

　　还未来到张家口时，我们曾听说过"来到张家口，大风刮人走"的俗谚，当时我们还真担心地想过：张家口一定是个很荒凉的边城。没想到它竟是这样一座古老而又生机勃勃的城市，没有大风，也不荒凉。由于城市早就披上了绿色的新装，自古长驱直入的风沙，也被挡在了关外。怪不得城里处处百灵欢唱，原来它们是在歌唱张家口今天的新生活！

十二　六堡拱卫的大同府

外长城从张家口沿大马群山逶迤而下，进入山西境内，一连气便是新平、永嘉、镇边、镇川、得胜、宏赐六座关堡。这六堡相距不远，并肩连臂，巍然矗立于阴山中段的凉城山脉，屏护着外长城南侧的大同。

我们经过六堡，自然要去看由六堡拱卫的城市。到大同市后，吸引我们的不是那崭新的楼群和繁华的街道，而是随处可见的古建筑。据说山西是我国古代建筑留存最多的省份，而大同又是山西省古建筑最多的地方之一。

在这里，我们遇见了同窗好友小安。他是本地人，大学毕业后回到家乡，一直在大同工作。他主动做向导，带我们游览了大同的名胜古迹。

他先带我们来到了大同旧城四牌楼东街。在街旁一个倒影池前，我们见到了一座光彩夺目的九龙壁。全壁长约45米，高约8米，厚约2米。它全部是用黄、绿、赭、紫、蓝等色的琉璃构件拼砌而成的。这座九龙壁基座上方的束腰部分，有一长条浮雕，刻着狮、虎、象、狻猊、麒麟、飞马。正壁上刻着九条色彩斑斓的飞龙。它们翻腾于云海之中，姿态各异，栩栩如生：有的昂首云中，耕云播雨；有的喷须吐沫，纵身欲出；有的翘尾探海，翻波激浪；有的伸爪抱珠，嬉戏于云天。它们倒映在壁前倒影池的水中，犹如活的一般。

九龙壁前游人如织。人们在倒影池前端详过九龙之后，又踱过倒影池上的小石桥，在壁前的长廊上，仔细地看束腰部位的小浮雕。

"没想到，大同的九龙壁比北京北海公园的还精美！"我们衷心地赞美道。

"嘿，我们大同的九龙壁堪称全国第一，海内无双。"小安得意地用起了广告语言。

我们中国自古崇尚龙，华夏子孙自称龙的传人，很多地方都有龙的纪念碑——九龙壁，但是只有大同的这一座规模最大，年代最早。

小安告诉我们，大同九龙壁建于明朝洪武二十五年（1392），比北海公园清代的九龙壁要早三百多年。它原来是明朝代王府前的一块照壁。代王叫朱桂，是明太祖朱元璋的第十三个儿子，以穷奢极欲出名。由九龙壁也可以想见代王王府的豪华程度。崇祯末年代王府毁于兵火，只有九龙壁幸存，成为代王奢华生活的历史证明。清朝有个叫方坦的人，游大同九龙壁后，留下了"数仞雕墙饰金碧，万民膏血涂青红"的诗句。

离开九龙壁后，小安带我们穿过一条条高楼林立的宽敞大街，来到了位于城西的华严寺。这座寺分作上下两寺，既相互联系，又自成格局。下寺建在一块被民房包围的平地上，上寺建在下寺后面的一座高坡上。华严寺气势雄伟，它的楼阁结构独特，十分轻巧结实。小安对我们说："华严寺是我国古代建筑的典范之一，建筑异常牢固，被誉为墙倒房不倒的古建筑。它建于距今八百多年前，是我国华严宗重要寺庙之一。"

"什么是华严宗寺庙呀？"

"华严宗寺庙是我国寺庙中的一种。我国辽代（又称契丹）时北方佛教华严宗盛行，辽国的皇帝道宗曾亲自写过《华严经随品赞》十卷。因此，现在的大同雁北（雁北地区现已被划分至大同市和朔州市——编者注）一带，曾建过不少华严禅寺。这座华严寺由于供奉过辽代历代皇帝的石像和铜像，当时还具有辽皇室祖庙的性质。"

"这座寺庙还是辽代的原物吗？"

"其中部分是当年的原物，大部分后来经过历代的重修。虽然经过重修，但殿宇的大致格局都仍未变。辽代的许多建筑材料，如梁柱门窗等，一直沿用到了今天。"

正说着，我们来到了下华严寺薄伽教藏殿内。宽阔的佛坛上排列着三十一尊泥塑。佛坛正中，并列着分别代表过去、现在、未来的三世佛。佛的两侧，分成三组，环侍着佛门弟子、菩萨、供养童子；这些塑像坐立相间，井然有序。正中央的那尊佛，端坐在莲座之上，神情庄严肃穆。四大菩萨也盘腿坐在升灵座上，神态安详娴静。佛坛四角各立着一尊气宇轩昂、威武雄壮的护法金刚。塑像中，以合掌露齿的胁侍菩萨给人的印象最深。她体态秀美，面颊丰满，笑容可掬，绰约动人。小安告诉我们，这些都是辽代泥塑的真品。想不到八百多年前留下来的泥塑，形状还这样完整，色彩还这样鲜艳。我们对古代无名工匠的高超技艺深表叹服。

随后，我们又来到了上华严寺的大雄宝殿。这座大雄宝殿相当雄伟。殿高十多米，殿顶上有两个很大的琉璃鸱吻，高四米多。小安告诉我们，北端的那个鸱吻，就是辽金时代的遗物。它历经近千年风雨侵袭，依然色泽鲜亮。大殿的面积很大，约有1500平方米，是我国现存最大的佛殿之一。殿内到处金碧辉煌，两侧有二十天王的彩色塑像。这二十天王身躯都向前倾，有一种逼人的威势，这在其他寺院中是少见的。四壁墙上，布满了色彩绚丽的壁画；天花板上装饰着花卉、龙凤、几何图形、梵文等图案。大殿正前方的佛坛供着五尊端坐在莲台上的金身如来佛像。佛像周围是众胁侍菩萨像。

小安告诉我们，除正中的三尊佛像是木雕像外，其余的都是泥塑。这批泥塑和木雕像，年代较晚，都是明代重修华严寺后才有的，但也已有五百多年历史了。在我们游览了两处名胜古迹之后，大同的古代历史给我们留下了很深印象。回招待所的路上，我们对小安说："大同的过去肯定很有名气，否则不会有这样引人入胜的古迹。"

"那当然，你们可别小看了大同，它也算得上是我国古代的名城之一。"小安像是炫耀似的对我们说，"大同已经有2000年的悠久历史了。早在公元前3世纪的战国时代，便开始建城，当时属于赵国，秦汉时被称为平城。398年至494年，我国北魏王朝曾在此建都。当时，这里是我国北方的政治、经济、文化中心，它的繁华兴盛冠于全国。隋唐以后，大同虽然地位下降，但也仍然一直是州府所在地；明朝时，又成了代王王府所在地。它的历史还是相当辉煌的。有的历史学家还称它是个荟萃古代文化艺术精华的宝库呢！"

"真没想到大同有这样值得自豪的过去。"我们由衷地说。小安高兴地笑了，自告奋勇地说："明天，我带你们去看云冈石窟，你们看过之后对大同的过去肯定会有更深的印象。"

第二天一早，小安带我们乘车西行，来到了离大同市约16公里的武周山南麓，闻名世界的云冈石窟就开凿在这里。下车后，我们立即看到，武周山南面的石壁上，错落有致地排列着几十个石窟；石窟内都雕着石像。

小安俨然是位好导游，他一路嘴不停歇："云冈石窟是北魏在大同建都时期开凿的石窟群。它是我国现存的规模最大的石窟群之一。现存石窟群东西绵延1公里，有主要洞窟53个，大小石雕像51000多尊。"

我们问："它原来的规模比起现在如何？"

"那可大多了！"小安如数家珍，"据史料记载，云冈石窟原来的规模是现在的十倍。它是北魏兴安二年（453）开始凿建的，四十多年后完成了绝大部分工程。当时，它的洞窟群东西长达10公里。后来，历经1500多年岁月的风化和历朝战火的破坏，大部分洞窟已不见踪影，留存下来的仅有目前这些。"

我们不由得目瞪口呆："十倍于此的规模？可是目前的石窟群就已让人叹为观止了。云冈石窟和洛阳龙门石窟、天水麦积山石窟、敦煌石窟并称我国的四大石窟。它能有今天的规模就很不简单了。"

"是的。这些洞窟能保留下来，和武周山的特殊地质结构有关。"小安接着说，"一位地质学家告诉过我，凿建云冈石窟所选用的石材与所选择的地理位置，都颇具匠心。武周山这一带的岩石，是一亿多年前沉积形成的长石石英砂岩，岩层厚达40多米，很适宜雕刻巨大石像。加上岩石中长石和石英含量的比例适当，不软不硬，雕刻时不但可以保持棱角形状，又能不太费力地雕刻出石像细部和装饰花纹。因此，这里可说是建造石窟的理想场所。

"另一方面，武周山处于内外长城之间，气候比较干燥，为石像'延年益寿'创造了条件。你们看，石窟群坐北朝南，背倚武周山。武周山似天然屏障，挡住了凛冽的北风，又使石窟免受风沙之害。石窟前有一条十里河，它调节着局部气候和气温，因此这里的季节温差、昼夜温差不大。这些条件综合起来，使这里成了一个保存珍贵艺术品的天然场所。这就是云冈石窟群能够历千年之劫而终于得以保留至今的原因。"

"真了不起！没想到我们的先辈有这么发达的科学头脑和这么高超的艺术创造能力。他们的深谋远虑使子孙万代受益不浅。"我们异口同声地对我们的先辈深表敬佩。

小安在前面引路，我们一一参观了最有代表性的石窟。每一个石窟，几乎都是一个石雕博物馆，内容丰富多彩，大大小小的石雕像布满洞龛，大家左顾右盼，眼睛简直不够用了。

石窟群中部的第十六至二十窟，开凿得最早，气魄也最雄伟。它是北魏文成帝时，由高僧昙曜主持开凿的，所以也被称作昙曜五窟。这五窟的每一窟顶部都像一个巨大的圆形穹庐,主佛像高13米以上,穿着右袒或通肩袈裟。传说这五窟的五尊主佛像,是以北魏五朝道武、明元、太武、景穆、文成五个皇帝为原型雕造成的。第十六窟正中间的释迦牟尼像,面貌俊秀,姿态潇洒,塑造技巧堪称一流。第十七窟的交脚弥勒像,身穿菩萨服,倚坐在须弥座上,显得十分逍遥自在。第十八窟的释迦牟尼主像和诸弟子像,其面部表情、衣服折褶刻得细腻入微。第十九窟尤为宏大,当中一尊巨大的释迦牟尼坐像,高十六七米,游人必须仰首到极限,才能一睹其真容。据小安说,这是云冈石窟中的第二大像。主佛是巨人,弟子当然绝不会是"袖珍型"的,那东西耳洞内的小佛,也足足有8米高。

除昙曜五窟外,我们印象深刻的还有第十二窟。该窟有音乐窟之称。我们进入窟内,的确好像欣赏了一场古代音乐演出。这个石窟的窟顶雕了一群伎乐天,每位分别拿着各种乐器。其中一位空手的,也许是位指挥,随着其打出的节拍,伎乐天们开始起劲地演奏起来:长箫悠扬,笛声嘹亮,箜篌顿挫,觱篥震颤,琵琶切切,鼓声咚咚,汇成一支优美动听的乐曲。乐曲声中,盛装的飞天在空中翩翩起舞,飞鸟愉快地啁啾。这种场面,表现出了一种感人的意境,可说是"此时无声胜有声"。我们被这石雕的盛大音乐会陶醉了,不知他们是在庆祝什么呢?

小安像是怕扰了伎乐天们的演兴,悄声对我们说:"据说是庆祝释迦牟尼修身成佛后回乡讲经说法。"

好一座音乐窟!这对于研究我国古代音乐史,无疑是有重要价值的。

回想我们在云冈看过的一座座石雕,每一件都是无价的艺术珍品,它们为研究我国古代的历史、艺术、文化、建筑、服装等,提供了大量形象化的资料。

由云冈石窟回到大同市内,我们经过了古迹遍地的旧城和楼宇栉比的新城。这座走过了两千年漫长路程的城市,正在它悠久历史文化传统的基础上,迎接自己的新生。

十三　娘子关前访巾帼

谁也不曾料到，如果列举长城之最，娘子关竟独占两个：它是长城最南的关口，也是由最特殊的部队——娘子军——驻守过的关口。

为了寻访隋朝长城上的这个大名鼎鼎的重要关口，我们特意偏离了明长城的路线，绕道石家庄，乘火车前往。列车在井陉车站短暂停留后，又缓缓启动，继续西行。广播中响起了列车播音员的声音："旅客们请注意，前方到站是娘子关车站。娘子关是河北省和山西省的交界点。它是万里长城上的第九个关口，地势险要，易守难攻。娘子关古代叫苇泽关。据古书记载，唐高祖李渊的第三个女儿平阳公主曾率军队驻守过这里，她的军队号称娘子军。因此，这个关口后来就改称为娘子关……"

知道目的地在望，我们立即动手整理行李，提前做下车的准备。邻座一位面含笑意的六旬老人对我们和蔼地说:"你们是去娘子关的吧?还早呢!过了南峪站才是娘子关!"

听了他的话,我们又重新坐了下来。这位老人面色红润,双目炯炯有神。从言谈举止看,像是一位离休老干部。我们试探地问:"老同志,您对这一带情况好像很熟吗?"

老人笑了笑,说:"我就是本地出生的。说句不客气的话,这里的一草一木,我没有不认识的。"他自我介绍说,他姓姬,老家离娘子关不远,抗日战争时离乡参加了革命。家乡解放后一直在省城工作,多年未回过家乡。不久前他离休了,无官一身轻,这次特地回老家探望亲朋故友。

中途遇上这么一位好向导,我们运气不错。我们又问道:"姬老,这么说,您一定很熟悉娘子关了,能不能给我们做点介绍呢?"

听说我们的目的之后,姬老很爽快地应允道:"好说好说,毕竟是我的家乡嘛。来到娘子关,我就是东道主,我有义务向所有人介绍我家乡的名胜。"

说着,姬老用充满感情的语调讲起娘子关的古今历史。原来,这个关口自古就有,是山西省穿越太行山,进入河北省的重要通道,如今是石太铁路的必经之地。古代,这里道路十分狭窄,人马勉强可以通过。娘子关的关城在峡谷中依山傍河而建,在山西省界竖起了一道难以逾越的屏障,很早就获得了

"三晋门户"之称。远在战国时期（前475—前221），这里就被视为天下九塞之一，也是太行山的八条通道之一。公元前228年，秦国攻打赵国，就是从这条通道打进去的。公元前210年，秦始皇死在河北，遗体也是从这条通道运回咸阳的。汉朝时，曾在通道东口设石研（音xíng）关。以后各朝都在这一带设关，派重兵扼守。娘子关正式筑关，是隋王朝（581—618）的事情了。隋王朝继秦之后大规模重筑长城，娘子关便成了当时长城上的重要关隘，那时取名"苇泽关"。

姬老说，苇泽关后来更名娘子关，的确和唐平阳公主有关。隋朝末期，唐朝的开国皇帝李渊（当时是驻守太原的官僚军阀）起兵反隋。李渊的三女儿平阳公主那时已经嫁给平阳（现在的山西临汾）人柴绍为妻。柴绍是将门之子，臂力过人，武艺高强。平阳公主也自幼习武，熟读兵书。他们夫妻两人听说起兵的消息后，立即响应。平阳公主回到家乡（陕西户县，现西安市鄠邑区），广散家财，招兵买马，组织军队。她的军队全由妇女组成，最多时达七万余众，人称"娘子军"。后来，平阳公主率领娘子军与她哥哥李世民在渭北会师，转战陕西中部，参加了夺取隋朝京都长安的战斗。李渊建立唐朝后，封三女儿为平阳公主。李渊因这个女儿"独有军功"，对她十分宠爱，视若掌上明珠。李渊赏赐部下时，平阳公主得到的奖赏总是最多、最厚的。623年，平阳公主去世，李渊十分悲痛。下葬时,他破例为平阳公主派了一支四十人的鼓乐队和一支仪仗队护柩。按唐朝的礼仪,女子下葬是不能使用鼓乐的。朝内有些大臣反对李渊的做法。但是李渊指出,平阳公主不是普通的妇女,而是一位统帅过千军万马,驰骋疆场,立有大功的女将军;对平阳公主所用的鼓乐,也不能是普通的鼓乐,而是军乐——为她送葬是不能没有军乐的。李渊的话使持异议的大臣哑口无言。

平阳公主不但为李渊所宠爱,也受到许多人的敬佩。她的英雄业绩和故事,在当时流传很广。在平阳公主驻守时期,苇泽关固若金汤,它的新称"娘子关"越叫越响,慢慢取代了苇泽关的旧名。历代文人学士在这里留下了不少佳句赞颂平阳公主。

我们在交谈当中,不知不觉列车已到娘子关车站。走出车站,我们沿着一条东北方向的大道傍河而行。没走多远,竟意外地看到了一个很大很大的游泳池,两股由车站附近涌出的泉水,源源不断注入池里,池水十分清碧。姬老告诉我们,这个游泳池还是日本军队霸占娘子关时修建的,如今成了当地群众夏季嬉戏玩耍的场所。

过游泳池不远,姬老指着路东一座陡坡说:"你们看,这就是娘子关。"顺着他手指的方向望去,果然在山腰处有一座古关。它的规模不大,但是凭着山势险要,虎视着山下的桃河和公路，倚靠东边峭拔的绵山，显得气势雄浑。

我们安排好住处，便沿着石阶攀上陡坡，来到了娘子关下。姬老久未回乡，也和我们结伴同游故地。娘子关南门危楼高耸，上书"京畿藩屏"四个大字；东门与普通城门无异，上书"直隶娘子关"五个大字。城楼前的青石柱上，刻着两副赞颂娘子关的对联。

姬老带我们登上了南门的城楼。他对我们说："这座楼叫'宿将楼'。传说当年平阳公主和守卫部队的将领，就居住在这栋楼上。"

因为年久失修，宿将楼大部分倒塌，难以窥见当年众女将领宴卧起居的风貌。

站在城楼顶上，纵目远望，但见东面山岭峻峭得如同刀劈斧削，气势压人。西面，白河如练，绕环山脚。姬老指着河边的大道说："你们看，这条路是山西进京的必由之路，正好从娘子关控扼的山峡中穿过。只要守住娘子关，千军万马休想通过。"

娘子关居高临下，像一把铁锁锁住了峡谷，用兵不多，即可挡住重兵的进犯，体现了它在古代军事地位的重要。这时我们注意到，关城西面的悬崖峭壁上，有一座只剩半截的石楼，格外引人注目，我们不由得问道："姬老，您看那是什么呀？"

姬老望了望，说："那里呀，据说是平阳公主的'避暑楼'。老人们常说，平阳公主驻守娘子关时，每逢三伏，都去那座楼上避暑。那里地势高，可临四面来风，站在楼上，还能看见河北正定的滹沱河呢。"

顺着一条崎岖的山路，我们来到避暑楼。这里视野果然开阔，一瞥之下，看到了避暑楼旁有一个小水潭，潭中碧水盈盈。姬老告诉我们，相传这是平阳公主的"洗脸盆"，盆内的泉水一年四季总是满的。

我们笑着说："天赐给公主这么漂亮的脸盆。在这里梳妆打扮倒别有一番风韵啊！"

"可不是吗？传说平阳公主每次打仗归来，一定要到这里痛痛快快地大洗一番。"

领略了宿将楼和避暑楼，我们出娘子关东门，继续前行。走了约一里地光景，前面出现了一片奇景。只见高耸的绵山腰间，有一块小小的平地，平地上冒出了一股很大的泉水，方圆有一丈多。泉水的冲力很大，形成了个"山"字形的喷泉。水声哗哗，有如煮沸的开水从一口巨大的锅中翻滚扑溢出来。姬老说，他小的时候，泉水就这样旺，这么多年过去了，水势一直未减，可见绵山不老啊。说着，他顺手捡起一块大卵石，向泉口扔去，卵石瞬间即被喷涌的泉水冲出好远。

这股泉水冲到了平地的边缘，因无路可走，便由数十丈高的绝壁直泻而下，形成了一道美丽的瀑布。瀑布飞落到悬崖下面的巨石上，激溅起无数的水珠白沫。整个山谷，回荡着擂鼓般的水声。姬老扯着喉咙告诉我们："这就是著名的'水帘洞'。"

我们看得入神，想不到雄关附近还有这样壮美的水景。

姬老指着瀑布告诉我们，这叫"七色水帘"，是娘子关的骄傲。在阳光当空的日子，瀑布的正面，便折射出灿烂的七彩。这幅七色水帘迷住了所有见过它的人。传说水帘的泉眼处是娘子军当年饮马的地方。1965年，郭沫若同志临泉观瀑后，兴奋异常，作诗赞道：

> 娘子关头悬瀑布，
> 飞腾入谷化潜龙。
> 茫茫大野银锄阵，
> 叠叠崇山铁轨通。

古往今来的文人学士，凡到过这里的，大都留下了诗句。

我们为眼前的景色所陶醉，按动快门，把周围的动人景色一一摄入了镜头中。

由水帘洞往东走三四里，我们来到了苇泽关村。这个村所处环境十分奇特。它坐落在离河岸一百多米的崖壁上，房屋、庭院无不筑在山石之上，房舍古色古香，庭院里遍种树木，一片郁郁葱葱。从岩缝中流出的泉水，被村民们引进村内的各个角落。有的绕户而行，有的进入庭院，有的甚至直接引进灶房。村子东面，有一道结构别致的古桥，桥上流水，桥下行人，和普通的桥正好相反。桥上包满了青藤，远远望去，活像横倒在山道上的两株合抱老树。

苇泽关村有六七百户人家，有一条街道从村前通过，街面上有百货商店，有饭馆，有旅社，还有工厂、学校和许多个体货摊。街上人来人往，异常热闹。

穿行在人群当中，姬老告诉我们，他小时候常跟着母亲来这个村子赶集。早年，这个村是通商大道上的一个驿站，来往客商进关或者出关，往往在这里歇脚，打尖（吃点东西），住店，购买货物，因而街上十分热闹。自从开放农村集市贸易以后，四乡八镇都来这里做生意。这里成为农贸市场的一个中心，当年兴盛的景象重新出现了。由于娘子关位于山西省平定县和河北省井陉县的交界处，所以两省人物荟萃苇泽，是常有的事。

姬老笑着说："提起平定人和井陉人，我想起他们之间特殊的友好关系来。虽然平定和井陉分属两个省，但是关系一直十分友善。两县人不管男女老少，都是见面熟、见面亲，没说上两句话，就开始认亲家、开玩笑了。出外时碰上了，总愿意一块赶路，一块住店，一块吃饭，好得拆不开。过去，平定人外出开染房的多，回来路过井陉，不管认识与否，总是从这个村吃到那个村。吃完一抹嘴上路，可真老实不客气。井陉人并不恼，只是说一句：'平定人，没法整。'井陉人到平定，也如法炮制，吃到哪家算哪家，看见空载的牲口，不容分说，抓住就骑。平定人一听口音，也只能说：'井陉家，没办法。'"

我们听了觉得十分有趣，说："也许，两县人都是平阳公主统帅的娘子军的后代，所以才这么投缘吧？"

姬老呵呵地笑了："这是你们的假设。但是这种民俗我在其他地方没有见过。现在，听说两县人的关系更好了，串到对方地界，不但吃，还要吃得好才行呢！"

说说笑笑，我们已经把苇泽村的前前后后走了一圈儿。由于娘子关附近泉眼特别的多，我们目睹了群众巧用水利资源的情况。村民们除了开渠引水以方便家庭生活外，还处处建起了水磨。当地人说，娘子关一带至少有几十盘水磨。它们在水力带动下，日夜不停地加工粮食。一盘水磨，一天一夜可以加工一千二百多斤粮，效率十分可观。泉水不但为娘子关附近的百姓解决了粮食加工问题，还为周围邻近乡村的百姓造了福。

我们注意到，架设在水渠上的盘盘水磨，虽然古老，然而灵巧实用，省能源，省人力，加工粮食的成本很低。怪不得娘子关人到了电视电脑普及的21世纪，还舍不得丢弃它。

苇泽关村的田里，很多妇女在忙农活。有的施肥，有的薅草，还有的在挖沟修渠。妇女中，有人还带着很小的孩子。我们不禁有些奇怪："怎么下地干活的尽是妇女？"

姬老说："这也是娘子关的一大特点啊！娘子关的娘子都是能人。自古以来，此地妇女的能干是出名的。她们做工务农一点不比男子差。"

我们问一位正在锄草的妇女："您的丈夫哪里去了？"她直起腰，抹了把汗，爽快地说："他呀，进城做生意去了。这么点活计我一个人就行了。""活计累不累？"她回答："干不惯，啥活都累；干惯了，也就不觉得了。俺娘子关的妇女，全是干惯活的。"我们问她一亩（1亩合666.7平方米——编者注）地估计可收多少？她满有信心地说："少不了八百斤。"

她的爽直与自信给我们留下了深刻的印象。娘子关当代的巾帼，虽说不操兵戈了，但她们的精神与风采，却毫不逊于古代的巾帼！

十四　紫荆花丛中的险关

探访过隋代长城上古今闻名的娘子关后,我们来到了明代内长城东侧的重要关隘——紫荆关。

紫荆关在河北省易县。易县在易水河北岸,春秋战国时是燕国的属地。古人有言:燕赵多壮士。那时战乱迭起,壮士辈出。而燕国、赵国的壮士特别多,其中最有名的,要算燕国壮士荆轲了。

我们到易县的当天,县委宣传部的小李就建议我们去看看易县名胜荆轲塔。在他的陪同下,我们顺易水河西行,来到了离县城约五公里路的荆轲山下。荆轲山不高,站在山脚下,我们一眼就望见了耸立在山上的八角形十三层宝塔。塔是砖木结构的,每层角上都垂着风铎(随风而响的铃),身姿挺拔俊逸,使人感到一种勃勃的英气。

登上荆轲山,小李告诉我们,这座塔高26米,最早建于我国辽代，原来是圣塔寺院里的建筑，所以也叫圣塔寺院塔。辽代以后，塔和寺都坍塌了。明代万历六年（1578）又重建，清代又曾修葺。如今，寺院已不复存在，仅余下这座宝塔。此外，还剩了一块刻着《重修圣塔寺院塔记》的石碑。这块碑上有"寺与塔为山而设，为荆轲所设也"的句子。所以，人们又叫这座塔为荆轲塔。

山上有塔，还有荆轲衣冠冢。传说荆轲死后，敬仰他的人把他的衣冠葬在这里。

荆轲是位两千年前的侠客武士，后人一直怀念他，绝非偶然。我们不禁想起了荆轲刺秦王的故事。荆轲是战国时代人，生性豪爽，好读书击剑，行侠仗义，与燕国太子丹相交甚深，被尊为上卿。太子丹为了抵抗秦国的进攻，和荆轲密谋刺杀秦王嬴政，派他担任刺客。此时，正值秦国大将樊於期因不满秦王的暴政，愤然弃秦投燕。太子丹对他以礼相待，十分器重。樊於期感恩不尽，一心图报。樊於期弃秦后，秦王震怒异常，下了通缉令，悬赏樊於期的人头。为了能向秦王求见，实现行刺的目的，荆轲想用樊於期的头作为见面礼。樊於期得知后，慨然允诺，当场拔剑自刎。为了进一步麻痹秦王，太子丹还为荆轲准备了督亢（现在的易县、涿州、固安一带）的地图，也一并献上。

一切准备就绪了，公元前227年的深秋，燕太子丹亲自率领文武百官,头戴白帽,身穿孝服,在易水河边挥泪为荆轲送行。在生死离别之际,荆轲镇定自若,击剑高歌:"风萧萧兮易水寒,壮士一去兮不复还!"这曲慷慨激昂的悲歌,后来成了流传千古的绝唱。

辞别燕国众人,荆轲从容赴秦。他称有樊於期的首级献上,秦王果然召见了他。他又借献督亢地图之机,靠近秦王。当秦王展图观看的时候,荆轲突然揪住秦王的衣袖,抓起藏在图中的匕首,向秦王猛刺过去。这就是"图穷匕首见"这一典故的来历。秦王奋力挣扎,扯断衣袖,拔出佩剑,砍倒了荆轲。荆轲谋刺不成,含恨而亡。后人为了怀念这位为国献身的壮士,就在易水河畔的山坡上建了这座荆轲塔。

荆轲塔下,就是荆轲的故乡——荆轲里,小李见我们兴趣很浓,就陪我们一起去看看。荆轲里的路口,立着块碑,大书着"古义士荆轲里"几个字。碑系明朝所立。离荆轲里不远,还有一个小庄子,叫血山村。据说樊於期就是在这里拔剑自刎的。樊於期自刎时,血溅山石,所以得名血山村。

过了血山村,我们驱车继续西行,来到了位于永宁山下的清西陵。这里和河北遵化的清东陵,同为清王室的陵墓群。

漫步在陵区的大道上,小李向我们介绍了西陵的概况。西陵里面共有14座陵寝,埋葬着76个人。其中,有帝陵4座——雍正泰陵、嘉庆昌陵、道光慕陵和光绪崇陵;另有后陵3座——泰东陵、慕东陵、昌西陵；妃陵3座——泰妃园寝、昌妃园寝、慕妃园寝；此外，还有公主、阿哥、王爷园寝4座。陵区范围有100多公里，内围墙长达21公里。陵区内有殿宇1000多间，石建筑和石雕刻100多座，建筑面积达50万平方米。

由于时间的关系，我们来不及一一参观。从西陵往西，我们来到了县城外40公里的紫荆岭上。漫山遍野的紫荆花像一片片紫色的云霞，笼罩着坡岭，点染着峰峦。紫荆岭果然名不虚传！内长城上的著名关隘紫荆关，就在这拒马河畔的紫荆岭上。小李带我们一直来到关前。他告诉我们，原来城关的券门上有"紫塞荆城"四个字，现在已经剥蚀不可辨认了。

我们站在紫荆关遗址前面，深深呼吸着紫荆花扑鼻的香气。这一带的长城，迤逦穿行在紫荆花丛中，于古朴中平添了几分秀色，显得雄伟而又壮丽。

面对青山、古塞和怒放的紫荆花，小李对我们娓娓而谈，讲起了紫荆关的历史。紫荆关原来是长城沿线最悠久的古关隘之一。据当地群众传说，远在秦朝以前，这里就设过关城。秦始皇时又进行过重建。关于秦始皇建关城还有一个故事。传说秦以前的紫荆关关城，是用碎石筑成的，不够坚固。秦始皇修长城时，下令三个月内重建这座关城，推倒碎石筑的墙，改用条石垒砌。然而，关城周围虽然山高峰险，却没

十四　紫荆花丛中的险关　　151

有适用的石头。监修官没有办法,就把凿条石的任务摊派给了附近山村的老百姓,限他们一个月内交来合用的石头,违令者砍头。转眼十多天过去了,老百姓踏遍大山,也没有找到采石的地点。眼看大难临头,百姓们坐在山上失声痛哭。哭声震天动地,一下子惊动了山神。山神很同情百姓们的遭遇,夜间,他托梦给百姓,告诉他们,东山的东沟有合用的石头。第二天,按照山神的指点,百姓们来到了东沟,果然发现满沟的巨石。这条救命沟,后来被叫作留石沟,它就在离紫荆关不远的地方。

东汉时,紫荆关叫五阮关。东汉建武二十一年(45),我国北方的民族乌桓入侵中原,东汉王朝派大将马援,出五阮关击败了乌桓。北魏时,紫荆关被叫作马庄关。

据民间传说,唐太宗时的著名大将尉迟敬德镇守过此关,并设置过城堡。当时,拒马河叫淌马河。尉迟敬德刚到时,淌马河像一匹不驯服的野马,每逢夏季,洪水暴虐,吞没了无数人畜庄稼。尉迟敬德看到此情此景,非常痛心,就深入民间了解根由。当地百姓们说,这是因为河中有一条蛟龙在作怪,使得他们世世代代受残害。尉迟敬德听了,发誓要为百姓除害。他告诉百姓,他用的鞭是唐高宗赐给的神鞭,上打昏君,下除奸臣,用它一定可以制伏蛟龙。说完,他纵身跳入奔腾咆哮的淌马河中,举起神鞭,与蛟龙搏斗。几鞭下去,蛟龙被打得服服帖帖，摇身一变，化成了一匹白马。这匹马后来成了尉迟敬德行军打仗的坐骑。淌马河从此平静了。百姓们开始安居乐业。为了纪念尉迟敬德将军的功绩，人们便将紫荆关旁的淌马河改名为拒马河。

听完这生动的故事，我们想起来了，唐朝时，紫荆关不是叫作马庄关吗？说不定这名字就是从尉迟敬德消除淌马河的水害而来的。

"那么，紫荆关这个名字是什么时候开始叫的呢？"

"据说是宋朝。"小李说，"宋朝初年，它叫金陂关，后来因为看到这一带遍生紫荆，这才叫它紫荆关。这个名称，金、元、明、清各朝一直沿用至今。"

我们又问："紫荆关在军事上地位如何呢？"

"它是内长城上重要的关隘之一。"小李说，"据史料记载，紫荆关'控扼西山之险，为燕京上游路，通宣府、大同，山谷崎岖，易于戍守'，一夫当关，万夫莫开。由此可以看出，紫荆关非但地位重要，而且地势险要。内长城从居庸关开始，沿太行山的分水岭向西南行进，经河北省涞水县到达紫荆关。由紫荆关向北可通大同，向东可达北京，向南可以进入中原。它是控扼三省的重要关隘，战略地位十分重要。"

小李还告诉我们，自1153年女真族建立的金朝迁都北京，北京成为中国北方的政治中心以后，紫荆关的地位便日益重要起来。北方部族欲问鼎中原,不是直捣居庸关,就是迂回紫荆关。1211年,元太祖率蒙古族骑兵南下,直指金王朝的首都北京。由于金兵据守居庸关,蒙古兵久攻不下。于是,元太祖派主力部队绕道千里,由紫荆关附近的小路攻入关内,终于攻下。

可见,紫荆关确实称得上是北京西部的门户了。

在由紫荆关回县城的路上,小李特意让车子向西南方向绕行了一段。车窗外闪过南部的山峦。小李让我们下了车,他指着远处一座状若狼牙的峻峭山峰对我们说:"你们猜猜看,这是什么山?"

那座山犬牙交错的狰狞形状提醒了我们:"该不会是狼牙山吧?"

"对了,这就是狼牙山。著名的狼牙山五壮士,正是从这座山的棋盘陀上跳下来的。"

我们怀着崇敬的心情,仰望着远处那沉默的山影,情不自禁地追思起壮士们惊天地、泣鬼神的壮举。狼牙山五壮士是当年全国闻名的抗日英雄。1941年秋季,日本侵略者用"铁壁合围"的战术,对我晋察冀边区进行疯狂的扫荡,包围了我方退守在易县一带的一个团和数万名群众。为了掩护主力部队和群众撤离,我军战士马宝玉、宋学义、葛振林、胡福才、胡德林毅然把敌人引向了棋盘陀附近的一座悬崖,与数百名敌人激战了整整一天。敌人最后才发现与他们周旋的只是五个人。子弹打完后，五位战士砸断枪支，面对目瞪口呆的敌人，纵身跳下了悬崖。五壮士跳崖后，马宝玉等三人壮烈牺牲，葛振林、宋学义身负重伤，被老百姓救回。五壮士的事迹风一样地传遍全国，激励着人们奋勇杀敌。

在归途中，小李告诉我们，1942年当地群众曾为在狼牙山跳崖牺牲的三位烈士建了纪念塔，后来该塔在日本侵略军扫荡时被毁坏。1958年易县人民政府又在棋盘陀为三位烈士重建了纪念塔。人们没有忘记为国捐躯的烈士，经常有人登上棋盘陀，向烈士们献花。

十五　平型关前忆当年

结束了紫荆关的访问之后，为了寻访内长城上著名的平型关，我们由大同南下，来到了位于晋东北的灵丘县境。

灵丘是太行山与五台山之间的一条狭长谷地，土质肥沃。我们到灵丘时，正是小麦抽穗旺长的季节。沿途的田野里，刚秀穗的麦苗，青翠一片，在微风中泛出绿色的涟漪。山坡上和村头院落的苹果树、梨树上挂满了鸽蛋般大小的青果。路上都可以看到有人在田间和果树下拔草、施肥、浇水。实行联产承包责任制后，农民的生产积极性被调动起来，人们侍弄庄稼比绣花还仔细、上心。

到灵丘县后，碰巧遇到解放军几位搞军史的老同志要到平型关去考察，我们便决定随他们一同前往。

平型关是内长城继紫荆关后的又一道要关，它位于灵丘县西部和繁峙县东北边境交界的地方，距灵丘县城有三十多公里的路程。

我们大家一同乘车去平型关。途中,一位两鬓斑白的老军人对大家说:"我们现在走的这条路,就是当年抗日战争时著名的平型关战役的主战场。这一仗打得可真漂亮啊!"

在随后的路上,他注视着公路旁锦绣般的田野和长满苍松翠柏的山岭,时时陷于沉思之中。他一定是在回想当年那令人难忘的战斗。出发前,一位县里的干部告诉我们,这位老同志姓杨,是解放军的一位离休将军,亲身参加过平型关大战。这次,他是为搜集材料写文章而来重游故地的。

老杨望着车外,感慨地说:"几十年弹指一挥间,这一带的变化多大啊!"

我们知道,一定是这一带繁荣兴旺的景象与和平宁静的气氛引起了他的感慨。他怎能不感慨呢?身历当年战斗的人,才深知今日的和平来之不易。如果当年没有抗日健儿们浴血奋战,哪会有今天和平幸福的生活呢?

我们趁机要求道:"老杨同志,触景往往容易生情,您能不能结合周围的环境,给我们讲讲平型关战役的情景呢?"

"可以啊!"老杨爽快地答应了,"等到平型关后,我就给你们讲。"

汽车行驶了半个小时以后,拥抱着公路的峡谷越来越窄,路两旁的山也变得越来越峻峭峥嵘。在盘旋于山间的曲折公路上,轻快的面包车变得"迟缓"起来了,不时发出低沉的声响,小心翼翼地拐弯,慢慢吞吞地爬行。翻过重重叠叠的山岭,我们终于来到了平型关。

车子还未停稳,老杨就迫不及待地跳下了车。我们尾随着他,一起来到名震一时的雄关前方。

平型关坐西朝东,关楼已经毁坏,城基犹存,高不过六米。城基正中,有一个门洞。城门的匾额上写着"平型关"三个大字。雄关两侧山势陡峭,它凭险扼要,雄踞在最理想的防守地带。残城透露着威严的气势。当年八路军在平型关前大败日本侵略军,显然并非偶然。

从平型关向北,延伸着长城的矫健身躯。这段长城虽有多处缺损,但整体还完整,这和它的墙体构造有很大关系。该段长城,墙基部分用花岗岩石块砌成。墙心部分用土夯实,然后用砖甃(zhòu,指用砖砌)面。为了保证墙体的坚固和防御的需要,城上每隔一米半左右,就砌一个砖垛。砖垛很牢固,连子弹都难以穿透,用来做隐蔽,是一道很好的屏障。这一段长城曲曲折折,逶迤于山梁上,像一条翻腾起舞的青灰色长龙,渐渐消失在迷茫的远山之中。

我们来平型关之前,曾经仔细地查阅了资料,知道平型关和这一段长城建于明朝正德六年(1511),万历九年(1581)又做了增修。站在长城上,望着长城内外重重的山岭,面对苍茫的大地，我们不禁想到，平型关和它周围的长城已经有四百七十多岁了。当年建关时，是为了防御关外的蒙古族，谁能料到，四百二十多年后，侵略我国的日本军队却在平型关下吃了大败仗！

我们提醒老杨："您的许诺现在应该兑现了吧？在平型关前，听您亲自话当年，我们太幸运了！"

老杨笑着说："好，我马上满足你们的要求。回忆这段往事，还是很令人振奋的。"

接着，他一手叉腰，一手指点着东北方的峡谷，给我们有声有色地讲起了平型关战役的来龙去脉。关于这场战役，我们虽然早已从书上读到过，可是书上写的哪有老杨的讲述来得精彩呢！

1937年7月7日，日本侵略军向北平郊区卢沟桥发动进攻。中国守军奋起抵抗，这就是震惊中外的七七事变。从此，全国性的抗日战争正式开始。初期，由于国民党蒋介石推行单纯防御的作战方针，致使华北战局十分危急。7月底，北平、天津相继沦陷。日军占领平津后，气焰嚣张，沿平绥、平汉、津浦三条铁路大举进犯。

8月13日，日军进攻上海，蒋介石被迫接受了中国共产党关于国共团结抗日的主张，将红军改编为国民革命军。8月25日中国工农红军正式被改编为国民革命军第八路军。朱德任总指挥,彭德怀任副总指挥,叶剑英任参谋长,左权任副参谋长,任弼时任政治部主任,邓小平任政治部副主任。八路军下辖三个师:第一一五师,师长林彪,副师长聂荣臻;第一二〇师,师长贺龙,副师长萧克;第一二九师,师长刘伯承,副师长徐向前。

正当日军在华北长驱直入,国民党军队全线溃败之际,八路军第一一五师和第一二〇师率先东渡黄河,奔赴抗日战争第一线。朱德等率领的八路军总指挥部也随即渡过黄河,进驻晋东北五台山南茹村,指挥作战。

此时,日军开始分兵向太原方向推进:一路由大同进攻雁门关,南下直取太原;一路由蔚县、广灵进攻灵丘平型关,对国民党第二战区阎锡山的部队实行迂回进攻,配合攻取太原的行动。面对日军的大举进攻,蒋介石、阎锡山驻守山西的二十多万军队丢盔弃甲,溃不成军,败退至雁门关、平型关一带。八路军正好及时赶到,当即决定配合蒋、阎军队固守平型关、雁门关及长城各口隘,尽可能保住太原,稳住华北局势。八路军总指挥部命令第一二〇师驰援雁门关,第一一五师向平型关挺进,迎战来犯之敌。

介绍了当时险恶的背景后,老杨同志说:"平型关战役正是在这样的情况下打响的。我们第一一五师六八五团接到命令后,昼夜兼程,沿同蒲铁路急驰平型关。"

谈到这里,老杨笑了:"抗战初期,国共两党的关系还是挺不错的,我们到平型关,坐的还是阎锡山派来的接兵车呢!"

老杨指着周围的深山峡谷说:"八路军总指挥部决定利用平型关一带的有利地形,配合友军的正面防御,待日军进犯平型关时,出其不意,从侧后对其猛烈袭击。为了达到这一目的,我们必须神不知鬼不觉地赶到两翼山地隐蔽,为了不走漏风声,还必须断绝交通,封锁消息。

"我们是9月24日晚赶到平型关的。当时刮着狂风,下着大雨,山道本来就很险陡,加上天黑路滑,我们连滚带爬,身上的汗水混着雨水,像从河里捞出来一样,一路强行军赶到路南侧的隐蔽地点。深秋季节,夜风夹着哨声,嗖嗖地刮过,战士们抱着枪直打哆嗦。等我们做好伏击准备时,天快亮了。那时,手表还没普及,大家靠日头估计时间。早上七八点钟,远处传来了汽车马达声。不一会儿,一辆一辆军用卡车满载日军,插着太阳旗,耀武扬威地开过来了。"

"你们真算得上神机妙算了。刚张好口袋,日军就赶着送死来了。"

"知己知彼,百战不殆嘛。24日清晨,总指挥部根据种种迹象,判断日军板垣师团第二十一旅团将于25日进犯平型关,所以24日晚我们即抢先占领了战略要地。

"敌人进入我们的埋伏圈后，指挥员大吼一声：'打！'顿时，机枪、步枪、手榴弹立即开火，枪弹声响成一片。战士们一边射击一边高声呐喊冲向敌群，真可谓杀声震天，日本侵略军一下子给我们打蒙了。"

亲身参加过殊死搏斗，老杨同志对当时敌人的顽抗记忆犹新："板垣师团第二十一旅团在日军中素称精锐，战斗力很强。战斗打响后，日军指挥官迅速从惊慌失措中清醒过来，举着军刀，声嘶力竭地组织反攻，企图召集部队，抢占制高点。我们的指挥员旋即命令：附近的制高点一个也不能让敌人占领。我方战士愈战愈勇，一刻也不给敌人喘息的机会。看到敌人往山上爬，战士们就反冲下去，猛射狠打。手榴弹不够用，就用石头作武器，砸得他们抱头鼠窜！敌人急忙掉转车头，妄图夺路而逃。指挥员带头跳出战壕，战士们全面出击，迅速将敌人分割、包围。

"战斗进行得异常激烈。阵地上，我们的战士与敌人展开了肉搏战。我所在的团，二营、三营阵地上的战斗尤为激烈。二营长曾国华和三营长梁兴初都是身经百战的长征战士，在他们的率领下，我方战士打退了敌人一次又一次的反扑。二营五连长曾贤生奋不顾身的行为，使我至今难忘，他外号叫'猛子'，英勇善战，是员虎将。战斗打响前，他就告诉战士：'这次战斗，我们要发扬我军善于打近战、夜战的老传统，用手榴弹和刺刀跟敌人拼。'战斗中，他一马当先，带领战士向敌人猛冲，不到二十分钟，就炸毁敌人军用车二十辆。在战场上，他一人刺死了十几个日军，刺刀都拼弯了，自己也多处负伤，身上到处是血。敌人如临大敌，纠集一群人向他逼来。面对强敌，他冷笑一声，拉响了最后一颗手榴弹，和敌人同归于尽。五连战士眼见连长牺牲了，仇恨的怒火充满胸膛，以一当十，杀向敌群。在激战中，我军消耗也很大，五连打到最后，只剩下二三十位战友了。我们的战士打出了军威，打出了国威。子弹打完了，刺刀拼断了，就掐住敌人的脖子，用牙齿咬，用石头砸。不少敌人被战士们的神威吓得屁滚尿流，丧失了抵抗能力。"

老杨生动传神的讲述，使我们紧张得屏住了呼吸。从平型关脚下的山谷里，仿佛传来阵阵的喊杀声。多么了不起的八路军！

"是啊，"老杨无限感慨地说，"作为当年的一名战斗员，我深为自己的战友感到自豪。经过整整一天的战斗，峡谷两旁血流遍地，我们打胜了。这次战役，我们共歼灭日军三千余人，击毁敌人军车一百余辆、马车二百余辆，缴获九二式野炮一门，轻重机枪二十余挺，步枪一千余支，战马五十余匹。一度气焰不可一世的板垣精锐旅团，被我们彻底打垮了。当然，我军也付出了极大的代价，伤亡了四百余人。"

老杨长叹一声,说:"胜利是用多少青年战士的热血和生命换来的啊!想起长眠在这里的战友,我们这些幸存者常感到应当珍惜今天的和平环境。"

老杨转而又说:"从当时来说,平型关大捷是个了不起的战役。它是八路军出师后打的第一个大胜仗,也是中日开战以来中国军队打的第一个大胜仗。它粉碎了日本皇军不可战胜的神话,提高了中国共产党和八路军的威望,鼓舞了全国军民打败日本侵略者的信心和斗志。"

老杨的一番话,使我们受到了一次难忘的教育。我们再次深情地注视着平型关以及由这里伸向两翼的长城,心想:此关此城真是有幸,它目睹过多少可歌可泣的场面啊!它是历史的见证!

十六　抚今忆昔过三关

我们继续西行，访问长城上的另一座关隘。眼前这座关隘，城楼已毁，关门洞开。它比平型关更险峻，位置在高山深谷的腰间，两边是猿猴难攀的峰峦。倘要前行，非经此关不可。

望着关后那道深深的峡谷，我们不禁想起古书中的记载：传说这一带重峦叠嶂，连鸟儿也难飞过，仅在两山对峙之间有道峡谷，其形如门。春天南来的大雁飞往塞北，因为高山阻路，只得从门状峡谷中穿行飞去。故此地得名雁门。设在雁门的城关，当然就是雁门关了。

雁门关所在的山脉，就是我国著名的五岳之一——北岳恒山。这里峰峦错耸，地势十分险要。据记载，我国古代共有九关，其中以雁门关最险。雁门关是内长城上继平型关之后的又一道重要的关隘，它与宁武关、偏关合称"外三关"。古代有人曾留有"三关冲要无双地,九塞尊崇第一关"之句。这三关在历史上很有名,关前发生过大小上百次战争,涌现出无数镇守边关的英雄。其中鼎鼎有名的,要算北宋时的杨家将了。杨家将的故事在三关内外流传很广,我国古代民间艺人和文学家不惜笔墨,对杨家父子大加褒奖和渲染,使得他们的英雄事迹更加深入人心。据史料记载,杨家将在历史上确有其人。北宋时,杨业父子确曾在三关一带抗击过辽兵。

站在雁门关,山西省摄影家协会的大周让我们摆好姿势,拍了一张留念照。大周高大的个子,一副北方壮士的样子。他这次到三关来拍风景照,碰巧遇上我们,于是便同行了。他是山西当地人,对三关的情况很熟悉。

他收起相机,指着雁门关对我们说:"现在看到的内长城与这上面的关隘虽然是明代重修过的,但它们始建的年代却是北齐时期,隋朝时又进行了续建。明长城正是在北齐和隋长城的基础上重修完工的。北宋时,杨家将正是以这一带长城为防线,抗击辽兵的。由于杨业父子血洒疆场,功勋卓著,所以后世曾在雁门关关楼上为杨业父子塑像纪念。据当地人说,直到清末,关楼里面的杨家将像还基本完好呢。"

应我们的要求,大周带我们寻访了杨家将留下的遗迹。我们经过雁门关南面的太和岭口和代县县城,来到城东20公里处的鹿蹄涧村,这里便是北宋名将杨业的故里。村中农户绝大部分姓杨，自称是杨家将的嫡传子孙。村长也姓杨，他带我们来到村中一座古香古色的祠堂。杨村长告诉我们，这就是杨家祠堂，建祠已有近千年历史了。北宋太平兴国五年（980），杨业率领数百骑大破辽兵，威震中原，村里人即开始塑像奉祀他。元代时，杨家第十七世子孙奉旨正式建立杨家祠堂，后来一直延续至今。明代和清代时又进行了重修。现存的祠内建筑和塑像，大部分是明代的遗物。

祠堂的布局严整，分前后两院：前院共有九间堂屋，奉祀着杨业后裔名流；后院有正殿五间，东西厢舍各三间。正殿内供奉着杨业和他的妻子佘太君的彩色塑像。杨业身着戎装，长髯飘拂，威风凛凛。

正殿除杨业和佘太君的坐像外，两侧还分列着杨业的八个儿子的像。和他们的父亲一样，他们也个个仪表堂堂，英气超人。

村长带着我们在祠堂内参观时，颇自豪地夸赞，杨家历代都出忠臣良将，代县县志上都有记载。出祠堂时，我们看到大殿门口竖着一块形状奇特的石头，上面刻着一只带箭的梅花鹿，还有鹿蹄蹄印。杨村长对我们说："这叫鹿蹄石，我们村的名字就是由这块石头来的。说起这块石头的来历，还有一个故事呢。"

"好哇，请给我们讲一讲吧。"

"可以。"村长抚摸着鹿蹄石说,"它的来历很神哩。传说杨业的十四世孙叫杨友,也镇守过代州。杨友生性豪爽,喜爱出游狩猎。他在代州任上,有一天骑马外出打猎,遇见一只梅花鹿,他挽弓搭箭,射个正着。梅花鹿带箭逃跑,杨友纵马追赶,追到祖居村中,鹿忽然钻入地下。杨友叫人在地上挖掘,意外地得到了这块刻着鹿和蹄印的奇石。杨友觉得是个吉兆,便把这块石头移放到祠堂内。杨家祖居的村从此得名鹿蹄涧村。"

辞别鹿蹄涧村,我们来到了雁门关外的广武营。在这里,我们目睹了蜿蜒于恒山山脉北麓的长城的磅礴气势。这里长城都是土筑砖包的,相当完整,因而显得格外宏伟壮观,恒山险峻的山峰似乎都在它面前"俯首称臣",任它在自己的头上、肩上跳跃飞舞。那高高的屹立在峰峦之巅的烽火台和瞭望台,像是一个个忠诚的士兵,不知疲倦地伫立于四时晨昏,恪尽职守。当然,它们其实早已完成自己的职守了。今天,它们作为古代历史的见证人,除了引人发思古之幽情外,还可以为研究历史的学者提供具体的物证,为正在成长中的一代新人提供生动形象的直观教材。

我们爬上陡坡,又登上了一座高高的瞭望台。从这里眺望雁门关内外,只见南面是莽莽苍苍的群山,北面则是一马平川,开阔而又平展。大周飞快地揿动快门,拍摄周围风光。换胶卷时，他告诉我们："北面的这片开阔地，是著名的古战场。据历史学家粗略统计，两千年间，这里发生过一百二十多次大战，小仗就算不清了。战国时，赵襄子曾在雁门关外击杀其姐夫代王。明末时，闯王李自成曾在此击败明朝代州总兵。"

我们问："传说杨六郎在这一带镇守的时间很长，是吗？"

大周笑笑说："传说是有的。《杨家将演义》中的许多故事，都是以这里为背景展开的。杨老令公（即杨业）遇害后，他的第六个儿子杨六郎担任了镇守三关的重任。他初到三关时，擒孟良，收焦赞，在三关宴请诸将，就是在这一带。孟良在宴会上得知杨老令公在陈家谷遇害，尸骨仍在辽邦（辽国），他便偷离营寨，到辽邦洪羊洞盗回杨老令公尸骨，并从萧太后处骗得骓骊良骥，逃回三关。萧太后知道后，派萧天佑率兵追赶，杨六郎带兵迎战，大败萧天佑。据说那一仗就是在这个地方打的。"

我们还有一大堆问题要问，可惜时间太晚了，无法细细考证传说的真伪。不过传说毕竟是现实的影子，我们相信，杨家将一定是在这一带活动过的。

告别雁门关后，我们来到了三关中的第二关——宁武关。

宁武关在宁武县城。这座关城已经倾圮难辨了。大周告诉我们，这座关位居三关正中，南依云中山，北负雁门山，西连芦芽山，中衔管涔山，是诸山汇集的要塞。这里地势没有雁门险峻，但也是深沟大壑，易守难攻。加上它又居于要冲之地，前有大同，后有太原，历来是兵家必争之地。这座关隘，宋代以前即已设立，明朝景泰元年（1450）重建，成化年间（1466年、1479年）两次修葺。据说，明末时这座关还相当完整。明末农民起义军领袖李自成，攻下此关后，才一路攻克宣府、大同，进入京师的。可见，内长城中，就其重要性而言，宁武关是首屈一指的。丢失宁武关，京师就失去了屏护。古籍中曾记载说："以重兵驻此，东可卫雁门，西可援偏关，北可应云朔（指今大同市、朔州市朔城区——编者注）。"

我们一路由关至县，慢慢探视。宁武关险，宁武县也险，全城建在山岭峡谷之间，给人一种局促的感觉。县城若再要发展，恐怕没有多少余地了。县城两侧，土筑砖包的长城像巨臂一样，紧紧地环抱着峰峰岭岭。大周告诉我们，古时候，宁武关还分管着内长城的三堡：阳方堡、朔宁堡和大水口堡。朔宁堡在宁武关东三十里的地方；大水口堡在宁武关西北三十里，又叫狗儿涧；阳方堡如今叫阳方口，在宁武关东北二十里的地方。三堡形成环状屏障，守住一口，等于守住了一片；失掉一口，关城即暴露无遗。这几个堡，历来也是兵家必争之地。明朝嘉靖年间，蒙古族曾从大水口堡进犯岢岚一带，威胁着明军的防御阵地。三个关堡中，阳方口建得晚，嘉靖十八年（1539）才建，万历年间重建，并将防守范围扩大了二里。它在三关中的位置最重要，它不仅是宁武关的外沿，也是雁门关和偏关的屏障，历代都有重兵把守。

宁武人很健谈，他们争相告诉我们，别看宁武的地理位置重要，可在历史上一直是个穷地方。山多地少，人们但闻兵戈，未闻安宁。只是近几年，宁武才变了。国家的农村政策放宽后，宁武涌现出各种专业户，畜牧业发展很快。现在的宁武，草绿山野，牛羊满坡，抱鞭的牧人放歌道欢情。世世代代偏僻的关堡之地，如今公路、铁路四通八达，汽车、火车昼夜奔驰，把上百种农副产品源源不断运往外地。

我们在宁武县的城门口看到一辆卡车，满载毛毯向山下急驰。大周说："宁武毛毯是县里的拳头产品。这里盛产羊毛，加工成的毛毯，质量很好，每年还有不少销往国外呢！"

三关的最后一关是偏关。我们到偏关的那天，刚好下过一场小雨，空气异常清新，阳光和煦，凉风习习，沿途但见草木苍翠，山花烂漫，一派令人心醉的山区风光。

路上，大周给我们介绍了偏关的古今变迁。原来偏关又叫偏关口。它东衔管涔山,西濒偏关河,因它东仰西伏,所以又叫偏头关。从五代到宋朝,在这里设过偏头寨,元代改为关。现存的关城是明洪武二十三年(1390)改筑的,并设置了偏头所,派太原镇总兵驻扎这里。清朝时,这里改为县,属宁武府,管辖四道边墙(长城)。头道墙在关北60公里处,东接平鲁县(今朔州市平鲁区——编者注)崖头墩的地界,西抵黄河,长约150公里;二道墙在关北30公里处,北贯草垛山,西抵黄河边的老牛湾,南连河曲县的石梯隘口,东达老营好汉山,内外长城正是在这里汇合的。在这里,外长城成了山西与内蒙古的自然分界线;内长城则是省内雁北与祁县两个地区的分界线。偏关所辖的第三道墙在关东15公里处,东接老营堡,西抵百道坡,长约45公里。第四道长城在关南1公里处,东起长林鹰窝山,西至教场。

偏关境内何以要立四道长城?这和它的地理位置有很大关系。它距内蒙古、山西、陕西交界处不远,又正好处在内外长城的两端交界处,加上又是黄河河套东侧长城的西端,在防御上有十分重要的意义,所以祖辈们不辞劳苦,在此修建了道道墙体。守住这一带,无疑可使黄河以东平安无事。

在黄河岸边的桦林堡一带,我们看到了一段很完整的长城。这段长城有30公里长,全部为土筑砖包。它高耸于黄河岸边,俯瞰滔滔的流水。它的静态和黄河的动态融合成一种动静有致的气势：长城增了活泼，黄水添了威严，使人更加感到惊心动魄。这时，我们不由得想起了明朝崔镛写的《偏头关》诗中的句子："黄河曲曲涛南下，紫塞隆隆障北环。"

除了这部分的长城之外，偏关其他地段的长城毁坏严重，许多地方的外包砖墙不见了踪影，裸露出土夯的"内脏"，像一条受了重伤的黄龙艰难地爬行在群山峡谷之间。

偏关多峻岭，对防务固然有利，而生产条件却不算好。不过，这里群众生活水平还不错，虽主食以杂粮居多，但是副食却比较丰富，寻常农家，饭桌上总有三四个菜。

大周告诉我们："偏关这地方历来穷得出名，过去有'荒边无树鸟无窝'的说法。解放前，群众生活十分凄苦，经常有人由偏关口到外省逃荒，当地叫作走口外。"

"噢，口外原来指的就是偏关口外呀？走口外和闯关东一样，在旧社会都是背井离乡、逃荒要饭的代名词，想不到指的就是这一带。"

"没想到吧！"大周微笑着说，"沧海桑田，变化太大了。这个历来逃荒要饭的地方，如今老百姓已经过上了温饱有余的日子。"

是的，新旧社会大不同了，漠漠荒边已告别了"无树无鸟窝"的时代，迎来了绿树成荫、鸟语花香的好光景。

十七　七星庙和杨家城

长城从山西渡过黄河，就来到了陕北。在陕北，它经过的头两个县是府谷、神木（今神木市——编者注）。

这两个县现在的名气不大，可在古时候却是声名远扬的地方。它们出名，很大程度上与杨家将有关。传说在五代后汉末期至北宋初期，杨家将几代人都以这一带为中心活动过。

北宋距今已有一千余年的历史，杨家将的故事却至今盛传不衰。在府谷，我们看到了杨家将留下的遗迹，听到了不少有关的传说。

由府谷西行约20公里，便到了孤山镇。镇北有一处古木葱茏、环境幽静的所在——一座古庙就掩映于绿树丛中。陪我们前来的县文化局的小马管它叫七星庙。七星庙的门上，镶嵌着一块刻着"昊天宫"三个字的石板，所以当地又称它为"昊天宫"。

从外表看，七星庙和普通庙宇没有什么不同，但是仔细观察，人们就能发现它的结构和一般庙宇大不相同。不同在哪儿？那高大雄伟的庙堂，没有一根梁柱。因此，七星庙又有一个"小名"——无梁殿。殿内大墙分八面垒起，层层合拢，由大到小，最后仅用一块砖收顶，样子很像八卦鸡笼的顶部，根本无须梁柱支撑，构造很是奇绝。

七星庙里，祀奉着大小十数尊彩塑神像。我们虽无法辨认它们是何方神祇，但见个个高高在上、威风凛凛的神姿，倒也觉得很"镇人"。问小马这些神祇为何人所塑，小马说："总归是一些无名艺术家。""庙呢，庙建于何时？"我们又问，小马摊开手，说："无法确定！"

"怎么会？"我们又进一步发问，"地方上建庙可是一件大事，难道县志里不记载它的'生日'？"

"作为古迹，县志里当然会有记载，但是并未写明它的始建年代。"小马有着现代青年的豁达劲儿，一点不替古人担忧，但又不好太辜负我们的求知欲，于是使劲想了想，说，"当地人传说，这座庙起码在北宋以前就有了。我爷爷总是讲，杨业和佘赛花就是在这座庙里自由恋爱，匹配成婚的。有出戏叫《七星庙招亲》，说的就是他们两人的恋爱故事。就这一点，七星庙就够不平凡的了。"

说着，小马带我们爬上孤山堡的南屏山，寻访府谷名胜

十七　七星庙和杨家城　｜　175

孤山铁塔。铁塔高高屹立在山巅之上,全身浴着阳光。它高5米,全部用生铁铸成,黑黝黝的塔身宛如一根铁锥,塔尖直刺蓝天。铁塔有十二层,每层的四面均镌刻着佛像。铁铸的佛像,须眉毕现,真叫一绝!站在塔下,放眼远眺,只见山色苍翠,衬着远处低矮的村舍、带子般的公路、甲虫般缓缓移动的汽车,竟像是静中有动的一幅山水画。

我们开玩笑地说:"这座塔好福气呀,天天呼吸着新鲜的空气,天天进行日光浴,站在这里看'画儿',修身养性,弄不好只怕以后要'成精'的。"

小马笑着说:"这叫塔借山势,山助塔威。我们县的这座铁塔,据说开始时是铸在高家峁山西拐角的地方,很不显眼。清朝道光年间,地方上的一些名流认为:铁塔是府谷著名的胜迹,可惜建的地点太偏僻,不便于人们前往览胜。经过大家合议,便将铁塔移到了南屏山。山也好,塔也好,互相辉映,的确增色不少。"

小马的故事未可尽信,偌大一座黑铁塔,能于五百多年前铸造出来已经很不容易了,再让铁塔"搬家",可就太玄了。但是,小马的故事却也说明了我国古代建筑师们对所谓"借景借势"原理的重视。

下山后,我们回眸再看铁塔,只见一片艳阳天下,漆黑的铁塔好像有毫光四射,忽明忽幻,这时,铁塔真成了名副其实的宝塔。

由孤山堡西行不远,长城又开始出现。它从山西河曲县过黄河,在府谷县的麻地沟再现身姿,由县境东北向西南直下,经过七星庙北的庙沟门,来到了孤山堡西面的新民镇附近。我们这时正由新民镇向神木县进发,一眼看到了从山梁上斜插过来的长城。它前进的方向与公路基本持平。乘着齐头并进的机会,我们仔细"察貌观色",觉得长城好像变了个模样。

在河北、山西境内,长城都是土筑砖包,墙体呈青灰色,给人十分牢固的印象。可是进入陕西境内后,长城突然脱去了砖的盔甲,裸露出了黄色的肌肤。当地人告诉我们,陕西缺乏建筑材料,长城全用黄土版筑,不再包砖了。陕甘地带,都是黄土高原的"辖地",以黄土作为材料,可以省工省料,降低造价,加快工程进度。这里的黄土黏结性好,版筑的墙体,也很坚固,比包砖的差不了多少。府谷至神木的长城,尽管容颜略改,气度却不稍减,依旧从容展躯,昂首前进。

在长城的一路陪伴下,我们来到了神木县。神木县城紧贴着长城,可以说是挂在长城腰带上的城镇。县城不大,却很繁华,人们衣着鲜亮,穿着西服和各色新潮时装,姑娘们打扮得尤为俏丽。想不到塞上小城,文明的节拍一点不比大城

十七 七星庙和杨家城 | 177

市慢。

神木人说县里有一处古迹叫杨家城,在县城东北方20公里处。县委派了一部车送我们前去。在一片断壁残垣前,司机小程"吱"地刹住车,说:"喏,这就是杨家城,据说是古代麟州府的所在地。"

杨家城分内外两城,可见原先的规模不小。外城城墙约有4公里,东、南、北三面都设有城门。西面无门,出城就是悬崖绝壁,下面一条大川,堪称"天险",从这个方向绝无攻城的可能。从内城到外城的中心,有两道城门,但都剥蚀了。小程对我们说:"杨家城现在是惨了一点,但听老辈人讲,在历史上可是像回事呢!"

"'历史上'指什么时候?"我们盯着问。小程对自己的家乡当然很熟悉,他不假思索地说:"据史书上记载,麟州城是唐朝天宝年间建的,距离现在有一千多年历史了。"

"这城为什么又叫杨家城呢?"

"因为杨家将守卫过这里。"

"咦,杨家将不是主要驻守山西的'三关'吗?怎么又跑到这里来了?"我们不解地问。

小程笑了:"那是小说和戏文给人造成的印象。其实,杨家将在这里驻守的时间更长。自五代到北宋前期,麟州一直由杨家将驻守。开始时,杨业的父亲杨弘信在麟州当刺史。后来，杨业的弟弟杨重勋、侄儿杨光扆，以及杨业本人和其子杨延昭，先后驻守这里，称雄一时。杨家将在的时候，打过很多胜仗。所以，麟州当时还是全国挺出名的地方呢！"

"当时这里大概是很重要的边关吧？"

"不错。"小程十分自豪地说，"北宋时期，很多文人都曾提到过麟州。著名文学家欧阳修在给皇帝的呈文中专门论述过麟州的事。他认为，麟州'城堡坚完，地形高峻，乃是天设之险，可守而不可攻'。老一辈人讲，麟州城堡没有塌毁时，北宋仁宗时期的宰相文彦博还题了一首诗在城楼上呢。他的诗是这样写的：

昔年持斧按边州，
闲上高城久驻留，
曾见兵锋逾白草，
偶题诗句在红楼。

"红楼，指的就是麟州城楼。当年，它是防止契丹南侵的一座坚固堡垒。"

"麟州既然这样重要，后来为什么被毁弃了呢？"

"唉，都是朝代更迭给闹的。"小程富于表情的面孔颇为沮丧，"北宋以后，麟州先后为金、元两朝占领，它不再是边

十七 七星庙和杨家城 | 179

境了，防御地位下降，州治也就时兴时废了。到明朝正统八年（1443），因筑建了长城，为了屯兵的需要，在紧靠着长城的麟州设置了神木县，麟州故城便完全被放弃了。这种状况一直延续到了今天。"

"噢，明白了。杨家城的弃毁，和明长城的兴建有关哪。"

"是啊，州府变成了县城，我们现在对它只好降格以求了。"小程半开玩笑地说。

我们来到杨家城东北角，看到岩石上有两口深不见底的古井。大的一口，井围有七八米，这么大的井台很少见；另一口略小些。小程告诉我们，这两口井已经多年不用了。传说当年井水十分畅旺。有一次，杨家城被围，全城军民饮水全靠这两口井，被人们称为活命水。

小程还说："杨家城东门外，原来有一座真武庙，也叫将军山庙。关于它的来历，我们当地流传着一个传说。宋朝时，从北面攻来的契丹人，把杨家城围得铁桶似的，用意在夺城，每天杀声震耳，形势非常紧迫。一天夜里，契丹人发现城内一座山上有一位威武的将军正在调兵遣将，仿佛准备反攻的样子。他的周围兵精将强，还有云雾环绕。莫不是天兵助宋？契丹人慌了，第二天夺路而逃。守城的军民认为这是真武将军显灵，就把天神出现的小山称为将军山，又在山上建了庙，祀奉这位真武将军。庙呢，从此也就被称为将军山庙了。"

由天神显灵的故事，我们联想到了神木县的县名，便问："神木的名字是否和这件事有关呢？"

小程摇头道："这倒没有关系。神木县得名另有缘故。据说，宋代时，杨家城东南方有两棵大松树，根深叶茂，枝干粗壮，数人不能合抱。这两棵松树生命力极强，屡经战火天灾，仍然岁岁常青。人们称这两棵松树为神松。由神松又进一步称神木，这个名字就传了下来。金、元时期，杨家城曾被称作神木寨和神木县。明朝时另外选址建县之后，地名却沿用下来了。可惜的是神松后来被毁了。"

我们恍然大悟：神木县的名字原来是这样来的。看来每个地方的地名都有一点来历。

听到我们的感慨，小程狡黠地眨眨眼睛说："是啊，别看两棵神松没了，但是我们县又发现新的神木了。"

望着我们迷惑的神色，小程笑了："我说的这种神木，就是大家都知道的煤呀！煤是原始森林被埋在地下慢慢变成的，这不是神木是什么呢？"

小程进一步介绍后，我们才明白，原来，神木、府谷一带，历来缺煤，燃料不足，影响了当地生产和人民生活水平的提高。近几年，地质勘探人员却意外地探明，神木、府谷的地下，煤的蕴藏量十分可观。在某些地方，煤层厚达八米，而且离地表很近，只要把河谷表面的沙土和碎石清除掉，就露出了大片平坦坦的煤田。现在已初步探明，这一带煤的储量多达数百亿吨，不仅储量大、易开采，而且煤质好。煤田目前正在开发。

小程讲罢，我们一齐说道："这倒真是发现了神木，而且比传说中的神木更有价值。"

小程道："有意思的是，煤田分布的地带，正好都是长城所经过的地带。"

长城保卫过的疆土，下面有如此巨大的宝藏，这也许是一种巧合吧！在长城结束自己使命的新时代，地下宝藏的发现与开发，将会给昔日的荒凉边区带来前所未有的繁荣。

十八　绿色长城胜"榆塞"

位于榆溪河畔的榆林城，北以大漠为界，南通无定河谷，是处于沙漠与谷地缓冲地带的一座城镇。

这座小城干净整洁，带点"土"味。我们注意到，这里许多房屋都建成窑洞的式样，当地人叫它们窑房。我们问过不少当地人："这里有砖瓦泥灰，为什么要建窑房而不建正规的房舍？"他们看看我们，好像怪我们少见多怪似的，都是说："习惯咧！"

我们仔细想想明白了。所谓习惯，都是多年经验的积淀，它有守旧的一面，但也有符合客观规律的一面。榆林人之所以喜欢住窑房，主要是因为建窑房不需要梁、椽，很省木料。在木料奇缺的榆林，可以大大降低房屋的造价。另外，窑房与窑洞相仿，冬暖夏凉：夏季可以隔绝漠北吹来的热空气，冬季可以节约燃料。这就难怪当地人欢迎它了。

比起长城沿线的其他古城，榆林是一座比较年轻的城。它与明长城一同出现。明朝中期，为了防止居住在漠北的蒙古人的进犯，从1470年开始修建长城的西北段。为了筑城和防御的需要，榆林城随之问世了，朝廷在这里设了军区，使之成为长城九个军事重镇之一。

从榆林的历史中我们不难发现，榆林城最初因军事需要而设城市的中心，筑得距长城不远，后来城市中心南迁。南迁无疑有自然条件发生变化的原因。这段长城由东北向西南而来，正好经由毛乌素沙漠南缘。由于正处于风沙线上，它不但承担着防御北方之敌的任务，而且成了阻挡风沙的"桥头堡"。只是，高高的城墙可以抵挡匈奴入侵的劲骑，而面对肆虐的风沙，却显得力不从心，难于招架。一年年，风沙逼近长城，越过长城，侵占良田，毫不留情地一直南下。紧靠长城的榆林城，经常遭遇沙害。于是，人沙之间，展开了一场持久战。人们为过正常生活，曾三次将城镇中心向离风沙线较远的南部迁移。

我们到榆林城北游览，在当地人称作旧城的位置，见到了榆林的北城墙。这道墙还相当完整。离此不远的地方，有一股清澈的泉水，叫普惠泉。它还有一个令人意想不到的美丽的名字——桃花水。据说普惠泉的泉水神奇而甘美，常饮此水的人，面若桃花，白中透红，妩媚异常。这种说法是否可靠，我们不敢断定。但是我们品尝过用桃花水做的豆腐,望去的确又白又嫩,入口隐隐透着花香,实在好吃。另外,街上走过的榆林姑娘,肤色也真比北方很多地方的姑娘白净水灵。

自榆林建城后,这股泉水便一直是榆林的生命之泉。城市虽然几度南移,普惠泉却一直被世代沿用。

告别了普惠泉,我们在榆林地委宣传部的干事小李陪同下,继续北行,去寻访明长城。出城五六里路,迎面看见一座石峡,东西两壁对峙,异常雄伟;峡底一股清流奔涌而出,水势湍急,激流撞石,声若雷鸣。我们发现,石峡两边平整异常,流露着人工斧凿的痕迹。这是怎么回事?

李干事说:"这石峡是人工凿成的。据记载,这里原来没有石峡,现在穿峡而过的河水,被一座完整的石崖挡在榆林北面,形成了一个方圆五十多平方公里的大海子。海子中有盗贼的水寨,他们经常聚众四处抢掠。明宪宗时,派了一位叫余子俊的副都御史到这里建长城。他看到这种情景,就召集民夫,凿开石峡,修筑渠道,既把海子里的水引出来浇灌农田,又使盗贼失去了聚居场所,收到了安边与利民的双重效果。"

我们听了,都在心里喝彩,真是一位有魄力的副都御史!我们沿着石峡再向北行,不久,便看到了从沙丘中蜿蜒而来的长城。它不知疲倦地翻上榆林城北面连绵的山冈,顺着山势上下盘旋，沙丘、山冈恭顺地匍匐在它的脚下。

我们登上了建在红山之巅的一座烽火台。李干事告诉我们，这座烽火台叫镇北台。镇北台约有四十米高，台高三层，相当坚固，外墙用巨石砌成。在台北的门额上，书写着"向明"两个遒劲的大字，系明朝万历年间一个叫涂宗濬的巡抚所书。

从镇北台极目远眺，长城内外的景色尽收眼底。远远望得见南面榆林城的轮廓，那里栽种着许多沙柳和旱柳，形成了一片片绿荫。

李干事回身指着长城北面的沙丘，对我们娓娓说道："明朝以前，毛乌素沙漠还没有这样大，长城以北的许多地方都是水草丰美的草场，山上有茂密的森林。匈奴等少数民族常在这一带游牧。秦始皇也在这里修过长城，不过位置更靠北一些。"

"好啊，我们去看看秦长城！"

李干事连连摇头："不行不行，连影子也不会找到。"

"怎么会呢？"我们不甘心地问。

"你们不知道，这是一段奇特的长城。容我慢慢道来，你们就会明白其中的原因了。"李干事拿起军用水壶，喝了一大口水，抹抹嘴说，"秦始皇修长城，开始是把北方各国原有的长城修补、连接起来，后来才逐渐在原来没有长城的地方新建。榆林以前没有长城，属于需要新建的地方。但是这里很难找到合适的建筑材料。秦始皇左思右想，想出了一个主意。他征调民夫兵丁，在选好的城址上，密密麻麻地栽种了大量榆树，形成了一条长达几百公里的绿色林带。敌人骑兵根本无法通过，防御效果很好。这段长城，当时被人们称作'榆塞'。"

"哈哈，看来绿色长城的创始者，应当首推秦始皇了！"

"的确如此。不过，秦始皇建绿色长城，主要是为了军事目的。今天，我们营造绿色长城，则是为了防治风沙，调节气候。"

"可是，绿色的榆塞什么时候又消失了呢？"

"榆塞存在的时间不短。据史书记载，直到5世纪时，这道绿色长城还依然存在。后来也许是因为乱砍滥伐，加上战火焚烧，才不见了踪影。"

"太可惜了！如果留到今天，那就是长城一绝、世界奇观了！"

李干事却说："最可惜的倒不是榆塞被毁，而是这一带生态环境被破坏了。因为榆塞毕竟是人类营造起来的，面积还有限。而过去这里丰美的草场和茂密的森林，却是自然形成的。它们为人类提供了良好的活动场所，最后却被人类无节制的活动破坏，这不是更可惜吗？"

我们觉得他的话有道理，就问道："为什么这里的生态环境会被破坏呢？"

小李沉思了一会儿说："我也不能讲得很明白。环境的变化是一个渐变的过程，总是在不知不觉当中发生的，因而史书上也只有跳跃式的记载，而无准确的科学说明。不过可以肯定，这种破坏从秦始皇、汉武帝时就开始了。秦、汉修建长城时，派了大批军队、民夫驻扎在这一带。这批人的生活问题，主要是靠开荒种地、砍树盖房、烧柴做饭解决的。后来，历代还从这里大量砍伐木料，运往京城修建宫殿。这样年复一年，这一带的植被受到了很大破坏。明朝初期，这种破坏达到了最高峰。元朝灭亡以后，蒙古各部落都退回到中国北方。为了防止他们的进犯，明王朝在北方沿线派驻了几十万军队。军队的粮饷，全靠开荒屯田解决。与此同时，明朝政府还从内地大批移民安边，也来参加开荒种地。据史料记载，当时陕北一带仅军队开垦的荒地就达到了16.8万余顷（1市顷约合66667平方米，等于100亩——编者注）。由于乱垦滥伐，破坏植被，结果受到了大自然的报复。毛乌素沙漠南面的草场大片沙化，沙漠迅速南侵。到明朝1470年修筑长城西北段时，这一带沙害已相当严重了。"

听了他的介绍，我们都为封建王朝无意中犯下的错误而感慨。这真是：前人栽树，后人乘凉；前人砍树，后人遭殃啊！

但是，当代的榆林人并没有蜷伏在命运的脚下。小李手指北方要我们看："人类在与大自然的较量中，不是已经取得了新进展吗？"

我们放眼望去，只见长城北面，沙漠前沿，有一道林带。树木虽不高大，但茂密、葱茏，在黄沙的映衬下，显得生机盎然。小李告诉我们，新中国成立以后，特别是近几年，榆林地区在植树造林、防风治沙方面取得了显著的成绩。

目前，全区的森林覆盖面积已由解放前的1%上升到19%。为了改造沙漠，榆林人在沙漠边缘修建了无数条渠道，其中最大的榆东渠长达150多公里，穿越了沙漠的心脏地带。生命之水流进了沙漠，不但植树成活率大大提高，而且沙漠的低洼地带还出现了成百上千个大大小小的湖泊。它们的积水面积达到了5000多亩，容量达1000多万立方米。湖泊的浅水处长出了芦苇，深处还可以养鱼。湖泊的周围变成了牧草和沙柳的乐园。昔日被风沙侵占的地方，正在一片片地被人类恢复。如今，陕北长城沿线形成了全长1900多公里的防风固沙林，规模远远超过了秦始皇的"榆塞"。

他的介绍使我们深受鼓舞。离开镇北台后，我们来到了紧傍长城而建的牛家渠林场。走进牛家渠的地界，一股清爽凉甜的气息扑面而来。场内绿树成荫，杨树、油松、旱柳和沙柳组成的林带一眼望不到边，很多树木已有碗口粗细。乔木林的下面，散布着一丛丛灌木和一片片沙生牧草。沙打旺（斜茎黄芪）开出的紫花和柠条绽放的金花点缀在绿树丛中，为林场增添了几分妩媚。我们见到了处于林海包围之中的长城。它与又宽又阔的高高林带相比，变得低矮了，几乎被淹没在绿浪之中。李干事告诉我们，牛家渠林场这些年从风沙口中夺回了成千上万亩土地。我们切实感到，变"沙进人退"为"人进沙退"，这是人的力量的充分显示，也是人对自然灾害的一次胜利进军。这可以说是一次前所未有的积极开拓。

如果说在牛家渠我们看到了一种开拓精神，那么，在毗邻的谢家德村，我们看到了一种创造精神。这个村子位于长城以北，这里的群众在营造林带、向风沙进逼的同时，用林带隔出了条田，引来了清泉，种植了6000多亩水稻。我们巡行在稻田之间，望着翻滚的稻浪，闻着稻花的清香，一种难以言传的敬佩之感油然而生……

十九　黄沙之中的白城

清晨，在榆林通往三边（靖边、安边、定边）的公路上，我们乘坐的北京吉普风驰电掣般地西行。这一带路平车少，过往的车辆都开得飞快。

在这条路上，沿线都可以看到明长城。它时而在沙丘间踽踽而行，时而在沙丘南面的沟壑山坡上腾跃盘旋。这段长城，明代时属于陕西三边大军区管辖的范围。三边大军区又下辖延绥、宁夏、固原、甘肃四个军区。该段长城，正好在延绥军区的管辖下。

由于建筑材料的缺乏，这段长城只能用黄土版筑，外表未包砖石，看上去有些寒酸，不像河北、山西境内的长城那样有气派。但它的坚固程度却不逊于外面包砖的长城。有些地段比华北山岭间的长城还完整。

这段长城经由的地段，都是贫瘠的不毛之地，扑入眼帘的全是黄沙、黄土、黄山。路边虽建起一道绿色的林带，但在黄茫茫的色彩中却显得微不足道。车窗外飞闪过沙丘、荒滩、山冈、沟壑，它们是荒凉环境里长城的伙伴。

  陪同我们上路的李干事告诉我们，在这里修筑长城一点不比在河北的崇山峻岭间修长城容易。这里遇到的最大困难是缺水。大批民夫兵丁驻扎在这荒无人烟、远离水源的地方，饮用水的需求量很大，更何况用黄土版筑墙体也需要大量掺水，因而，解决用水困难成了修筑工程的首要任务。那时，为了保证人畜饮水和工程用水，每天都要派出大批民夫士卒到几公里甚至十几公里外的河道和泉边去挑水和背水。运水成了最艰苦的活计。一个人历尽千辛万苦，挑回的水才够几个人用。为了减轻人的负担，增加运水量，有的地段制造了专门的运水车。除了用水外，取土也很不容易。这一带沙比土多，很难就地取到合适的工程用土，于是，便只有从沙下取土或到远处去运土了。把黄土夯筑成墙，不能一次成型，为了保证工程质量，便层层地夯，其劳动强度之大是可想而知的。这里的气候很恶劣，寒冬腊月，朔风刺骨，冻得人浑身的关节酸痛；炎夏酷暑，烈日暴晒，空气烫得灼人。在这样的条件下，不少民夫兵丁因饥寒交迫或中暑干渴而丧生。当年，这里的荒原沙丘下究竟埋葬了多少冤魂白骨，很难说得清。长城的一砖一石，都凝固着古代劳动人民的尸骨和血汗。

听完李干事的介绍，我们凝望着像一条无首无尾的长蛇蜿蜒于路旁的长城，久久没有作声……

岁月如流，令人感慨的往昔毕竟过去了，望着与长城齐头并进的林带，我们同样感到人的力量的伟大。它是现代和平建设环境中人民奋斗精神的体现。

到横山县（今榆林市横山区——编者注）境内，我们离开榆林到靖边的公路干线，越过长城，朝西北方向奔去，为的是寻访长城北面的一座古城遗址。过长城后，越向北行，地势越低，四周也越荒凉。原先还只是零星散布的流沙，如今已蔓延成片，形成了起伏的沙梁，像一道道浊浪席卷而来。

这一带虽然荒凉，沿途仍散居着一些人家。在有人居住的地方，房前屋后都栽着旱柳。旱柳丛丛，围成了一片小小的绿洲。旱柳的模样很特别，在主干的二三米高处被人们截断，它再从截断的部位，重新生发出几根以至十几根枝条。枝条虽只有酒盅粗细，但是又直又长，是上好的椽料。李干事告诉我们，这一带盖房全靠旱柳椽子。

我们的车子经过徐家湾、沙漩沟、郭梁等地后，李干事说："前面就是白城子了。"

我们透过车窗望去，果然遥遥可见一座高大的白色城堡，兀立在黄沙之中。这就是我们要找的著名古城统万城遗址。想不到经过1500年岁月的侵蚀，它还是那样壮观。

十九　黄沙之中的白城　｜　193

统万城是我国东晋时匈奴部落首领赫连勃勃建立的夏国的国都。都城建成时，赫连勃勃给它取名为"统万"，意思是要统一天下，君临万邦。赫连勃勃初建此城时，无定河北岸一带还是水草丰美的牧场，这是历来以游牧为生的匈奴人在此建都的重要原因。后来，由于植被遭到破坏，风沙南侵，周围逐渐成了荒芜之地，人类就很难在此立足了。于是，人们被迫把统万城和周围的原野彻底让给了风沙。车停稳后，我们跳下来，直奔遗址。统万城残垣高大，通体皆白，透出一股冷森森的阴气。我们不约而同地停住脚步，对望了一眼，忽然感到有点心虚。

李干事经常陪客人来这里参观，见惯了，不以为意，照样大摇大摆地往里走，还扯着嗓门告诉我们："因为遗址是白色的，所以当地人都叫它'白城子'。"

我们看着那奇怪的白色，不由得问道："在这一片黄沙中，土筑的建筑应该是黄色的呀，怎么却是白色的呢？"

李干事把我们带到一堵断墙边，让我们仔细观察。我们发现统万城的墙并不是黄土筑的，而是用一种青灰色的白土筑的。外墙上版筑的痕迹清晰可辨。我们用手摸了摸，坚硬如铁，用石块使劲抠也没有留下什么痕迹。据说当年赫连勃勃为了把城筑得更为坚固，指定用一种黏性很强的白黏土做版筑材料，所以这座城被建成了白色的。

我们进到统万城的内部，发现它过去有多达二三道的城墙，每道城墙之间，相隔半里左右。外城的轮廓不太清楚了，二道城和三道城痕迹犹存。内城东西有600多米长，南北有500多米长，是长方形的，四角留有墩台的遗址。在内城西北角，我们看到了遗址上最高大完整的一座墩台，它高约20米。

离开统万城遗址之前，我们登上了城南的一座墩台，这座墩台高七八米，站在上面，全无遮挡，八面来风，使人不免有提心吊胆的感觉。我们壮着胆子，纵目远眺，呀，遗址竟完全置身于流沙的包围之中。起伏的沙梁像黄色海洋中的安静的波涛，统万城的遗址像是浮在波涛上的白色的小岛。

有着显赫历史的古代名城，如今成了沙海中的孤岛，这下场未免有些可悲。朝代的更迭，并不是城市盛衰的决定性因素；自然地理环境的变化、生态环境的变化，才是致命的因素。昔日的繁华，只剩下今天一片白色的残迹，大自然对人类施行的报复，使固若金汤的城池遭到覆灭的命运，是多么无情和彻底！统万城破败的教训，是值得人类永远记取的。

告别统万城后，我们顺着原路回到公路干线上继续西行，依次经过靖边、安边、定边，去完成对长城的未尽的追访。

二十　花马池的"宝石花"

明长城越过陕北的"三边",即进入宁夏回族自治区境内。在这一地段,长城一直蜿蜒于较荒凉的地区,以不可遏止之势奔向贺兰山脚下。这段长城,俗称河东墙,因为它位于黄河以东。

公路在这一段恰巧和长城一道朝西北方向延展,使我们有幸在吉普上追随瞻仰长城的风采。长城在这一带行进得从容、庄严,它虽不时因地势的起伏扭动身躯,但动作平稳,幅度不大,犹如一条游动于瀚海的巨蟒,正在缓缓而行。

我们由史料上早已得知,眼前这段长城建于明朝成化年间。像建于黄土高原其他地区的长城一样,也不是用青砖砌建,而是用黄土夯筑的。它历经了五百年岁月风霜的侵袭,仍然骄傲地横亘于莽莽原野,脚踏坚实的大地,头顶空阔的天宇。当然,时间老人的刀斧年复一年的削砍,也不可能不在它的身上留下痕迹。

一路上我们注意到：有的地方城楼、城墙还相当完整，墙体、望楼、护墙都还没有缺损，长城一向具有的风韵气魄没有受到丝毫影响；有些地方，虽然城楼倒塌，城墙残缺，长城往昔的风姿却依稀可辨；少数地方的长城损毁较为严重，雄伟的墙体已被风刀霜剑剥蚀得只剩断断续续相连的行行土丘，旧日气吞山河的雄姿已荡然无存。从总体来看，谁也不能否认，这段用黄土夯筑的河东墙经受住了岁月的考验。

我们的司机老白是定边人，对这一带的长城很熟悉。他告诉我们，当地老百姓对自己的祖先能用黄土夯筑这样坚固的城墙颇为自豪，所以一向很注意保护，这也是这段长城保留得这样完整的原因之一。这段长城确实也坚固得出奇，别看它是土夯的，可即使用刀也难抠下一块。即便是水泥建筑，经历过这么多年的风霜也早该风化了，可它却坚硬如初。

老白的介绍更引起了我们的兴趣，于是我们请他停车让我们走近观看这黄土长城的容颜。舍车走近长城，我们立即感到了一股逼人的气势。挺立于这浩茫原野上的、看不到尽头的黄土长城，它的不凡身姿，远看还不足以产生太强烈的震撼效果，近观则令人惊叹，使人敬畏。如果不了解中国的历史，看到这地广人稀、草木难长的原野上横卧着这绵亘不断的巍峨的建筑物时，一定会误以为是神创的奇迹。它像一道由天而落的分水岭，把完整的原野划分成了南北两块。

我们走到跟前发现，眼前的长城虽没有可供登攀的台阶和楼梯，但有一处豁裂的地方，陡直的墙体上还自下而上排列着一个个的土坑，看来是历代的游客们不断踏攀留下的登顶之路。前人的足迹激起我们攀登的欲望。于是，我们一个跟着一个，手攀脚蹬，活像壁虎一样紧贴着墙体，累出了一身汗，才登上了城墙顶部的平台。

嗬，我们立时感到一阵长风吹来，浑身热汗散尽，胸襟顿开。仰望长城，不觉其高，登临其上，方知它虎视熊踞，离地面相当之高，令人目眩胆战。凝眸远眺，则有天长野阔、眼界宽广之感。

此时，一股豪情不觉从我们心底涌起，我们产生了无限的联想。眼前的情景，让我们追忆起了中华民族历史上的许多壮举。这空阔的原野，古时候不正是理想的战场吗？岁月之河倘能倒流几百年，这里或许正两军酣战，杀声震天，一片刀光剑影……

也许老白也生发了思古之幽情，他说："你们别看这一带荒凉，古时候还是林草繁茂、牛羊塞道的好地方呢。为了争夺这个地方，历史上还发生过无数次的征战。只是由于风沙侵逼，这一带才成了莽莽荒原。"

我们感慨地说："历史的变迁、岁月的尘封，改变了多少地方的面貌啊！"

"不过，你们也不必感叹。"老白说，"看，这一带不又发生变化了吗？"

我们顺着老白手指的方向望去，只见远处的荒原沙丘间，有一片朦胧的绿色。老白告诉我们，那是由沙生草木组成的绿色屏障，种的可能是沙柳、柠条、沙打旺等灌木和草。

从远处看，这道屏障并不起眼，可只要走近了看，就可以发现，这简直是风沙线上的奇迹。自从风沙侵占了长城沿线的土地之后，历来一直是"沙进人退、黄长绿消"。可是这些年，在党中央开发大西北和建设三北防护林带的号令下，当地群众受到鼓舞，勇敢地向风沙前沿进军，与风沙展开了顽强的拼搏。于是一道"绿色的长城"也傍着古老的长城开始动工"修建"。这项工程目前还仅初具规模，林草刚栽种不久，长得比较低矮，但毕竟在风沙线上扎下了根，揭开了"绿长黄消"的一页。

老白的介绍，使我们不由得又朝那片绿色多看了几眼。那片绿色的面积虽然不大，但在这片灰黄色的荒原上，却显得十分醒目，洋溢着盎然生意。

在长城顶部眺望过塞北风光后，我们又继续驱车西行。不一会儿，到了宁夏回族自治区的盐池县城。这座县城紧挨着长城，可以算是长城脚下的一座小城。城不大，街道两旁几乎是清一色的低平房。

顾名思义，盐池该是因有盐池而得名。我们在车上问老白："盐池县应该有盐湖吧，怎么一路上没见着？"

老白回答说："别性急嘛，一会儿就可以让你们开眼界了。"

接着他告诉我们："盐池的盐，过去很出名。抗日战争时期，陕甘宁边区需要的盐，全从这里驮运。古时候，这里就是一个出名的食盐产地，出产的盐远销北方许多州县。"

我们问："这里的盐质量怎样？"

老白赞叹道："嘿，那可是头等的好池盐！色白、味正、质纯，用锹从池里挖出来，不用加工，就可以调味做菜。"

这时我们才知道，盐池县的盐湖，原名"花马池"，古代时和山西运城的盐池齐名。传说这两个盐池池底有暗道相通，相隔数千里而盐脉相连，这当然是不可能的。不过，这两个盐池的盐质相近，或许是这种传说产生的原因。

我们喜欢刨根问底，又问老白："花马池这名字是怎么来的呢？"

老白回答说："这个名字的来历，或许与一个流传在盐池这一带的故事有关。据说，山西运城的盐池开发得比这里早。唐宋年间，这里的盐池才被发现、开掘。最早的盐工，都是从山西来的。山西的盐工之所以千里迢迢地赶到这里来，是因为运城的盐池被官府和盐霸霸占了。盐工们累死累活，连自己的一张嘴也填不饱。

"他们发现这个盐池后，简直欣喜若狂，觉得这下可算有了生路。他们原以为这雪白晶莹的盐粒可以换来全家人的口粮，于是拼命地挖呀，挖呀。谁知好景不长，官府很快得知这里发现了盐湖的消息，立即派兵丁沿途设卡，层层收税。盐工们还未到达目的地，盐驮子就空了，于是只好返回来再挖盐。有一个青年，因再三奔波，又累又饿，在挖盐时一下栽倒在盐湖中，再也没有起来。他带去的那匹驮盐的花马，对主人十分忠诚。看到主人没入盐湖，它十分悲伤，绕着盐湖嘶叫了三天三夜。第四天，它跳入盐湖，寻找自己的主人去了。"

"这件事据说是真的呢。"老白接着说，"后来，当地人都说这匹马和它的主人全成了神。有人在月色朦胧时，看见这匹马驮着它的主人浮出水面，到岸上显灵办好事。他们到处打抱不平，主持公道，打击盐霸和官兵，给穷人撑腰和帮忙。从这以后，人们就把花马和盐池联系起来了。"

花马显灵的事，我们不敢相信，不过义马殉主的事倒是完全有可能发生的。

老白做介绍时，吉普车早已越过盐池县城，朝西北方向疾驰。没多久，我们就远远望见了盐湖。从车窗望去，盐湖像一

二十　花马池的"宝石花"　｜　201

面巨大的"银镜"。车靠近停下,我们走到湖边,这时才发现盐湖成了一颗巨大的绿宝石。盐湖的水呈碧绿色,洁净得令人心醉。在阳光照射下,湖面飘浮着轻烟般的雾霭。

盐湖的确与众不同,它除一池绿水,别无他物,湖中连一根水草也不长,也没有鱼虾的踪迹。湖面平静得近乎庄严,还略带点神秘的色彩,轻风拂过,湖面只泛起些微涟漪。

我们凝视片刻,对老白说:"看得出来,盐湖的水比海水比重还大,在湖里游泳,或许更容易一些。"

老白笑了,说:"试试看!下去非把你们腌红了不可。"

我们发现,盐湖中虽然没有生物,可盐湖四周的岸上,却开着五颜六色的鲜花,便兴奋地说:"嗬,盐湖周围的花还不少呢!"

老白呵呵地笑个不停:"你们看仔细一些,到底有几种花?"

他的提醒,引起了我们的注意,我们这才仔细瞅瞅,岸边能叫得出名字的花不多。除了蓝色的马兰花和黄色的苦豆花,那橘红色的、藕荷色的、紫色的、白色的,我们就叫不上名字了。

我们问老白:"这些是什么花呀?"

老白得意地说:"这是'宝石花',也就是盐花。"

原来，这是湖周围的盐被挖去后，盐湖水又不断渗析出的盐的晶体。这些晶体像植物的枝条一样，会不断伸长、分叉，结果就成了一簇簇晶莹的盐花。透明的盐花在阳光照耀下，便折射出了五彩缤纷的颜色。怪不得这些"花"还闪闪发光呢！

长城脚下怒放的"宝石花"，无疑为这段荒凉的长城增添了几分迷人的色彩。

二十一　长城脚下鱼米乡

离开盐池之后,我们的吉普车继续在长城南缘行驶。我们往西行了约莫个把小时,到了一个叫清水营的小镇。我们把车停在镇东头,下车放松了片刻。

重新上路后,司机老白一边发动汽车,一边建议道:"我看从这里开始,别再贴着长城走了,干脆顺便拐到灵武县(今灵武市——编者注)去看看。灵武也是长城沿线一座很有特点的古城。"

"你是权威,就听你的吧。"我们高兴地表示赞同。

老白把车开得飞快,不到一小时,就进了灵武城。老白把车径直开到县委招待所,安排好住宿,已是近中午了。

吃过午饭,老白主动当向导,带我们上街观光。老白这个定边人,到灵武来过许多次,加上又好问古,因此对灵武的历史很熟悉。他边走边告诉我们,灵武这个城不大,在历史上名气却不小。有好几个朝代，在灵武都发生过大事。

唐朝天宝年间，唐玄宗荒淫无度，不理朝政，重用奸臣，致使三镇节度使安禄山乘机发动叛乱，酿成了历史上著名的"安史之乱"。叛军逼近长安时，唐玄宗仓皇出逃，经过陕西马嵬坡和宝鸡，逃到了四川成都避难。玄宗路过马嵬坡时，因当地百姓挽留，太子李亨被留下来主持朝政。李亨一路收拾唐军残部，沿途北上。到达灵武后，惊魂稍定，李亨便迫不及待地登上了皇位，史称唐肃宗。唐肃宗在唐代历史上被称作中兴皇帝。由于他是在灵武登基加冕的，并以灵武做了一段时间的临时国都，再东进关中，重新恢复唐朝天下。于是灵武也声名大振，成了史学家与文人雅士经常提及的地方。当时的灵武被称作朔方，这个名词也是宁夏的代称。

元朝时，据说灵武又是"一代天骄"、蒙古族著名军事领袖成吉思汗亡故的地方。关于成吉思汗的去世地点，历来有争议。有一种记载认为，成吉思汗征服东亚后，是死在灵武的；另一种记载则说他死于甘肃的清水县之西。两种说法究竟哪一种反映了历史的真实，一时还难有定评。不过，成吉思汗曾在这一带活动过，这却是有案可查的。

老白讲的两段历史，前一段我们倒有印象，后一段还是第一次听说。

老白的介绍，触发了我们的思古之情，我们便问道：

"灵武城里还有什么古代的遗迹吗？"

老白笑了笑，说："如果你们想找唐肃宗和成吉思汗留下来的遗迹，已经没有可能了。听老人说，二十世纪三十年代城里还有几堵古墙，传说是唐肃宗离宫的宫墙。可是，新中国成立前，这几堵墙早坍塌了。如果留存到新中国成立后，或许能成重点保护文物呢。如果想看明清时的遗迹，灵武倒还有一些。镇河塔就很值得一看。"

镇河塔在灵武县的东南方向。老白带着我们朝城外走去，沿途经过了不少店铺货摊。灵武城不大，很紧凑；房屋虽多平房，但颇整洁。商店里顾客盈门，各种日用百货都不匮乏，集市上摆着各种鲜活农副产品，前来采购的人挤挤挨挨。小城里到处显示出繁荣兴旺的景象。

说话间，我们出了城，向东南方向走了十来分钟，就望见了镇河塔的绿色琉璃塔尖。走近它时，人能马上感觉到这座巍峨宝塔不寻常的气势。这座塔坐落在一个林木葱茏的园林中，四周环境幽静，景色宜人。镇河塔是座楼阁式八角形砖塔，高四十多米，塔身共分十一层。塔的东西南北四方，都有配殿。塔的西面有门可进入塔心，里面是空心式木板楼层结构，有木梯可盘旋而上。

我们沿着木梯，登上塔顶，顿觉八面来风，神清气爽，极目远眺，远山近水尽收眼底：西北方向，灵武县城的大小建筑物一览无遗，城郭整齐而清晰；正西方向，黄河仿佛离得很近，该段黄河河面开阔，故而显得愈加气势澎湃，浑波浊浪，以不可遏止的气势滚滚而来；更远处是被雾霭岚气笼罩着的朦胧的山岭，给人以悠远神秘的印象。这座塔以山光水色作为陪衬，以古城园林作为依托，所处位置可谓绝妙。

我们很想了解这座塔的来历，可惜老白对它的历史也不太清楚。下塔后，看见塔殿之外有一位老人正在散步，我们就冒昧上前打听。恰巧老人是本地人，他对我们说，这座塔的来历可上溯到元朝。然而，根据有关资料和塔周围配殿的样式来判断，眼前的塔已经不是元代遗留下来的原物。原塔很可能在清康熙六十一年（1722）由于地震而塌毁，现存的塔是后来重修的。

老人的介绍使老白也十分兴奋。他原来一直以为此塔是明清遗物，想不到它竟有元朝的"血统"。他追问道："建塔都有缘由，这座塔是因何而建的呢？"

老人健谈，爽快地答道："简单地说，塔名就是答案：镇河塔系因镇河而建。要详细地说，那就有讲究了。现在的年轻人中知道根底的人不多，幸亏你们问到了我。"

"那您老人家就给我们讲讲吧。"老白要求道。老人双目注视着汹涌的黄河波涛，说道："讲起来，那已是一千年前的事了。灵武，古代也称作灵州。这灵州实际是建在黄河干流包围的一个土洲上,就好像漂浮在水上的一艘大船。民间都这样传说,灵州是一艘宝船,能随水的涨落升降,它是不会被水淹没的。可是元朝时,黄河水却好几次冲进城来。宝船为何不灵呢?古代求仙、炼丹的方士们忙着占卦、看风水,说是这船在岸上缺根桩。于是官府便令百姓捐资出力,建起了这座塔。听说此塔有镇河固船之神力。"

"难道这座塔真有镇河的作用?"老白探问道。

老人哈哈大笑,说:"哪能呢!元代以后,镇河塔也并没有阻挡得了河水的泛滥。明朝初期,河水就曾多次进城'扫荡',致使城址一迁再迁。现在这座城,是明朝中叶建的。这地方叫马鞍山台地,地势略高一点。城是不用再迁了,可是黄河仍在不断为害。每隔一些年,老百姓的庄稼就要遭到黄水洗劫一次……"说到这里,他的声调变得低沉了。

"是啊,靠宝塔镇河,最多只能给人以心理上的安慰,现实却不是一座塔能改变得了的。"我们不由得感叹道。

老人意犹未尽,又说道:"因黄河为害,古时候人们不但轻信方士的谎言,而且把杜绝祸患的希望寄托在神话故事上。"

他用手指了指塔殿,问道:"你们注意到殿里的姊妹钟没有?"

"姊妹钟?是不是那口黑色的大钟?我们刚才走进塔殿

时,看到过一口大钟,因急于登塔,未曾仔细看。"老白回答道。

"对,就是那口钟。"老人加重语气说道,"关于这姊妹钟,自古以来流传着一个动人心弦的故事。相传在明朝初年,因黄河水倒灌,灵州城西的一个湖里出现了一个大海眼,里面常涌出水来。海眼和黄河底部相通,一到黄河汛期的时候,可就坏事了,海眼里的水就像喷出来一样,四处泛滥,淹没庄稼,冲塌房屋。老百姓可遭罪了。有一年,黄河水大得吓人,海眼里的水也一个劲地向外喷涌,城里成了一片汪洋,连地势较高的镇河塔也被浸在水里了。这时,一位姓金的姑娘毅然跳入湖中,朝海眼游去。靠近海眼时,她突然变成了一口大钟,罩住了海眼。城里的水很快退去了,全城百姓得救了,可小金姑娘却再也回不来了。她的妹妹非常思念她,就跑到湖边,一遍又一遍地呼唤着姐姐的名字。喊着,喊着,妹妹也化成了一口大钟,悬挂在镇河塔的大殿里。传说,夏天的夜里,更深人静之际,这口钟会自动嗡嗡地响;此时,城西的湖里也会传出钟鸣般的声响。人们都说,这是姐妹俩在互相招唤,也是在提醒人们注意水汛……"

听完老人的故事,我们很久没有作声。这故事既悲壮又感人,没有受到洪水之害的切肤之痛,没有驯服黄河的强烈愿望,是绝对产生不了这样的故事的。

我们和老人告别时,他又对我们说:"靠镇河塔和姊妹钟驯服黄河,当然只是幻想。黄河真正被驯服,是在人民政权建立起来之后的事。这些事实,你们在灵武多走走就可以看到。"

是的,我们在灵武县境内,看到的是一派欣欣向荣的景象。这个县是长城进入西北后,人们在沿线见到的第一个较富庶的县。经过历代劳动人民连续不断的努力,虽然黄河不断为害,也仍然为灵武的农业打下了一定基础:开了渠,辟了田,并栽种了果树。当地解放后,人民政府大抓水利建设,使黄河化害为利,灵武自然很快成了塞上鱼米乡。我们见到密如蛛网的沟渠遍布这个县,黄河水浇灌着全县大部分田地;水田里的稻秧绿油油的,在清风中翻滚着绿浪;许多村庄四周都有果园,刚挂住的小果遍布枝头。我们所到之处,都呈现出一派江南水乡常见的风光……

老白带我们到灵武县转了一圈后,对我们说:"过去我从没有这样细致地在灵武访古问今,这次看过之后,才知道有人对灵武的比喻的确是事实。"

"什么比喻?"

"有人把灵武比作挂在长城这条腰带上的一块碧玉。我看它够得上。"

我们深表赞同。

因为我们还要继续沿着长城旅行，第二天下午，我们只得带着几分遗憾，离开了灵武县城，又回到清水营，继续沿长城西行。没多久，我们到了灵武县北部的横城。这里是宁夏境内明长城河东墙西端的终点。由横城越过黄河，我们才真正告别了灵武。此时，宁夏的首府银川已遥遥在望了……

二十二　飞来的一只"凤凰"

由盐池西行的长城，至灵武县的横城后，就到了黄河边。这里是明长城河东墙的终点。

西渡黄河，就是宁夏回族自治区的首府银川市。这座城市是长城沿线最重要的城镇之一，是著名的塞上古都。古代的北方，是以长城关塞连接线为界的，长城以北的称作塞北或塞外。而银川恰好在长城关塞所在地，因而被冠以"塞上"。

银川建城已有一千多年的历史了。作为城市，它大约是在公元418年出现的。它是十六国时期夏国的开国君主赫连勃勃建立的。赫连勃勃是匈奴一个部落的首领，原来是后秦王姚兴的部将。公元407年，他脱离后秦，自立王国，筑了统万城作为国都，称大夏天王。在征战中，夏国的势力逐渐强盛。公元417年，东晋将领刘裕攻灭后秦，占领了后秦国都长安。为回建康（现在的南京，东晋的都城）争夺帝位，刘裕又匆匆离去，只留下十二岁的儿子刘义真镇守。赫连勃勃和军师王买德乘机攻占长安。此后，赫连勃勃开始自称皇帝。赫连勃勃是个极端残暴的人，他攻取长安后，曾用东晋兵和百姓的头颅堆过一座"骷髅台"。为安邦立国，他在现在的宁夏地区建立了薄骨律、高平、饮汗城三个城市。饮汗城又叫丽子园，就是现在的银川市。但当时的位置在今日银川市的东郊。

因为古时候的银川是夏国的国土，所以这里自然留下了一些赫连勃勃时代的遗迹。最著名的，大概要算海宝塔了。

我们到银川市的当天，就去一睹这座宝塔的风采。海宝塔在银川市的北郊，俗称北塔，又称赫宝塔、黑宝塔。它造型独特，高大醒目，让人远远地就可以看见它高耸入云的身影。它赫然坐落在开阔的田野上，不时有在塔身上营巢的燕子绕着塔身旋飞，给古塔平添了几分生气。

在我国古代建筑中，塔这种建筑堪称秀丽多彩，富于变化。我们祖国广袤的大地上，大大小小的古塔星罗棋布，其中较著名的就有两千多座。它们属于同一个家族，却千姿百态，风格各不相同：有的精巧玲珑，像杭州的保俶塔；有的粗犷雄奇，像西安的大雁塔；有的凝重古朴，像开封的铁塔；有的巍峨壮丽，像泉州开元寺的双塔……它们又是异中有同，或多或少总有一些相似之处。唯有海宝塔也许可以说是真正独树一帜的古塔，群塔中很难找出与之雷同的。

二十二　飞来的一只"凤凰"

海宝塔高53.9米，共9层11级，塔身全用青砖砌成。它的形状很特殊，塔身平面是方形的，从侧面看，则是"亚"字形的。因为每层每边都有券门，并略微向外突起。塔的外形线条明朗，层次丰富，棱角鲜明，艺术风格独特，在四周绿树青草的映衬下，显得格外古朴清峻。海宝塔的塔室是方形的，门朝东。塔基入口处是一个抱厦（塔的前面加出来的门廊）。塔的檐角翘起，形状美观。这座塔从它的外观看有11层，实际只可登至第9层。

　　我们登上顶层，极目远眺，巍巍的贺兰山，滔滔的黄河水，以及塞上江南绿织原野的美景，尽收眼底。海宝塔建塔的确切年代已经无从考证，但从明朝万历年间留下的《朔方新志》的记载说明，这座塔似乎在赫连勃勃兴建饮汗城之前就存在了。赫连勃勃信奉佛教，他称帝以后，为了表示虔诚，大规模重修了这座塔。从此，这座塔便被称作赫勃塔。后因发音相近，又被误传为"黑宝塔""海宝塔"。

　　我们告别海宝塔，回到市区。望着笔直的街道，林立的高楼，川流不息的车辆，繁华的商店，我们十分感慨：一千多年过去了，这个赫连勃勃当年建立的古城，发生了多大的变化啊，真称得上沧桑巨变！

　　我们在银川的大街小巷穿行。这座古城在我国西北虽然只是一个中等城市，却繁荣兴旺。鳞次栉比的商店里，商品齐全，琳琅满目，样式也很新颖讲究，许多大城市的"紧俏货"这里也不缺。最令人感到新奇的是，这里的商店陈列着种类颇多的化妆用品。一打听，原来这里的商业系统很注意掌握行情，采取从各地进货，让各种商品在市场上竞争的办法，来保证商品流通，适应新潮流的需要。与人攀谈的过程中，我们发现，这里外地人很多，尤其是江南的人多，他们都是来支援西北建设的。银川也许正因为容纳了来自五湖四海的居民，才有了今天的盛况空前。

我们在历史书上早已得知，在赫连勃勃之后的三四百年间，银川一带还并不热闹。银川市真正的兴盛，是与我国北宋时期西北地区一个封建割据政权——西夏的兴起相关联的。银川这个名字，就是建立西夏国的党项族带过来的。党项族是我国古老的少数民族羌族的一支，原来住在青海和四川西北部，过着游牧生活。唐朝后期，党项族由于反抗吐蕃王朝的统治，迁移到现在的陕北米脂县附近。当时他们放养着一种叫"乞银"的名贵骏马，因而将放马的地方称作"银川"。这就是古银川。后来，随着党项族的发展，他们的势力逐渐向西扩展，统辖了河套一带；他们的政治、经济中心也随之西移，银川这个地名于是也就从陕北被带到了宁夏境内。唐朝末年，党项族首领拓跋思恭因帮助唐朝统治者镇压黄巢起义有功，被赐姓李，任命为定难军节度使，封为夏国公，正式成为地方封建割据势力。到北宋时，党项族的势力已经十分强大，它当时的首领李元昊有勇有谋。公元1038年，李元昊决定立国，自称皇帝，国号大夏，国都即定在银川。因大夏位于宋朝的西北，所以历史上称之为西夏。在西夏统治的近二百年间，作为国都，银川曾经盛极一时。西夏鼎盛时期，银川出现过"店铺万家，车马如云"的景象。西夏王朝是在银川历史上打下印记最深的一个朝代，西夏王朝的遗迹，在这里随处可寻。

到银川的第二天，我们去看了西夏王朝留下的最重要的古迹承天寺塔。它因为建在承天寺内，所以有这个名称。因为它位于银川市老城的西南面，所以群众也称它为西塔。承天寺分为前后两院，承天寺塔在前院正西。我们进寺院后发现，这里花木扶疏，环境清幽。院内的承天寺塔，是座平面八角形的砖塔，高64.5米，塔身12层，塔室是方形的，塔的立体轮廓呈角锥形。

陪同我们参观的老王是宁夏博物馆的工作人员，深知承天寺塔的根底。他告诉我们，这座塔是西夏国王李元昊死后的当年，即天祐垂圣元年（1050）建造的。李元昊死后，他未满周岁的儿子李谅祚继承了王位。小皇帝的母亲害怕儿子的王位不稳，特地下令建了这座寺院和佛塔，以求神明保佑。正是为了求吉利，也为了表示自己的正统地位，她将此塔取名为承天寺塔。当时西夏国境内还修了许多别的寺庙。长城沿线的武威的护国寺和张掖的大佛寺,都是同时期的建筑。但是,封建统治者祈神拜佛并不能保证他们的王朝长盛不衰。西夏王朝在西北一隅只割据了不到两百年,就在历史上销声匿迹了。

在承天寺参观时,我们从历史当中体会到:银川的变迁,在西北是有代表性的。作为古代一个边塞重镇,屡经战乱而能呈现出今天这样欣欣向荣的面貌,是多么不容易啊!

我们突然想到,银川素有"凤凰城"之称,不知在历史上又有什么典故?于是向老王请教。老王笑着对我们说:"许多初次来银川的人都曾问过这个问题。其实,这个名称和历史事实并无关系,它是由一个民间故事而来的。"

随后,他给我们讲述了这个故事。传说,很久很久以前,饮汗城有一次被决堤的黄河水吞没了。人们流离失所,无家可归。为了安居乐业,他们决定重建一座新城镇,城址就选定在今天的银川。谁知动工后发现,这里地形虽好,地基却很成问题,破土即涌出地下水,土软得像沼泽地。有的老人摇着头说:"看来难安身了,除非能请来消灾驱祸的凤凰。"有一个勇敢的姑娘听说后,问清凤凰栖身的地方,便独自悄悄地出发了。她不避艰险,昼夜兼程,翻过了九座山,蹚过了九条河,终于来到了凤凰住的地方。但是那里有一条大蛇挡住去路,不许人和凤凰见面。姑娘想到乡亲们的焦虑神情,毫不畏惧地举起柳条,与蛇展开了搏斗。经过三天三夜的苦斗,她

二十二 飞来的一只"凤凰" | 217

终于打死了毒蛇，见到了凤凰。凤凰被她的决心和诚意感动了，驮着她飞回了银川。凤凰降落后，目睹人们的苦难，动了恻隐之心。它把自己的双爪变成了海宝塔和承天寺塔；凤冠变成了高台寺，镇住了地下水；双翅化成了银南银北的大片土地，使人们的生活有了保障。从此，银川便有了"凤凰城"的别名。

　　动人的传说，当然是人们虚构的。但是，看了繁荣的银川城和银川南北彩锦般美丽的原野，你会觉得，这个故事是有事实为依据的。不过，这只"凤凰"不是飞来的，而是历代劳动人民用双手建造、装扮起来的。

二十三　贺兰山中的珍宝

告别凤凰城，我们又踏上了寻访长城之路。

吉普车离开银川后，朝西南方向前进。车行片刻，我们立即注意到，公路此时正在黄河和一条山脉的挟持下驯顺地延伸。

公路左侧，是由南向北流淌的黄河。在这一地段，黄河一改人们印象中狂暴凶狠的印象，以平稳的姿态缓缓地流过。黄河南岸，是大片开阔的平原，上面阡陌密布，沟渠纵横，覆盖着一片片绿油油的稻秧。我们知道，这就是河套地带，俗话所谓"黄河百害，唯富一套"，即指这一带。这片平原，叫银川平原，是由黄河千百年来冲积而成的。

公路右侧，是一条奇特的山脉，山上岩石裸露，山体呈褐紫色，整座山像一匹马一样屹立在黄河西南方。这座山看起来似乎不高，却雄浑、壮观、气势不凡。

莫非这就是贺兰山？给我们充当向导的宁夏回族自治区党委宣传部的小谢像是琢磨出了我们心头的疑问，他说："这就是岳飞《满江红》中提到的贺兰山。"

果然不出所料。这座山在我们的记忆中并不陌生。我们早已从有关资料中得知，由东北向西南横贯于阿拉善高原与银川平原之间的贺兰山，南北长约200公里，东西宽15至50公里。它的海拔高度在2000米以上，最高峰约3556米。然而，在西北摩肩接踵的群山中，它却算不上高个子；可是，自古以来，它的名气却不小。许多古籍，特别古诗词都曾提到过这座山。它地居要冲，是银川平原西翼的屏障，素来是兵家必争之地。古往今来，这里经常发生战争。

我们怀着感慨的心情向贺兰山行注目礼，忽然注意到，长城在这一带一直伴着贺兰山西行。它像一条黄色的腰带，潇洒自在地飘荡在贺兰山的东麓。也许是因为有贺兰山做对比，在这里，它的气势远不如在荒漠地带宏伟。但在崇山峻岭的映衬下，它那逶迤的身姿，却愈加显得不屈和顽强。

小谢介绍说，从银川开始，长城就一直沿着贺兰山前进，直到贺兰山西南端才和它"分手"。这一带的长城，是明代分两次修筑成的。靠北的一段，就是我们现在看到的，叫"西关门墙"，是嘉靖十年（1531）修筑的，它起自银川市西的三关口，止于青铜峡境内的大坝，长约40公里。靠南的一段,叫"城西南墙",是明成化年间(1465—1487)修筑的,它起于青铜峡境内的广武村,止于甘肃省境内的景泰县,长约50公里。

看来小谢对长城的历史相当熟悉。于是,我们问他:"贺兰山的石头这么多,为什么这段长城却还用土筑?"

小谢笑了笑,说:"不少人提过这样的问题。其实答案很简单:用土筑省工、省料、省时间,坚固程度又不亚于石头。"

他指着车窗外的长城说:"你们看,经过四百多年风雨的考验,这土筑的长城不还是相当完整吗?"

的确,这段长城看起来坍塌毁损的程度并不严重,比起荒漠地带要好得多。

小谢有些自豪地说:"据有的专家说,这段长城也是万里长城中较完整的地段之一。除了有考古价值外,还有旅游价值。可惜我们这里太偏僻了。"

"只要你们做好宣传工作和接待工作,今后一定会有人来的。"

"你们不是问为什么不用贺兰山的石头筑长城吗?"小谢又拾起刚才的话头,接着说,"还有一个原因,就是贺兰石太珍贵了,它是宁夏的五宝之一。"

"宁夏五宝:红、黄、蓝、白、黑。这我们知道,可具体指什么就不太清楚了。"

"红宝,指的是枸杞;黄宝,指的是甘草;白宝,指的是滩羊皮;黑宝,指的是发菜;这蓝宝,指的就是贺兰石。"

"这贺兰石真有这么珍贵吗?"

"那当然!"小谢似乎生怕我们低估了蓝宝的价值,便绘声绘色地介绍起贺兰石的历史渊源和品质、用途来。

原来,真正堪称宝物、可作石料的贺兰石并非随处可觅、唾手可得的。它要由石匠进山开采,方可得到。贺兰石的色泽也并非人们司空见惯的那种蓝色,实际上呈蓝紫色。它的石质原本是浅绿色的,由于其中含有大量铁元素,所以又掺进了紫色。绿色、紫色相互渗透,相互映衬,远看仿佛成了蓝色;可只要把石块拿到眼前细看,就能看出,颜色是绿中带紫,紫中掺绿的。贺兰石显得典雅而高贵,质地简直可以与玉媲美。

正因如此,贺兰石是上等的雕刻材料,用它刻出的工艺品,其品质价值与玉雕不相上下。人民大会堂宁夏厅里,就有一幅贺兰石雕刻的竖屏,和玉雕毫无两样。然而,贺兰石最主要的用途不是雕刻工艺品,而是制作砚台。作为文房四宝之一的砚台,自古以来最出名的,恐怕莫过于广东的端砚和安徽的歙砚了,再下来,就要数贺兰砚了。在文人雅士中间,一直流传着"一端二歙三贺兰"的说法。由此可见,贺兰砚称得上是砚中珍品。贺兰砚之所以为读书人所赏识,主要因为它发墨快而匀,且具有蓄水保墨的功能,墨磨好后,滞留在砚台里三四天也不会干涸。革命老前辈董必武一向爱好书法。他到宁夏视察时,得到了一块贺兰砚,十分珍爱,曾题诗称赞道:"色如端石微深紫,纹似金星细入肌。"

小谢引人入胜的介绍,不由得引动了我们去见识贺兰石的念头。我们问小谢:"路上可以看到贺兰石吗?"

小谢说:"没问题。一会儿路过前面的山口时,可以进山去看看,不远就有一个采石场。"

吉普车追随着长城,在贺兰山脚下像游龙一般前进。一路上,只见长城在贺兰山上缠绕腾跃,其势矫健灵活,令人不得不佩服当年的设计施工者。在山势峥嵘的峰岭间筑造工程如此浩大又坚固的建筑物,其设计之完善、技艺之精湛,可以想见。

车行约半小时光景,到了一个山口。小谢告诉我们,长城在贺兰山,每逢山口,过去都设有城关。可惜关门现在都已不见了,只遗留了几个土墩。从沿途山口的遗迹来看,当年大小相连的城堡为数不少,驻守的部队数量也一定相当可观。怪不得唐诗中写道:

朔风吹雪透刀瘢,

饮马长城窟更寒。

半夜火来知有敌,

一时齐保贺兰山。"

吉普车在山口附近停住后,我们下了车。小谢带着我们由山口进了山。进山后才发现,这里可真是"山外有山,天外有天",近处树木葱茏,远处重峦叠嶂。我们随着小谢翻过了一座座小山峰,越走越远,越攀越高。攀上一座高峻的山峰时,俯视我们来的方向,只见吉普车小得仿佛一只蚂蚁。没料到片刻之间我们已爬得这样高了。

我们问小谢:"出贺兰石的地方还远吗?"

"别着急,很快就到了!"说着,小谢又带我们开始翻山越岭。

走着走着,我们突然又想起了一个问题:"贺兰山这个名字有什么来历没有?"

"有啊!"小谢显然很愿意解答这个问题,他不无得意地说,"你们不提,我差点忘了介绍,我对此还专门做过考证呢。"

随后,他告诉我们,"贺兰"源自蒙古语,是骏马的意思。贺兰山的形状也确实像一匹奔腾的骏马。关于这座山的来历,民间流传着一个神话故事。相传很久以前,这里并没有山，而是和银川平原连成一片的大草原。草原中央还镶嵌着一个碧波粼粼的小湖。草原上住着一个叫"曷拉"的部落，他们以放牧为生，养着一大群马。这群马的头马也叫"曷拉"，它是一匹神驹，长着龙首、牛尾、麒麟蹄。有它领头，再暴烈的马也变得十分驯服，马群发展得很快，匹匹都膘肥体壮，幼畜年年增加。曷拉部落靠了这群马，日子过得很富足。他们的生活所需，几乎都来自这群马。他们喝的是马奶，吃的是马肉，穿的是马皮，还用马尾制琴弦，弹奏欢快的乐曲，丰富自己的精神生活。

神驹曷拉保佑曷拉部落过着自给自足的幸福生活。这消息不胫而走，使西土（指西域）一个部落的头人十分眼红。他派了几个盗马贼，在一个月黑风高的夜晚，偷偷摸到了曷拉部落的马圈边。他们乘神驹正在打盹，突然用黑布蒙住了它的眼睛，想把它偷偷赶到西土去。岂料神驹曷拉嗅觉很灵敏，警惕性很高，它嗅出了陌生人的气息，而且发现它闻惯了的草香、水汽越来越远。走到湖的西面，它再也不肯走了。盗马贼急了，使劲用鞭子抽它，赶它，神驹却像磐石般屹立着，一动也不动。盗马贼气得发疯，便用刀戳它，这一下把神驹惹恼了，它昂首扬蹄，把盗马贼一个个踢入水中，又冲上去使劲踩踏他们，不让他们上岸。就这样踩着踩着，曷拉化成了一匹巨大的石马，昂起的马头成了山北面耸起的峰峦，扬起

二十三 贺兰山中的珍宝 | 225

的马尾成了南面平缓的山岭。从这以后，这座山便一直被叫作"曷拉"。随着岁月流逝，语音转讹，"曷拉"就变成了"贺兰"。

小谢的介绍生动而形象，我们听完后都认为这引人入胜的故事，或许是因为贺兰山像骏马才编出来的吧？小谢笑着说："故事当然是假的。可是，据历史学家考证，古时候这里还确实住过一个叫曷拉的部落，贺兰山周围也真有过一种叫曷拉的野马。"

我们恍然大悟，看来这个神话其实是现实的影子。

说着说着，我们来到了一个山坡，这里有一大片裸露的岩石，已经被石匠们开成了一个石窝。有许多石匠，正在这里持钎抡锤，开采石料。和我们在其他地方见到的石匠不同的是，他们显得特别细心，动作小心翼翼，每一锤下去都颇费斟酌。

小谢说："这就是贺兰石的采石场。开采贺兰石是一项很细致的工作，它要求石匠有很高超的技术，稍不注意，就会造成石料的浪费。"

我们在石窝边张望了一下，果真很少看到破碎的废料。裁下的石料断面平整，块块都是方方正正的。小谢告诉我们，这些石料运下山后，还要用专门设备再精心"裁剪"、分割，方可加工成砚台和其他工艺品。

离开采石场时，征得工人的同意，我们顺手捡了一小块鸡蛋大小的贺兰石做纪念。大家把贺兰石放在掌心细细地玩赏，发现色彩果真绿紫相映，呈现出变幻莫测的色彩，煞是可爱。

上车后，我们又开始赶路。小谢见我们拿着贺兰石，爱不释手，便问："你们想知道关于贺兰石的故事吗？"

我们来了兴致："当然想知道！"

小谢谈兴正浓，便说："听老一辈人说，贺兰山在秦朝以前并没有贺兰石。秦始皇修长城时，派了大将蒙恬到这一带当监工。蒙恬非常精明能干，他不但带人筑造了长城，还动手做了一支大毛笔，大概是想把他筑长城的功勋业绩记录下来。这支笔大得惊人，它的笔杆顶端在秦朝国都咸阳城外，笔头就已经碰到了贺兰山。蒙恬干脆带了九十九个壮士，用巨斧把一个山头砍削成了一个笔架，把笔架在了那里。有笔无砚总是缺憾，蒙恬就在架笔的山头附近，又凿了一个巨砚，磨了一池墨。因墨汁的浸润，许多年后，山岩就变成了贺兰石。蒙恬架笔的地方，就成了现在贺兰山里的笔架山，而贺兰石做的砚台之所以墨汁不容易干，就是因为石头里饱含着墨汁。"

讲完故事，小谢笑着对我们说："这传说当然也带着神话色彩。世上哪会有这样长、这样大的笔砚呢？据地质学家讲，贺兰石不过是十三亿年前形成的水成岩，只是各种元素搭配得巧妙、石质特殊一些而已。"

我们自然是不会把神话视为现实的,可是,神话又毕竟是现实的夸张说法。剔除故事中的荒诞成分,人们不是可以看出我国古代劳动人民为创造灿烂的民族文化所做的努力吗?那如椽的巨笔,那似山的砚台,只不过是我国民族文化的象征,它们显然早已与贺兰山光辉的历史交融在一起了。

二十四　从青铜峡到中卫

由贺兰山下来，我们已经只能远远望见长城。公路虽与它大体平行，但所处位置却比它低得多。公路离黄河不远，一直在较平缓的地带行进；而长城却盘旋于山岭之间，蜿蜒起伏。我们从左侧车窗望去，时而见它隐入山谷，时而见它跃上峰岭，一直在不屈不挠地奋进。

我们就这样，以目光陪伴着长城，与它一道前行。走着走着，公路左侧突然出现了一座宏伟壮观的大坝，它"端坐"在黄河流经的一个峡口，把被拦住的河水从自己那一排整齐的闸门里吐出来，就像一个巨大的龙头在喷洒甘泉。从闸门跌落的水柱，像瀑布一样悬挂在坝前，形成了一道壮丽的水帘。那溅落的水流相互碰撞，发出雷鸣般的声响，炸裂出无数细小的水珠，又聚连成一片水雾，在阳光照耀下，映出一道绚丽的彩虹。这景象宏大得震撼人心，美得让人心醉。

小谢对我们说:"这就是青铜峡水利枢纽工程的大坝。"

我们早注意到,大坝所在的峡口,两边岩石裸露,缝隙间散生着草木,色调黄中带绿,就像年代久远的斑驳的青铜器那样。望见这些,人们自然会猜到,它是黄河上赫赫有名的青铜古峡。

建在青铜峡上的这道大坝,和远处的长城相互辉映,使人不由得会为中华民族的创造力感到自豪。从筑长城到建青铜峡大坝,时间跨度有上千年。两大建筑,同是人类对自然的一种改造。但前者是用原始的手段建造的,而后者则是以现代化的手段构筑的。从两者的对比中,人们可以清楚地看到中华民族的巨大进步。因时间关系,我们顾不上参观电站,只远远地观望了坝前的奇丽景象,就继续赶路了。

走了没多远,我们眼前突然一亮,公路左侧出现了个碧波荡漾、水势浩渺的大湖。这无疑就是青铜峡水库。黄河水给人的印象是浊如黄汤,可在靠近大坝的库区,水却是清凌凌、碧盈盈的。俗话有"跳进黄河也洗不清"之说,如果专程来青铜峡,看来还是可以洗清的。这都是大水库使泥沙沉淀了的缘故。

"看,库里还有皮筏子呢!"小谢突然叫道。顺着小谢手指的方向望去,我们看到了一只奇特的小筏子。它是用几只充气的皮筒子和几块木板连接绑扎起来的，模样很奇特。我们过去见过竹筏，但从未见过这种奇怪玩意儿，同行的司机不由得脱口而出："这筏子可真怪，坐上去稳当吗？"

"哎，你可别小看它！"小谢马上辩护道，"这是黄河中上游主要的运载工具，在西北可出名了。它的气筒是用整张羊皮缝制的，所以当地人也叫它羊皮筏子。别看其貌不扬，在水面上却稳当得很。无论水势多急、浪涛多险，它都能在黄河上来往自如，安然无恙。另外，它的历史也不亚于长城呢。听老人讲，是成吉思汗发明了它。成吉思汗远征青海时，因为船不够，就杀羊剥皮缝制成气筒，连起来当船。从那以后，羊皮筏子就流传了下来。"

小谢的一番介绍，使我们也不由得对它另眼相看。在这当口，一声汽笛响起，伴随着汽笛声，一艘汽艇由水库远处劈波斩浪而来。驶近羊皮筏子时，艇首激起的波浪，使羊皮筏子不由得在浪峰上跳荡起来。

"现代文明的产物像是在嘲笑这古代文明的遗民呢！"我们感叹道。

"哼，在黄河上羊皮筏子自有它的优越性。"小谢又充当起"辩护士"来，"羊皮筏子放了气，可以折叠，搬运很方便；这方面，汽艇可就不行了。它虽然快，可不如羊皮筏子灵巧。今后，对羊皮筏子加以改造，没准它还能成为一种新式气垫船呢。"

小谢对羊皮筏子的推崇，使我们真想乘羊皮筏子到黄河上畅游一番。可惜今天我们的日程安排得很紧，没法在水库逗留。

我们在库区稍停了片刻，就又踏上了征程。越过青铜峡水库，行不多远，就到了广武镇。吉普穿镇而过时，小谢对我们说："要研究长城，对这个小镇可别忽略。"

经他解释我们才知道，原来，贺兰山西南端，从广武镇开始，长城已进入宁夏境内的一个新地段：城西南墙。这段长城是明朝成化年间修建的，长约50公里。

这段长城和黄河北岸的这条公路贴得很近，因而我们观察起来也格外方便。该段长城也是用土版筑的。也许是因为这一带风沙大、人口稠密，这一段长城不如前一段完整，残缺、毁坏的地方不少。不过，从整体看轮廓还很清楚，气势和风采依稀可见。

车子与城西南墙齐头前进了一个多小时，我们来到了石空镇。小谢招呼司机把车停下后，带我们弃车登船来到黄河对岸，寻访长城途经的又一处重要石窟——石空寺石窟。

石窟在中宁县西北金沙村附近的双龙山上。这座山山势不高，山脚上流沙侵漫。走近了即发现，所谓寺庙早已不复存在，只剩下一个遗址的轮廓依稀可辨。错落在山坡上的石窟群，也大部分被流沙湮没。小谢告诉我们，石空寺的石窟都开凿于砂砾岩的石壁上。据说有十几窟，其中的卧佛洞、百子观音洞、灵光洞的佛像，都以造型精美闻名于世，可惜这些洞窟在解放前已被流沙吞没。现在只剩下石空寺洞还残存于石壁上。

小谢带我们踩着流沙，进洞观赏了石空寺的雕像。石空寺洞又名万佛洞。此窟洞口朝南，高约25米，相当于六层楼高；宽12.5米，深7米多，洞内面积有七八间房子大小。石窟正壁上凿着三个佛龛，当中是石胎泥塑的释迦牟尼像，旁边两窟也都有佛像，但塑造得不如当中的精致，看起来中间的像是后来重塑过的。窟东西两壁前的台基上，各有三排泥塑，每排都是八九尊。正壁上还绘有大幅壁画，可惜下部都已氧化，但细看却能发现，绘画者的笔法娴熟细腻，寥寥几笔，就勾勒出人物的感情和动态。从壁画内容判断，像是佛教故事画。窟顶绘有西番莲"藻井"（窟顶装饰图案）。观赏了一会儿，我们问小谢："这些壁画与塑像绘制于什么年代？"

小谢沉吟了片刻，答道："这我也说不清。关于石空寺石窟的开凿时间，有唐、西夏、元三种记载，因而从史料上查不到确切的年代。但据到过这里的专家说，从窟形和塑像、壁画的风格判断，石空寺石窟开凿于唐代的可能性最大。"

我们有些惋惜地说："如果真是唐代石窟，被废弃到这个地步，也实在太可惜了。"

小谢说："那只好怪流沙了！西北被流沙湮没的古文化遗址不知有多少呢！"

小谢的话说得不错。我们回到石空镇，继续前进时发现，这一地段的长城，也遭到流沙之害，有些地方被侵占，有些地方被湮没。

我们在车上用同情的眼光注视着长城，望着它在黄沙中苦斗、挣扎。在这一带，公路是在一条夹道中前进，南面是黄河，北面是长城，景色既单调又壮观。黄色是这里的主调：黄墙、黄土、黄沙、黄河。渐渐地，西面又出现了绿色，随之又是黄色、绿色。两种颜色交替显现，此消彼长。我们对小谢说："你看，这里黄色和绿色像是争高低、赌输赢似的。"

小谢认真地说："算是看出眉眼来了。现在已经到了中卫地界。这里自古就有黄龙与青龙斗法的传说。据说，远古的时候，中卫西北面的腾格里沙漠中有一条黄龙，中卫香严山下的绿洲里有一条青龙。两条龙为争地盘，经常争斗，打得中卫成年累月风沙弥漫，草木难生。后来，治水的大禹路过这里，劝解它们，说：'我让黄河横在你们中间，以后你们各自守自己的摊子，别再无事生非了。'黄龙、青龙当时答应了，并决定让骆驼当'劝解使'，帮它们消除争端。可是好景不长，大禹走后不久，它们又重新开战，隔着黄河，继续你争我夺，骆驼这位'劝解使'也只得东奔西跑,结果中卫就变成了现在这副模样:像浑身长了黄绿花斑。"

"这故事编得精彩!"我们听后赞道,"用它来解释眼前的景象,倒真是合情合理的!"

小谢一本正经地说:"故事毕竟是故事。黄龙和青龙之争,实际反映了人和自然的斗争、草木和风沙的斗争。中卫由于是风沙前沿,这场斗争自古即尖锐存在,谁也没斗过谁,所以中卫素来既是塞上鱼米乡,又是风沙的故乡。"

是吗?绿洲和沙漠并存,这我们相信;可又是鱼米乡和风沙故乡,就让人不解了。一个多小时后,我们就到了中卫县城(现中卫市——编者注)。在中卫县逗留期间,我们才知道小谢说的都是真的。生活中,有些事物不是以并列形式出现的,而是以极端对立的方式展示的。

在县城东南面的绿洲里,我们确实见到了江南水乡的景象:田畴一片碧绿,流水欢歌,稻麦青青;村头绿影婆娑,田边果木成荫。陪同参观的乡干部告诉我们,这里的稻米品质优异,洁白透明,呈珍珠色,闻名塞上。据南方来的同志讲,连江南也难得见到这样的好稻米。这里田塘沟渠养着鲤鱼、鲫鱼,肉嫩味鲜,不逊于江南水产。

我们穿行于田野的阡陌之间时,眼前突然出现了一片低矮的小灌木,每丛的枝条上都密密麻麻地挂着鲜艳的小红果。我们从未见过这种植物,惊讶地问:"这是什么呀?"

"连它也不认识?这就是宁夏的'红宝'嘛!"小谢答道。

"噢,原来枸杞子是长在这种小树上的。"

"对。我们这里把长枸杞林的园子叫茨园。这是因为枸杞树上有小软刺。"

走近了看,枸杞园显得越发美了,挂满枝头的长条形枸杞子,殷红透明,活像一颗颗用红宝石做的耳坠子,把叶小枝细的枸杞树装扮得雍容华贵、艳丽无比,使整座园子也透出一种喜庆气氛。

看到色泽比葡萄更诱人的枸杞果,我们咽了一口唾液问小谢说:"新鲜枸杞子能吃吗?"

小谢笑了,说:"尽管尝,不用客气。"

说着他摘下几粒果子,递过来,我们小心翼翼地放进嘴里,一尝,嚄,味道很甜,只是略带一丝药味。我们伸出手:"好,再来几粒。"

小谢忙提醒道:"可别多吃,多吃会淌鼻血的。"

他解释说,枸杞可以算是一种名贵的中药,含有很丰富的营养成分,对体弱多病者有重要滋补作用。但药性很热,正常人多吃便会淌鼻血。

看了绿洲里丰富的物产,我们才知道中卫被称作鱼米乡是当之无愧的。进一步走访后,我们又得知,把中卫称为风沙之乡,也是名副其实的。

由县城往西,便见黄茫茫一片,沙浪起伏,接地连天。一阵风刮过,随即沙尘飞扬。黄沙是这里的主宰。据小谢讲,唐代诗人崔融路过这一带时,曾写过这样一首诗:

疾风卷溟海,
万里扬沙砾。
仰望不见天,
昏昏竟朝夕。

由此可见这一带风沙之狂虐。在这里,只有长城显得无所畏惧。它连着沙浪,压着沙丘,挺直腰杆,傲然在黄色的世界中穿过,朝南翩然而去。

我们很有感慨地说:"在这里,也许只有长城不畏风沙,称得上勇士了。"

小谢含笑说:"也不只是长城。"

"那还有谁?"

小谢手一扬,指着前方,说:"你们看,它不也是吗?"

原来他指的是与长城基本平行的包兰铁路。由于司空见惯，我们倒确实把它忘了。经小谢一提醒，我们也发现了这条铁路的不凡之处：它像一条游龙一样，从沙海中掠过，竟一点也未让沙尘沾身，这一点显得比长城还略高一筹。

"的确奇怪。包兰铁路地基并不高，穿越这里竟能一尘不染，这是为什么呢？"我们有些不解。

小谢未正面回答，笑了笑，说："答案在前面，你们自己去找吧。"

果然，离开中卫，到甘肃景泰去的路上，我们找到了答案。沿途，我们见到了连片的方格状的由沙生灌木构成的植被网。小谢告诉我们，这些方格植被网是由沙坡头治沙站的科研人员研究培植出来的，正是它们固定了这一带的沙丘，保证了包兰铁路的顺利通过。从包兰铁路上我们看到了现代科学技术的威力。

二十五　从黑山峡到海子滩

越过中卫县境后，长城即进入甘肃的靖远县境内。令人奇怪的是，到靖远后，它只在黄河黑山峡的南岸延伸了几公里，便消失得无影无踪了。

我们在双龙镇一带打听长城的下落，一位须发皆白的老人说："你们要找边墙（当地对长城的称呼）嘛，只有过黄河去景泰了！边墙在靖远只有不多的一截。"

于是，我们乘羊皮筏子渡过黄河，来到了景泰县五佛乡。这个乡濒临黄河，地势平坦开阔，看来是一个物产丰饶的地方。大片的农田都种着水稻，秧苗长得绿油油、齐刷刷的，侍弄得很精心，小麦、瓜菜等也长势良好。

乡干部老魏告诉我们，五佛乡是景泰县比较富庶的地方，也可算得上是景泰的一个粮仓。钟灵毓秀，这里的姑娘也长得比别的地方标致。他劝我们到老百姓家去看看。

倘若不是为了寻访长城的踪迹，我们倒是愿意遵从他的劝告，在这里多留几天。我们讲了意图后，老魏说："寻边墙不难。边墙在景泰县是从索桥筑起的。由索桥往西，一路都可以看到。"

听他这样说，我们都十分高兴，便问道："由黑山峡到索桥，怎么找不到长城的影子呢？"

老魏笑着说："这事你们幸亏问到了我。我这人也喜欢寻古，正好追寻过这件事。"

我们顿时兴奋起来，忙催他给我们讲一讲。

老魏一本正经地说："这事我也没查找出肯定的结论，讲出来只能供你们参考。关于这一段长城，有两种传说：一种说，由于这一带峡谷与河流都很险，明长城修到这里时，负责督造的官吏认为，这一带凭天险即可防守，不必再造边墙，就跳过去没修，于是给万里长城留下了一段空白；另一种传说认为，黑山峡到索桥，原来也修了长城，但因地势险要，修建得马虎，所以岁月风尘很快把它湮没了。至于这两种说法哪一种正确，便有待后人去考证研究了。"

为了找到失踪的长城，我们离开五佛乡，沿河南行。老魏主动当了向导。走了十几公里，便到了索桥。将近索桥时，我们即已发现，不远处的山岭上有一道残缺的黄色土墙在蜿蜒起伏。长城，一度迷失，想不到又这样突兀地出现。它是在紧靠黄河边的一座山岭上突然现一现身，又径直往西北方向奔去的。

我们登上了山岭，走近长城，像久违的朋友再相聚，激动而仔细地打量着它。这一段长城也是依山势而建的，但选择的地形很好，山岭连绵，起伏不大，因而长城在这里也不怎么曲折，比较顺利地朝西北方伸展。不过，也许因为这一带靠近河谷，穿山风大，气候较湿润，长城在这里损毁得也较严重，有些地段，连墙基也找不到了。因而，整段长城看上去断断续续，像一条丢鳞弃甲的黄龙，显得有些狼狈。

然而，它毕竟是失踪之后又重新从地里钻出来的，所以，在我们眼中，它仍是那样亲切、壮观，有一点狼狈又算得了什么呢？

我们登高之后，从长城的立足点向四周眺望。只见东面的黄河正由南向北奔流。近看黄河，那汹涌的浊浪常令人望而胆寒，可远远望去，它却没那么可怕了，那黄色的河水显得凝重迟缓，像胶状的液体，在河床上慢慢流过。

我们又在老魏陪同下，追随着长城来到了景泰县城。

景泰县委宣传部听说我们的来意后，决定对我们尽力相助。于是，我们仍由老魏陪同，乘着北京吉普，对横亘在景泰、古浪两县北部的长城，进行了探访。

长城在这两个县，都从它们北面的最干、最荒凉的地段经过。在景泰，它是由东南向西北挺进的；进入古浪县境，便开始朝正西方向延伸。北京吉普离开县城后，走了半个多小时，就来到了景泰电灌工程指挥部。只见这一带长城南北都架设着高压线，粗大的水管从东一直向西敷设，不断翻山越岭，就像长城一样，顽强地向高处登攀。这些水管沿途喷珠吐玉，使大大小小的沟渠中流水淙淙……

我们惊叹道："这个提水工程好壮观啊！"

老魏得意地说："那当然！这是甘肃最大的电灌工程之一。它的灌溉面积足有几十万亩。"

我们问："提的是黄河水吧？"

老魏说："没错。一级提灌泵就设在我们五佛乡。这个工程给这一带的老百姓可造了福了。"

我们很快目睹了景泰电灌工程的神效。我们在灌区内看到，这些靠提引的黄河水浇灌的农田，庄稼长得茂盛茁壮，微风掠过，漾起一片碧波绿浪，预示着今年的好收成。越过灌区，到达长城北面一片未灌上黄河水的土地，我们发现，这里土质虽与灌区相同，却连青草也未长出几棵，车轮碾过即扬起一层浮土。黄色和绿色的强烈对比，使我们看到了大自然的威力，更感到人的力量。

北京吉普越过灌区后，便一直在长城北面行驶。这一带人烟稀少，路上难得遇到几个村庄。走了约莫一个小时，我们注意到，原来朝西北方前进的长城突然朝正西方向拐了。老魏告诉我们，已经快到古浪的地界了。到昌林山时，公路和长城几乎并排从昌林山的北麓经过。我们在车窗上看到，这一段长城还基本完整，虽然墙体已被岁月的刀斧削砍得伤痕累累，但从总体来讲，还没有多少残缺，无损长城的雄姿和风采。

越过昌林山后，长城行进到较平缓的地带，南面是不高的丘陵山地，北面是一大块宽阔的滩地。这块滩地紧靠长城的部分，还有一些田地；再往北，是稀稀落落地长着小草、骆驼刺、地蔓草的戈壁滩；从戈壁滩再往北，则是一望无垠的沙海。长城在这里占据了一个奇妙的位置，它正好处于丘陵与滩地的分界线上，好似丘陵的前哨，又似滩地的屏障。

老魏告诉我们，这里已是古浪的地界。眼前的这片滩地，叫海子滩，是古浪县最平坦的地方，有大片农田。海子滩北部，就是著名的腾格里沙漠。

原来这就是腾格里！我们怀着一种强烈的兴趣驱车在海子滩奔驰，靠近了腾格里沙漠。下车后，我们面对腾格里的沙海，不由得被这片沙漠壮观而又奇丽的景象深深吸引。腾格里沙漠的沙层似乎很厚，沙浪起伏不断，在阳光的映照下，犹如在风浪中翻波涌浪的金色海洋。

见识了腾格里后，我们回到了车上，准备继续我们的长城之行。这时，我们见老魏在一丛骆驼刺下抓出一样东西。他把

二十五　从黑山峡到海子滩

那东西递给我们:"认识吗?这就是沙鸡!"

沙鸡比鸽子略大一点,身上披着带斑点的黄褐色羽毛,脖子上的毛较光艳鲜丽,样子确有些像鸡。这只沙鸡还活着,可又不知为什么翅膀受了伤,被折断了。怪不得它一下子就被老魏抓住了。

"它怎么会受伤呢?"我们望望空旷的沙漠,不禁有些奇怪。

"这就有讲究了。"老魏眨巴着眼睛狡黠地说,"我要不讲,你们一辈子也猜不到。"

随后,他告诉我们,这只沙鸡肯定是在长城北面连接各村的电话线上撞断翅膀的。原来,沙鸡有一个非常奇异的特性,就是异常喜欢聚群生活,有时一群多至成千上万,飞起来就像一小片乌云。它们靠吃沙漠、戈壁中的一种沙米和其他草籽过活,一到晚上,便成群栖在沙漠中。每天,当东方刚刚泛红时,它们一起聚群从沙漠中贴着地皮迎着阳光起飞。起飞时景象可壮观了。这时,由于天还未大亮,加上它们又聚得很密,因此很容易碰上电线杆、电话线、树林等障碍物。少数被碰得折翅断腿跌落下来,但大群伙伴却很快飞远了。第二天,照样还有沙鸡在这些地方受伤。因而,每天清晨,只要沿着电线杆走,准可以捡到几只受伤的沙鸡。有个好运气的人,一次拾到过一麻袋呢。这真有点"天上掉馅饼"的味道。

　　这种沙鸡群起而飞的奇观，很容易激起人们的游兴，我们很愿意见识一下清晨的景象，并试试我们的运气。但是为了赶路，我们只得带着几分遗憾离别了海子滩。

二十六　洮河水映秦长城

　　素以干旱、贫困著称的甘肃省中部，没想到竟有景色如此宜人的小城。

　　我们来到临洮，秀丽的风光立即扑入眼帘。坐落于洮河沿岸的这座小城，洁净而幽雅，城内绿树如云，红花点点，一条宽敞的柏油马路穿城而过，两旁整齐地排列着粉墙青瓦的新建筑。洮河由城西穿过，波光粼粼；一座宏伟的水泥大桥横跨河上，接通洮河两岸。小城周围的田地平展展的，开始泛黄的小麦在微风中翻滚着金波绿浪。早听说过甘肃省中部的地方连人畜饮水都困难，谁知道还隐匿着条件这样优越的角落。就像穷家族也会有个把富亲戚。洮河川是甘肃中部最好的地方之一。

　　为了寻访秦代长城西端的起点，我们才来到临洮。在甘肃境内，我们由景泰经兰州，来到了洮河之畔。

县办公室的田主任听说我们的来意后,高兴地说:"你们找得很准。秦长城的西端,可不就在我们临洮?想必你们知道,对秦长城东端的位置,史学界没有争论;对西端的位置,却长期众说纷纭。司马迁在《史记·蒙恬列传》中说秦长城'起临洮,至辽东'。司马迁说的'起临洮',指的就是我们临洮县。"

"何以见得呢?"我们问。

田主任挺了挺胸,说:"我们县文化馆的老王和临洮师范学校的孙老师专门利用业余时间做了调查考证。"

嗬,想不到这么边远的县城,也有热衷于长城考证的人才。在田主任陪同下,我们来到临洮师范访问。孙老师向我们介绍说:"经过一番考察,我们认为长城的西端是在临洮。我们临洮有着秦长城留下的相当完整的遗址可证明。而且我们还发现,长城的确到临洮就终止了。"

文化馆的老王在一旁补充道:"另外,我们查阅本县的史料,也发现秦长城西到临洮的记载。《狄道州续志》中附有一张临洮县内秦长城的延伸图,标志着长城西端就在古洮河东岸。"

孙老师接着又说:"分析临洮历史上的地位也只能得出同一个结论。临洮是座历史悠久、文化灿烂的古城。秦朝时,临洮被称作狄道,是陇西郡的所在地。唐朝时狄道仍为郡所在

二十六 洮河水映秦长城 | 247

地。金、元、明、清各朝，这里都是临洮府的所在地。可以看出，历史上，处于洮河之滨的临洮，一直是地位很重要的城镇。秦修长城，首要目的是保护边境沿线的重要城镇。临洮理所当然被纳入长城的保护之下。因此，秦长城西端合理的线路只能是由渭源至临洮。渭源长城以东西走向与临洮长城的遗址相接。"

听了之后，我们不得不承认他们的见解有合理的地方，至少也是一家之言吧。他们的钻研精神使我们钦佩。

第二天一早，在孙老师和田主任的陪同下，我们特地到县城北面的陈家川子、水泉湾、插牌、城墙梁、杀王坡一带，踏看了这一段秦长城。未到陈家川子，我们就远远望见，有一道土灰色的城墙遗址，断断续续地蜿蜒在山梁沟坡上。走近看到，即使那些中断的部位，也还残留着墙基的痕迹。我们沿着长城一直前进，来到了洮河东岸。这段秦长城，委实垂垂老矣，比明长城遗址损毁得还要严重，但遥想当年，一定也是相当高大壮观的。各处墙体遗迹高度不等，低处数尺，高处数米，个别地方，甚至高10米以上。水泉湾到插牌一段，保存得比较完整，墙体普遍高数米。这段长城约有1700米长，宛若黄色蛟龙，在茫茫原野上游曳。

过杀王坡后，前面便是滚滚的洮河。河西岸是古代临夏州的地界，那里从未有长城经过。说秦长城西止临洮杀王坡，从地理上讲，是成立的。

洮河波涛起伏。河水吐着白沫，哼着低沉的调子，沉缓地从我们眼前流去。田主任忽然长长地"唉"了一声，说道："远方的客人来得不是时候，无法看到难得的景象'洮河流珠'，也无法尝到难得的佳肴'空心珍珠汤'。"

这洮河流珠是怎么回事？空心珍珠汤又是怎么回事？我们一齐向田主任转过头。

原来，洮河流珠是洮河上独特的自然景象。每年腊月，洮河河面上就会漂浮起一层冰珠。这些冰珠圆溜溜的，在阳光照耀下，就像一颗颗五彩晶莹的珍珠。此时的洮河，满河流淌着冰珠，就像一条神奇的宝河。初次看到这种景象的人，都感到十分诧异。冬天河中冰块漂浮，这很好理解，可是为什么洮河漂浮的却是冰珠呢？有人认为这些冰珠是从洮河水底"弹"出来的，有人说是从冰水中渗出来的，也有人说是浮冰挤磨磨出来的。这些猜测和想象都不对。

洮河冰珠其实是空中掉下来的。这种说法乍听如天方夜谭，可却是事实。洮河是黄河支流，发源于甘肃、青海两省交界的西倾山。它的上游山险坡急，寒冬腊月，河水也来不及结冰。但是由于地势高寒，气候奇冷，当洮河水流经一些陡谷和高峡时，溅起的浪花飞到空中，受冷空气的影响，刹那间结成了冰珠，又重新跌入河中。洮河离源头越来越远，冰珠也就越

二十六 洮河水映秦长城 | 249

积越多，等到进入临洮以后，已经变成冰珠满河了。

听了田主任绘声绘色的叙述，我们懊悔透了，连连叹息："可惜我们看不到这样的奇观了。"

田主任爽朗地说："你们冬天再来嘛。那时候我不但陪你们去看洮河流珠，而且请你们尝空心珍珠汤。"

怎么田主任总是把洮河流珠和空心珍珠汤相提并论，莫非两者之间有什么关系？孙老师笑着说："是啊，空心珍珠汤就是用洮河流珠做的。"

"冰珠竟然可以做汤？"我们愕然了。

田主任大大地得意起来，用炫耀的口吻说："想不通吧？这可是只有我们临洮才有的地方风味！"

"哎呀，别吊胃口了，介绍点实际内容，让我们'精神会餐'一顿也好嘛！"

经我们这样一说，田主任这才把其中的奥妙一五一十道来。原来，每逢洮河开始流珠的腊月，当地群众就用竹筛子把冰珠捞起来，先在面粉中滚拌，然后放到滚烫的水中去煮。外层的面很快熟了，里面的冰珠也很快地化了，此时，面球里包着一汪融化了的冰水。这时，把面球带汤盛到事先准备好的调料中去，空心珍珠汤就做成了。因为此汤腊月里喝，所以临洮人把调料做得极浓烈，又酸又辣，以去寒气。这珍珠汤色香味俱全，一只只雪白的面球，像粒粒洁白的珍珠，漂浮在由青葱、黄姜、红椒、黑醋做成的汤中，逗得人口水直流。大冷天喝下一碗热乎乎的空心珍珠汤，那真是既赏心悦目，又驱寒开胃。

田主任把珍珠汤讲得这般美妙，使我们恨不得立即一尝为快。他还告诉我们，临洮做空心珍珠汤的习惯自古就有。沿河群众非但爱吃，而且把它看成喜庆吉利的事情。假如青年男女在冬季订婚，那是一定要吃一顿空心珍珠汤的。据说这象征着对爱情的忠贞不渝。"这里面是否有什么典故呢？"我们问。

"不愧是记者，一下就问到了点子上。"田主任说，"这和一个民间故事有关。传说古时候，洮河冬天没有流珠那时，洮河边上住着一个叫珍珠的姑娘。珍珠姑娘不但长得美丽，而且心地善良，勤劳能干。她和同村一个青年相爱，打算来年冬天就成亲。不料，财主家的少爷看上了珍珠。为了把珍珠弄到手，恶少爷趁珍珠的情人到河边担水之际，把他推进了洮河。珍珠听到噩耗，赶到河边，失声痛哭。珍珠哭了三天三夜，她落下的泪珠，掉到河里变成了一颗颗珍珠般的冰珠。恶少爷闻讯，带着狗腿子到河边来抢珍珠姑娘。珍珠纵身跳入河中，变成了一朵朵的金花和银花。恶少爷见财起意，带着狗腿子跳到河里去捞金花和银花。这时，一个巨浪打来，把他们统统淹死了。金花、银花也不见了，只留下满河的冰珠漂浮

二十六 洮河水映秦长城 ｜ 251

着。沿河的群众怀念忠贞的珍珠姑娘，就用冰珠做成空心珍珠汤。从此，珍珠汤被人们视为忠贞的象征了。"

泪化冰珠，多美、多悲壮的故事啊！田主任笑着说："临洮河边的老人，可都说这是真事呢！"

群众爱神奇的洮河，更爱洮河的"珍珠"，"珍珠"也是好运气的象征。田主任告诉我们，洮河沿岸有一种古老的风俗，就是借洮河流珠来占卜来年的收成。打捞冰珠时，下筛三次，三筛集中起来，冰珠满筛了，预示着来年五谷丰登；若只有七八成满，就意味着来年只有七八成的收成。

"这办法灵吗？"

田主任哈哈大笑，说："占卜嘛，哪有个准？兴许灵，也兴许不灵！"

看天色不早了，我们返回县城。第二天，我们告别了这古代的边关重镇，告别了秦长城的遗址，告别了风趣的田主任和热情的孙老师。又重新上路，继续追随明代长城西进。

二十七　古凉州和新长城

由满目褐黄的地方进入满眼青翠的世界，人们总会有耳目一新之感。我们乘长途汽车从古浪进入武威县境内（现在古浪县归属于武威市管辖——编者注），就有这种感觉。

武威县地势阔荡平坦，放眼尽是锦绣沃野。公路两旁，到处翻滚着碧波绿浪；田里的麦苗茁壮整齐，就像修剪过的一样，长势毫不比华北平原的小麦逊色。我们不由得满口赞道："想不到西北的庄稼还能长得这样好！"

坐在我们前排的一位戴眼镜的青年回过头来对我们说："有点出乎意料吧？"

"是啊！"我们承认。

"这也难怪，因为你们不了解河西走廊嘛！"这位青年颇为理解地说，"我刚到这里时，也感到很意外。"

接着，他自我介绍说，他姓林，是前年刚从北京分配来的大学生。他有些兴奋地说:"到这里我才知道,原来武威自古就是西北的著名粮仓,素有'银武威'之称,而且民谣也有'凉州不凉米粮川'之说。"

"噢,原来武威就是古代的凉州啊!小林同志,你给我们介绍一下武威的历史吧!"

"我也所知不多,只能讲些皮毛。"小林谦虚地说,"自古以来,武威就是河西走廊重要门户。西汉以前,这里是匈奴等古代少数民族活动的场所。汉武帝时,骠骑将军霍去病击败匈奴,武威才被置于西汉政权的控制之下。东晋时,北方十六国中的前凉、后凉、南凉、北凉、西凉,凉州都曾是其重要辖地。当时,武威一带也曾盛极一时。唐朝时,因国势强盛,河西走廊得到了进一步开发,一度成为'丝绸之路'上的繁华之地。"

"武威历史上还真不简单呢!"

"那当然。不过,由于这里地处西北,历史上各少数民族的势力经常侵入,封建政权对这一带的控制时强时弱,所以武威历史上也常因朝代的更迭而时兴时衰。你们在武威多住两天,就可以寻觅到各个朝代留下来的遗迹。"

小林的话引起了我们很大的兴趣,于是我们问:"长城在武威是否保存得还完整呢?"

他答道:"明代的长城,在武威还基本完整;汉代的长城，则早已不存在了。"

"汉代在武威也建过长城吗？"

"是的。汉代霍去病驱逐匈奴后，为了防止北逃的匈奴卷土重来，以保证河西走廊的安全和丝绸之路的畅通，又在秦长城的基础上，修建了西至敦煌的汉长城。这段长城经过武威境内，有百余公里。因战乱的破坏和岁月的磨蚀，这段长城早已无影无踪。现在在武威能看到的，是明代重修的长城。"

小林的介绍，使我们既高兴又遗憾。高兴的是明长城有迹可寻，遗憾的是汉长城荡然无存。

在武威县落脚后，我们立即找到县委宣传部，讲明了我们的来意。宣传部部长老李是个脸上总带笑意的中年人。听完我们的话，他笑嘻嘻地说："你们来考察我们县境内的长城，我们深表欢迎。只是在日程安排上，我给你们提个建议。你们来一趟不容易。今天，我看先不忙着去找长城，可以先看看古凉州留下的其他遗迹。这和你们考察长城并不矛盾。凉州毕竟是长城西段必经的重镇之一嘛！"

我们欣然接受了他的建设。李部长亲自当向导，带着我们穿街过巷，来到城东北角，登上一座古钟楼。钟楼上悬着一口大铜钟，色泽还很鲜亮，高约2.4米，钟口直径约1.5米。这口钟虽大，却并不粗笨，看起来很精巧。钟上铸了许多图案。我们走近细看，发现原来是飞天、金刚、夜叉和各种花纹。

李部长对我们说:"这口钟是唐朝武则天执政时铸的。因为钟楼旁原来有座大云寺,所以叫大云寺铜钟。钟铸成至今已有一千多年历史,可声音还像刚铸时一样清爽洪亮,用力敲击,方圆几十里都可以听见。"

"这说明唐代时我国的冶金铸造技术已达到相当高的水平。"我们插话说。

"的确如此。"李部长又说,"可民间却说,是因为借音铸钟,所以钟声特别清爽洪亮。传说武则天为了当皇帝,在天下颁布《大云经》(传说这部经是几个僧人为迎合武则天伪造的,上面说武则天是弥勒佛下凡,理应做女皇),并让各州都建大云寺,以对她表示称颂。凉州的州官当然马上建寺求宠。可铸钟时,由于一位老铜匠不满武则天所为,不肯卖力,结果花了三年时间,铸出的几口钟都敲不响。州官急得团团转,一怒之下,将老铜匠活活打死。可打死老铜匠后,铸出的钟仍敲不响。这时,有人给州官出主意说:'借花酿蜜蜜必甜,借音铸钟钟自鸣。如果让一个歌手在铸钟时唱歌,何愁钟不响呢?'凉州一带最有名的歌手正好是老铜匠的女儿玉女。她有一副天生的好嗓子,唱起歌来连夜莺都不敢开口。州官派人把她和她的丈夫一起抓了起来。她丈夫被充军到了边关,她被带到了铸钟炉前。玉女想到父亡夫离,哪肯对炉唱歌呢?州官就在炉旁对她毒刑拷打。玉女一怒之下,怀着满腔悲愤纵身投入炉中。投炉之际，她高声喊道：'郎啊，郎啊，报仇，报仇！'玉女在炉中刹那间化作了青烟，可她悲愤的喊声，却真的铸进了钟里。所以，这口钟铸成后，敲起来响倒是响了，可钟声却含着悲凉，似乎是玉女'郎啊，郎啊'的呼喊声。当地人便称这口钟为'凉州钟'。"

"玉女的丈夫后来给她报仇了吗？"我们被悲壮的故事吸引，很想知道下文。

李部长说："传说玉女的丈夫后来由边关跑回来，杀死了州官，给玉女报了仇。"

听了这个富有传奇色彩的故事，我们不由得对这口"凉州钟"另眼相看。它反映了我国古代劳动人民的高超技艺，融入了他们的鲜明爱憎。

离开钟楼，我们来到位于县城东南方的武威县文庙。这座文庙是明代的建筑，占地面积约1.5万平方米，其中大成殿、文昌祠、崇圣祠、名宦祠、乡贤祠等殿祠，都尚完好。李部长告诉我们，文庙是甘肃省的重点文物保护单位，他们县除了派专人保护文庙的建筑外，还在这里办了一个文物陈列馆，把全县各地发现的文物集中到这里展出。我们如果看了陈列在这里的历朝文物，对了解武威的历史肯定会有帮助。

在各个展览室巡视一遍后，我们觉得李部长的话有道理。文庙的各个展览室里，共陈列了300多件文物，数量不大，质量却颇高。

前面的一个展览室内，陈列着一些精巧的彩陶器。李部长告诉我们，这是在城北一个叫皇娘娘台的地方发现的，是距今4000多年以前的齐家文化时期的遗物。这说明4000多年前，武威一带已成为人类较集中的居住场所。

另一个展览室陈列着一块只剩下半截的残碑。李部长对我们说："这块碑叫西夏碑，文庙现存的文物中，数它最珍贵，是全国重点保护文物。这是宋代西北少数民族建立的西夏国的遗物。西夏虽没有在武威建都，可武威也是它域内最重要的城市之一。这块碑上刻的是西夏文，共一千多字，是目前国内能见到西夏文字最多的一件文物。所以，这块碑称得上是稀世之宝。"

西夏文是西夏开国国王李元昊下令创造的文字，样子很像汉字，但笔顺和汉字又完全不同，和汉字无一字雷同。我们感叹道："可惜西夏文像天书，无法知道上面写的是什么。"

李部长笑笑，指着碑的背面说："你们看，这是什么？"

咦，原来背面刻的竟是汉字。辨认碑文后我们才知道，上面记载的是另一西夏王崇宗在天祐民安五年（1094）把因地震被破坏的护国寺、感应塔重新整修装饰的事。此外，竟还有记载武威当年盛况的句子。

在这座文庙里，我们还看到了汉代的医药竹简和历代的金银制品、铜器、铁器、玉器。此外，我们还看到了1969年在武威出土的东汉铜奔马的复制品。一足踏飞燕、三足凌空的铜奔马当年在北京展出时，曾轰动一时。

这一件件文物精品，就像一本本无字的历史书，它们记载了古代劳动人民的聪明才智，也记载着武威往日的繁盛和曲折多变的经历。

在欣赏古代文化艺术珍品的过程中，时间不知不觉过去了。离开文庙时，灿烂的晚霞已映红天际。在送我们回招待所的路上，李部长对我们说："古凉州的历史是多彩的历史、壮丽的历史；古凉州在中国西北的历史上，曾起过不可忽视的作用。了解了凉州的过去，你们对古长城西段的历史才会有所了解。在武威一带，长城历史与古凉州的历史可以说是交织在一起的。这些，明天寻访长城时再说吧。"

第二天清晨，李部长就带着我们上路了。北京吉普迎着越来越明亮的阳光，一直向东疾驰。李部长告诉我们，明长城在武威县东部。在武威境内，它几乎是由南向北行进的，只是略微偏西。

吉普车向东行进的路上，公路两旁种着小麦的田野碧绿一片，像大块植绒毯子一样，不断从车窗两侧卷过。其时正是给麦苗浇水的季节，清凌凌的渠水沿着纵横交错的渠道欢快地流动,使田野显得更加充满生机。我们正陶醉于窗外的锦绣美景时,突然注意到,车行驶半个多小时后,车窗外的景色竟萧条起来,绿色的原野被越来越多的黄色的荒滩、沙丘分割开来,后来,田野竟被戈壁、沙漠取代。

武威不是米粮川吗?怎么还有这样的地方?李部长似乎看出了我们的心思,笑着对我们说:"你们别以为武威真像江南一样,遍地皆绿。别忘了这里毕竟是西北。武威的大部分地方虽是沃野良田,可东部由于靠近腾格里沙漠,风沙危害严重,因而也是草木难长的不毛之地。长城却正好是从这一带经过的。"

"长城为什么修在这里呢?"

"长城修在武威县城东,自然有利于保证武威的安宁,因为明朝取代元朝后,蒙古人大部分退到了蒙古高原,明代筑长城的一个重要目的,自然是防止他们卷土重来。在河西走廊要起到护卫绿洲的作用,长城当然要修在走廊的北面。长城从总体来看,是在河西走廊的北面;在武威,因地形的关系,则正好在县城东面。"

当李部长介绍情况时,吉普车已穿过一片沙丘,来到长城跟前。这金黄色的长龙,在武威县可说是腾跃于黄色世界,因为长城的东西均被流沙侵蚀。有的地方,流沙几乎漫上了缺损的城墙。所幸的是,长城在流沙的进逼下并没有屈服,依然在沙碛中艰难而顽强地前进。因而，整道长城尚属完整，在大漠风尘中，仍然势若长虹，气度恢宏。

我们下车后，由一个缺口处登上长城，极目远望，但见东北方向沙浪滚滚，令人望而生畏。我们知道那是腾格里沙漠，一个流沙的世界，只有最顽强的生命才能在其间勉强生存。

李部长告诉我们，偏北的那一部分叫八十里大沙，偏南的部分叫四十里大沙。从名称即可看出，它们的势力范围可真不小。在这一范围内，风沙即是暴虐的君主，弱小的生命在它面前只能俯首称臣。

我们北望一阵之后，用庆幸的口吻说："好在长城还未被流沙湮没。"

李部长用不太恭敬的口气说："长城在这里虽说没被流沙湮没，但也被风沙折磨得够呛。你们看，风沙把它欺负成啥样子了！"

我们顺着他手指的方向望去，发现有些被岁月的风刀霜剑削砍得略为低矮的墙段，有的沙丘竟大大咧咧地骑在了城墙上。真够作威作福的了！

李部长又说："相比之下，那道新长城倒更生机勃勃，更显得有力量。"

我们随着他的目光望去，看见长城北面有一道郁郁葱葱的林带。他指的原来是防护林带！

在风沙的前面，林带确实比长城更有力量。它在风沙前沿傲然挺立，丝毫不畏惧风沙，很有一股英雄气概。风沙在它面前显然退缩了，在有林带阻挡的地段，沙害要轻得多。

李部长告诉我们，欺负长城的沙丘，是林带营造前堆上去的；林带建成后，长城的沙害已大大减轻。可以看出，是绿色长城保护了黄色长城，是新长城保护了古长城。他还告诉我们，这条林带是古长城附近的长城乡的群众营造的，他们在风沙前沿植树治沙已有十几年的历史了。现在全乡平均每人已有两三亩林木。

听了李部长的介绍，望着与古长城并驾齐驱的新长城，我们感到十分振奋。可以说，这道新的绿色长城，是中华民族顽强斗争精神在新形势下的体现。

二十八　穿越胭脂山

一踏入河西走廊，就会明显感到，已经来到一个奇特的世界：北卧大漠，南屏雪山，中间的走廊地带，绿洲与戈壁交替出现，既壮观，又神秘。在这片神奇的土地上，长城也显得有些特别。它忽而穿过荒原，忽而隐入田野，飘忽不定，时隐时现，让人难觅踪迹。

离开武威县后，长城似乎在民勤县绿洲与沙漠的交界处转了个弯，扭身由这个县的西南方进入永昌县境，在戈壁滩中徐徐西进……

到永昌后，我们问武威地区的驾驶员小张："为什么长城经常在沙漠和绿洲的交界处出现？莫非是有意把长城建在这一带吗？"

小张从飞驶的吉普向外望了一眼，笑着说："那倒不是。建长城时，河西走廊的模样和现在肯定不一样。听老辈人讲,早先,河西走廊的绿洲比现在大,北面的戈壁,沙漠的南缘,都是绿茵茵的草场。当时,在许多地段,长城应该是建在草场和农田的交界处的。后来,因为植物被破坏,草原沙化,北面才变成这副模样。"

我们这才明白过来:"怪不得呢!原来是风沙不断南侵,才使长城成了沙漠和绿洲的交界线。长城还起了阻挡风沙的作用呢。如果没有长城,现在的许多绿洲还保不住呢。"

"可不是嘛!"小张停住车,对我们说,"下车看看,你们的印象就更深了。"

我们跟着他走向路边的一段长城。小张告诉我们,这带叫喇叭泉,附近有一眼形似喇叭的泉水。长城在这一带还基本完整,虽然墙体已被风沙剥蚀得像一道土墙,但当年的雄姿还依稀可见。走近墙跟前,我们发现,南面的墙角虽然堆着一些沙土,但沙丘并不高,并无为患的样子。小张领着我们翻过墙上的一个缺口,来到长城北面,立即看到另一种景象:黄沙在这里连成一片,像一道道浊浪,向长城扑来,噬咬着墙体,试图爬上城墙,翻越过长城。面对这种阵势,长城却巍然屹立,不为所动。黄沙聚成的浪峰波谷,在长城面前退缩了,凝聚了。看得出,长城的确阻挡住了风沙的侵逼。

离开喇叭泉,吉普车载着我们继续西行,过李家大庄、羊圈沙沟等村庄后,长城越来越低矮,缺损处也越来越多。过了头墩营后，长城突然在戈壁滩中消失得无影无踪，像是遁入了戈壁滩。吉普车行驶了许久，还未见出现。

我们不由得有些着急："小张，长城不见了，去哪里找呢？"

小张胸有成竹地说："别慌嘛，过一会儿它会自己从地里钻出来的。"

在这条路上行车，小张称得上是驾轻车走熟道的人，只见他轻松地打着方向盘，载着我们东拐西转，不一会儿便带着我们从便道上了公路。走上柏油铺的公路后，小张把车停在路边，下车给我们指点起这一带的情况来。

他指着北面说："从这里往北，不到20公里，便是金昌市。那里是我国最大的有色金属工业基地之一，年产几万吨的有色金属，铜、镍、金、银全有。"

"这个金昌市应该是在长城以北吧？"

"对。长城经由的地点应该是我们停车地点的附近，可惜在这个地点已辨认不清了。"小张指着公路西侧的一个土堆说，"或许那就是长城留下的遗迹。"

见我们半信半疑的样子，小张认真地说："你们别以为我在胡诌。听我父亲讲，这一带的长城因为修公路，搞建设时不注意，才不见影的。二十世纪五十年代还能看得出模样呢！"

二十八　穿越胭脂山 | 265

我们不免有些遗憾。由于人们的疏忽大意，被毁坏的古迹可以说是太多了。所幸的是，从总体来讲，长城还算是完整的。

"那么，长城究竟在哪里才能重新出现呢？"

小张做了个鬼脸，笑道："我知道你们又要急了。我这就带你们去找。"

吉普车重新上路后，沿着柏油路向西南走了大约半个小时，我们见到了一座火车站。小张介绍说："这叫河西堡车站，在河西也算是个大站。"

我们打开地图确定这个车站的方位，小张把车开上了一条简易公路，翻过了铁道。不一会儿，我们来到一座水库跟前。这座水库可真不小，水面浩荡，波光粼粼，足有好几平方公里。我们说："想不到在这里还能见到这样大的水库。"

小张介绍说："这叫金川水库，蓄的是金川河的水。这个水库主要是为金昌市供水的。那里的冶炼厂，每天要消耗大量的水。"

我们无心欣赏水库的景色，催着小张带我们寻长城。小张领着我们，由水库西侧进入一条峡谷，因为公路不通，小路不好走车，我们就弃车步行。峡谷很开阔，所以路还不太难走。走了几里路，我们发现，长城果然又从地底冒出来了。开始，还只是几个断断续续的土墩；后来，土墩连接起来，恢复了长城的面貌。越往里走,长城越完整。不知是因为峡谷里人烟稀少,还是因为峡谷里风沙较小,这里的长城,墙体虽有剥蚀毁损,但留存的部分,墙面却很平整。不过,也许是它穿行在峡谷里的缘故,在这里它却显得不够宏伟。我们追踪了一段后,小张对我们说:"现在它丢不了了,我们到前面去截它吧!"

于是,我们又顺峡谷返回水库,登车继续前进。吉普经过水库东南面的金川东村后,又上了原来那条公路。这条公路是由金昌市通永昌县的。车到永昌后,我们在街上吃了一顿午饭,在城内散了散步。

永昌城不大,街面整洁,道路两旁,摊贩相连,大都卖蔬菜、瓜果。在城中间四条街的交会处,有一座相当高大的钟鼓楼。楼台采用黄土夯筑,但四周包砖,有两道拱门纵贯其中,和四条街道贯通。楼阁为两层建筑,重檐翅角,雕梁画栋。楼上四周有隔扇门,左右是槛窗。我们向一位过路的老人打听,他告诉我们,这座钟鼓楼又名声教楼,建于明代万历十五年(1587),高近25米,东西宽22米,南北长23米。想不到它还是明长城的"同代人"呢!

告别永昌后,我们沿着兰新公路疾速西行。小张对我们说:"上午去过的那条峡谷,和兰新公路是平行的。"

"那长城现在和公路也是平行的了?"

"是的。现在它距我们有十几公里路。再过一段时间，就要和公路相逢了。"

兰新公路全由柏油铺成，平坦而宽敞，很少有坑坑洼洼和陡坡急弯，两车相会时，也用不着减速。车行其上，平稳而舒适。果然，离开永昌半个多小时后，我们便透过车窗望见了长城。它在公路北面曲折连绵而来，公路则由东南向西北和它会合。透露着现代气息的公路和呈现着古老风貌的长城在这里交会，不由得令人产生一种联想：这不就是历史和现实的会见吗？古老传统和现代生活不是接续而进，而是并肩而行，这真是文明古国的一种有趣现象。

我们感到，自公路和长城相会后，似乎一直在上坡。快到永昌县和山丹县交界处，公路进入了两座山之间的夹道。一座较小的山在公路东北方，一座很大的山在西南方，长城与公路正好从这座大山脚下经过。

进入山丹县境后，在一个叫绣花庙的地方，我们停车休息了片刻。望着路两旁的高山，我们问小张："这两座山叫什么名字呀？"

"北面的叫十五里达坂山，它从东到西大约有15里路长；南面的叫大黄山。"

"大黄山？"我们惊喜地问道，"是不是又叫焉支山？"

"对。这是古书上的名字。我们当地人可习惯叫它大黄山或青松山，因为山上产大黄和青松。"

听说这是焉支山，我们不由得对它又重新打量了一番。从外表看，这座在中国历史上名声颇大的山并无什么出众之处。它是孤立在河西走廊上的一座山，和祁连山并未峰岭相接，但样子和祁连山很相似：峰顶积着皑皑白雪，山腰呈现出黛绿色，山下长着稀疏的牧草。山的裸露的部分是黄褐色的，这或许是焉支山的本色。

对这座山，我们在翻阅历史资料时，就已熟悉了它。焉支山，在有的书籍上也写作"胭脂山""燕支山""删丹山"。它的主峰高达3978米，山体长达30多公里。据史料记载，这座山与祁连山原属月氏等少数民族部落所有，西汉以前，被匈奴侵占。由于焉支山周围都是精良的牧场，加上焉支山又出妇女化妆用的颜料"胭脂"，所以这一带便成了匈奴聚居的主要场所。汉武帝时，因匈奴不断侵扰，武帝便派骠骑将军霍去病"出陇西（现在的临洮）"，"过焉支山"，大破匈奴，将他们赶出了河西走廊。匈奴逃到漠北后，对失去这一带十分伤感，曾留下了这样的悲歌：

失我焉支山，
令我妇女无颜色；
失我祁连山，

使我六畜不蕃息。

匈奴人把夫人称为"阏氏",和焉支谐音。可见这座山对他们的妇女来说是至关重要的。正因如此,他们失去此山后才会发出这样的哀叹。

我们问小张:"这座山真产胭脂吗?"

小张一摊手:"我也只听过传说。而且,究竟是种什么样的胭脂,也说法不一。"

"有哪些说法呢?"我们好奇地问。

"有一种说法讲,焉支山有一种土石,红如胭脂,可以当颜料,当年匈奴妇女就是用它涂面化妆的;另外也有人讲,焉支山上出一种草,花瓣可以涂面染指。"

"究竟哪一种说法可靠呢?"

小张为难地说:"这就说不清了。不过,山上有些草花可以染红皮肤,这我是见过的。"

观望片刻后,我们又登车赶路了。半个小时后,我们就把焉支山甩在了背后。我们从车窗最后望了一眼焉支山,带着一些未解之谜和它告别了。

小张见我们对焉支山很感兴趣,在车上又补充介绍说:"焉支山之所以出名,其实并不是因为传说它产胭脂,而是因为它地理位置重要。它蹲在河西走廊的当中,像是一头看门狮子。它的南面是草滩，只要守住，谁也别想过去。它的北面，是十五里达坂山和合黎山，只有一条很狭窄的道可以通过，长城、公路、铁路都要从它跟前经过。这你们已经看到。峡口的一道石壁上至今还刻着明朝留下的'锁控金川'几个大字。所以，自古以来，这里一直是兵家必争之地。夺取了它，就等于控制了河西走廊。从隋唐以来，这里历代都有重兵把守，经常为争夺它而发生战争。霍去病驱逐匈奴，也是首先占领了焉支山。据说隋炀帝西巡时，也在这里扎过营寨。焉支山周围的山丹草原，也一直是放养军马的地方。"

听小张介绍后，我们不由得说："现在，这里不再是战略要地了吧？"

小张说："打起仗来，恐怕还得是两军相争的地方。"

谈话时，吉普一直全速前行，飞驶时掠起的风在车窗两旁呜呜作响。开始，路口很少看到建筑物，只有大片荒滩和草场。到一个叫揣庄的地方时，一直在长城南面的公路，突然顽皮地越过一段缺损的长城，在长城北面奔跑起来。

经过近两个小时的奔波后，不觉到了山丹县城。快进城时，公路再次越过长城的缺口，回到长城以南，直向山丹城东奔去。山丹紧傍长城南墙而建。小张告诉我们，明代以前，河西的重要城镇很少有建在塞外（长城以北的地方）的。直至清末以后，塞外才有了城镇和村庄。

到山丹后，我们发现，这个古代相当有名的城镇，似乎与它曾经享有的盛名不相称。据古籍记载，山丹，古时候叫删丹（即焉支山之别名）。西汉以前，这里是匈奴的畜牧基地。河西走廊收归汉朝的版图后，汉朝政府在河西走廊设立了武威、张掖、酒泉、敦煌四郡，丝绸之路开始畅通。随着车马商贾的增多，地处河西要道的山丹很快繁盛起来。唐朝时，山丹的主要街市就有六十多条，户籍号称十万。印度和西域诸国的商贾在这里做起了生意。当时，这里也是丝绸之路上重要的国际贸易市场之一。五代后晋时，大食国（今阿拉伯）作家伊宾墨哈里尔经过山丹，误以为到了"中国的王城"长安呢！想不到，现在的山丹竟看不到一点昔日的风范。两条主要街道上，大都是现代的建筑物，而且相当低矮，其繁荣程度还不及永昌县。

山丹的衰落，究竟是什么原因呢？当天晚上，县委宣传部的小杨来招待所看望我们时，我们提出了这个问题。小杨笑着说："外来的人，有很多人提过这个问题。其实答案很简单。历史上的天灾人祸都会影响一个城镇的兴衰。山丹是因地震才衰败的。清朝初期，这个县还拥有25万人口，车马行旅、骆驼商队，往来不绝。后来，因一次大地震，主城被夷为平地，死者无数，后来又连续发生震情，人们死的死，逃的逃，县城逐渐萧条了。现在，山丹也还是地震的多发地带。"

"怪不得呢！现在城里的房子这样矮，是不是也和地震有关？"

"有一定关系。但地震也没那样可怕！大震毕竟是数百年一遇的，更何况，现在又开始有了预测预防办法。"

"那么，山丹还会恢复往日的繁荣吗？"

小杨充满自信地说："我相信一定会的！"

第二天上午，告别山丹前，我们在小杨的陪同下，参观了"艾黎捐赠文物陈列馆"。馆内陈列的三千七百多件文物，都是新西兰著名作家、中国人民的老朋友路易·艾黎收藏的。这是他在中国生活、工作的半个世纪中，购买、发掘和友人馈赠的全部文物。因为抗日战争期间他在山丹办过培黎工艺学校，开展过"工业合作社"（简称工合运动），对山丹有很深的感情，所以把这批文物赠给了山丹人民。山丹县政府特地修建了这座陈列馆，供当地人民和过往旅客、游人参观。看到橱窗内这一件件珍贵文物，我们为路易·艾黎的精神所深深感动。当年，他为山丹的繁荣做过重要贡献；今天，还期望山丹人民和中国人民不忘往昔的昌盛，为振兴中华而努力。

人们是不会忘却他的这片挚情的！

二十九　甘州历史的回声

　　到了张掖，我们的心情既兴奋又失望。兴奋的是，张掖这历史名城名不虚传，到处可见历史的足迹；失望的是，长城在这里却不见了踪影。

　　从山丹到张掖的路上，起初，长城还一直伴随着我们，可一进入张掖县（今张掖市——编者注）的地界后，像被施了魔法似的，长城蓦然消失了。眼前只有大片平坦的沃野，阡陌相连，沟渠纵横。整齐得像剪裁过的田地里，交替种着油菜和小麦。正在开花的油菜地里一片耀眼的金黄。已经抽穗灌浆的小麦，青黄相间。田野的秀色、公路两旁笔直葱翠的钻天杨、错落在田间的崭新农舍相互映衬，组成了一幅层次鲜明的田园画。

　　我们无心欣赏这秀丽动人的风光，为长城的突然消失而懊丧，想尽快找到它的踪迹。可是，满目金碧相间的平整田地，连一个土丘也看不见，长城，上哪里去寻？

中午，我们见到张掖地委宣传部长老任，问他："在张掖县，怎么看不到长城呢？难道长城不经过这里吗？"

举止稳健的老任不慌不忙地说："这里是长城必经之地。现在看不到它，是因为它融入了张掖的沃野。"

我们奇怪了："为什么别的地段好歹还保留了一些墙体，这里却连痕迹也不见呢？"

老任说："这和张掖的自然条件有关。张掖是河西走廊上最平坦的地方之一，也是河西最大的内陆河黑河经过的主要地段，自古以来，水利灌溉就很发达，村庄稠密，土地潮湿。长城在这里原来由黑河北岸向西而建。也许是因为人类活动过于频繁，地基又比较潮湿，泥筑的墙体抵挡不住水浸风逼，逐渐坍塌了，化作了黑河岸边的田野。"

"难道一丁点儿遗迹也没留下吗？"我们实在不甘心，好不容易跟踪到这里，竟然断线了。

"那倒不能这样说，如果沿黑河慢慢查访，或许还可以找到蛛丝马迹。可是除了考古学家，谁又能够证实它不是普通的土丘泥块，而是伟大长城的遗骸呢？总之是难了。"

我们感到非常遗憾。

老任却很乐观，安慰我们说："这也不必叹惜嘛！万物兴衰皆有缘，这是客观规律：长城融于沃野，历史却积淀于民间。你们寻访万里长城，不仅是为了寻访长城本身，不也是为了探寻民族的历史，了解古今变迁吗？这一点，张掖可以让你们得到充分的满足。"

言之有理，我们采纳了老任的意见，在张掖逗留了几天，游览参观了这里主要的历史名胜。

游览之前，老任特意抽时间给我们介绍了张掖的概况。

他一开头便说："要了解张掖，得先从民谣俗语开始。'凉州不凉米粮川，甘州不干水连天'，还有'金张掖、银武威'等民谣俗语，你们听说过没有？"

"听说过。"

"那我就不用多解释了。总之，前一句讲张掖水利条件好，后一句讲它富足。"老任用略带夸张的口吻说，"要论张掖，的确，自古以来就称得上甘肃的首富。据史料记载，张掖这个城镇，少说也有两千多年历史了。西汉时，张骞打通西域之路后，汉武帝在河西走廊设了四郡，其中就有张掖。张掖之名，取'张中国之掖，以通西域'之意。这说明它当时在历史上、军事上有不容忽视的地位。"

"那又为什么叫甘州呢？"

"这是因为张掖有一眼清泉，水质澄澈，水味甘美，名甘泉。这眼泉素有'河西第一泉'之称。西魏时，河西行政体制略有变化，在张掖郡兼设州治，为了避免郡州同名便由甘泉取州名，故张掖又有了甘州之称。"

"张掖的兴盛是在什么时期呢？"我们问。

"在汉朝时，它就已经很繁荣了。但它的全盛时期是在隋唐时。"

"隋炀帝西巡时有没有经过这里？"

"当然到过。应该说隋炀帝西巡的主要目的就在张掖。"提及此事，老任谈兴顿增，接着说，"隋炀帝掌权时，张掖已盛极一时。当时，西域诸国'悉至张掖交市'，这里成为首屈一指的国际贸易市场。隋炀帝为了扩大隋王朝在西域诸国中的影响，特地派自己信任的大臣、户部侍郎裴矩常驻张掖，负责外贸等涉外事务。裴矩是个难得的人才，在政治、军事、外交上都很有建树，对地理、历史也颇有研究。驻守张掖期间，他想方设法，与西域诸国的显贵建立联系，并遍访诸国富商大贾；同时，还广为搜集西域各国的各种资料，把西域四十四国的地形、交通、物产、风俗和风土人情等有关方面的情况，汇编成册，著成《西域图记》三卷。裴矩把资料和地图呈报到朝廷后，隋炀帝深感兴趣。他召见了裴矩，亲自询问西域情况。裴矩向隋炀帝报告说'胡中多诸珍宝'，使炀帝对丝绸之路上的贸易更为重视。裴矩说的'胡中'，指的就是西域诸国。隋炀帝嘉奖了裴矩，并将他升为黄门侍郎。公元609年，隋炀帝决定亲自出巡张掖。"

"这么说，隋炀帝西巡还是裴矩促成的了？"

"是啊。"老任兴致勃勃地说，"隋炀帝虽然昏庸无道，但他的西巡却是一次成功的外交活动。隋炀帝途经焉支山时，高昌王及西域其他二十八个国家和地区的国王、使者、商人，沿途迎接。隋炀帝到张掖后，亲自主办了号称'万国博展会'的国际商品交易会。这样规模空前的交易会，在当时的世界上是罕见的。为了炫耀隋帝国的强盛繁荣，在交易会期间，隋炀帝还把武威、张掖两地的仕女都集中到张掖，让她们身着艳丽的服装，出来游玩观赏。衣服车马不华丽的，由郡县官员筹换。交易会场上还有伎乐（歌舞艺人）演出歌舞百戏，弹奏丝竹礼乐，气氛异常热闹；车马游人，摩肩接踵，连接数十里……"

"老任好口才，说得活灵活现，是想象的吧？"我们都笑了。

老任认真地说："我哪敢编历史？《资治通鉴》上就有这样的记载。我不过把古文翻译成现代汉语罢了。"

"张掖的鼎盛期是何时结束的？"

"唐朝初期、中期，丝绸之路还是畅通的，途经张掖的西域商贾很多。最远的来自东罗马帝国。唐朝末期，张掖落入回纥人手里，开始走下坡路。"

"张掖的黄金时代就此结束了吗？"

"不能这样说。"老任反驳说，"宋、元时，张掖也还是西北很繁华的城镇。明朝建立后，因明长城的修建，张掖再度兴盛。"

"嗬，还挺曲折呢。"他的话引起了我们的兴趣。

"这就要从明代的防御政策讲起了。"老任摆开了"龙门阵"，"明代为了安定边关，防御被驱逐到漠北的蒙古人，在旧长城的基础上，续建了一条规模更宏大的长城，把三北地区（东北、华北、西北）连接在一起。为了防御的需要，明朝政府把长城分成了七段，每段都设一个边镇，负责该段的防守任务。另外，还设了两个策应的边镇，加起来共为九镇。其中最西之镇叫'甘肃镇'，镇的所在地就在张掖。"

"甘肃省的得名原来与长城和张掖有这么深的关系。"

"正是如此。长城兴建之后，张掖作为西陲重镇，再度兴旺红火起来，成为河西走廊上最大、最繁荣的城镇。清朝以后，随着防务政策的变化和政治、经济中心的转移，张掖逐渐衰落，但它在中国历史上的地位，是抹杀不了的。"

老任对家乡的热爱感染了我们，我们想进一步了解张掖。第二天，在老任的陪同下，我们首先访问了张掖著名的大佛寺。

走进大佛寺，我们迎面看见了一尊巨大的金装彩绘的卧佛像，卧佛的胸前画着一个斗大的"卐"字。老任对我们说："这尊像的全称叫释迦牟尼侧身涅槃像。我们当地人叫他睡佛。它胸前的标志读作'万',佛语里叫'吉祥海云',含有如来佛万德圆满之义。"

我们惊叹道:"这尊卧佛可真大呀!比北京香山卧佛寺的那尊还大。"

"对。"老任又一次显示了他的渊博学识,"这是我国最大的室内卧佛。身长34.5米,肩宽7.5米,脚长4.0米,一只耳朵有2.0米长。这尊卧佛自古就很有名。连意大利古代著名旅行家马可·波罗也提到过它。他在《东方见闻录》(现多译为《马可·波罗游记》)中写道:'甘州是个大城……庙宇很多,内奉偶像不少。有木雕的、泥塑的和石刻的,制作很好,磨得很光,外面还涂敷金色。最大的睡着的佛像,足有几十步长,周围围绕着较小的佛像,其势似向大佛表示崇敬和行礼。'"

"你可真是个张掖通啊!"钦佩之余,我们又要求道,"再讲讲和大佛寺有关的故事吧。"

"提起大佛寺的兴建,还真有一个很生动的故事呢。"老任凝视着大佛说,"大佛寺又名宏仁寺、宝觉寺。据明宣宗所作的《敕赐宝觉寺碑记》上说,西夏时,有一个叫崔咩的和尚,一天云游到张掖,突然听到一阵优美的音乐,便循声找去,发现传出音乐的地方并无人影。他悟到这是仙乐,便由传出仙乐的地方挖下去,结果挖出了一尊碧玉卧佛。于是他四处化缘,用众人的捐款建起了这座大佛寺。"

"依你说,大佛寺是西夏时建的了?"

"这是流行的说法。"他指着殿门外的一副对联说,"你们看,这是清朝人撰写的,上面有'创于西夏,建于前朝'的句子。这说明,至少清朝人就是这么认为的。但据考证,这种说法不很准确。从更早的资料得知,该寺创建于东汉献帝建安元年(196),比传说的西夏要早八百多年。"

"这么一来,崔咩和尚的故事也是编的了。"

"那当然。不过,西夏时很可能重新改建扩大了这座寺。现在我们看到的,仅是原来大佛寺的一部分。大佛寺原先规模很大,还有天王殿、金塔殿和过殿、配殿。这些都被战火侵吞、毁灭了。"

我们随着老任,缓缓绕殿参观。在大殿中央卧佛的身后,还塑有释迦牟尼的弟子迦叶、阿南等十人的像;大殿南北的廊房,供着十八罗汉的塑像。这些是释迦牟尼涅槃时的聚哀群像,造型生动逼真,虽然都是悲哀之情,但是表现手法却不雷同。

离开大佛寺,我们来到位于城西南方的张掖第一中学校园。校园里矗立着一座九层木塔,高三十多米,十分壮观。老任告诉我们,张掖一中是隋文帝开皇二年(582)建的万寿寺的故址。后来,万寿寺增建了这座木塔,就有了第二个名字——木塔寺。这座木塔,也是张掖极有名的建筑,不少史料都有关于它的记载。据说它是唐朝名将尉迟敬德于贞观十三年(639)奉旨到张掖监造的。明永乐元年(1403)和清康熙二十六年(1687)又两次全修过。

望着木塔,老任很惋惜地对我们说:"遗憾的是,这座塔已不是原物。据记载,原塔为八角木塔,分十五层,比现在的塔高得多;外面敷了金粉,塔的下面有一个地窖,窖中央竖着一根铁柱,上面通至塔顶,下面固定在一个铁座上,人站在铁座上,通过机关转动铁柱,就可以使整座塔都旋转起来。元代时,一位外国使臣在张掖见过此塔后曾记载说:'此塔制作之工,可为世界之木工、铁工、画师取法也。'可见,在当时,这座塔建造之技巧已达登峰造极的地步。但后来明清重建后,塔身已不能旋转了;更可惜的是,到了清朝末年,因年久失修,又遇上一场特大黑风,塔被从地基处摧毁了。眼前的这座塔是1925年重建的,建造技巧是一代不如一代了。"

听了老任一席话,我们都惋惜不已。

在张掖的耳闻目睹,虽和长城没有直接的关系,但却使我们了解了长城西线重镇的变迁,从而明白了何以长城要一直从内地通到河西走廊,也明白了长城在保护我国古代文明中的作用。

三十　黑河之滨的残垣

在张掖访古期间，我们得知长城在这里融入沃野。但我们不死心，决定沿着黑河边长城遗留下来的隐隐约约的遗迹，再做一次寻访。老任被我们的精神感动，也抽空陪同前往。

又是一个明朗晴和的天气，天空一碧如洗，看不到一丝云彩。我们乘着北京吉普，一早就离开县城，沿着城北的公路，朝黑河奔去。出城迎面闻到一股清香的气息，沁人心脾。公路两旁，平畴如绣。只用了十几分钟，我们就来到了黑河边。

黑河是当地人对这条河的称呼，在古书上它又叫作弱水。它的上游有两条水源，一条来自山丹境内，一条出自张掖县境，都是祁连山雪水消融汇聚成的。两条水流到张掖县西北方汇合后，形成黑河干流。老任告诉我们，现在看到的，还只是张掖境内的支流。

我们继续驱车走了几十分钟,来到黑河干流。时值盛夏,祁连山冰雪融化速度加快,河面显得比较宽阔。黑河水不像西北其他的河那样浑浊,但也不清澈,水色绿中发暗,流淌得宁静舒缓。兴许是水色的缘故,黑河颇有高深莫测、令人不敢涉足的威严。面对此情此景,我们不禁吟起了唐代著名诗人杜甫的诗句:

　　　　弱水应无地,
　　　　阳关已近天。

　　老任似乎也浮想联翩。他沉思了片刻,说:"你们知道吗,宋朝诗人苏轼在诗中也提到过黑河,他曾写道:

　　　　我欲乘飞车,
　　　　东访赤松子。
　　　　蓬莱不可到,
　　　　弱水三万里。

诗写得不错,但调子不高。在杜甫和苏轼的眼里,黑河荒僻边远,多么可怕。"
　　我们说:"在交通落后的古代,黑河也的确是远不可及的地方。加上它的这种'脸色',难免令人胆寒。"

"这倒也是。"老任同意,但又说,"不过,黑河在我们当地人眼里还是一条很可爱的河。张掖之所以能成为'金张掖',多亏了黑河。每年春季,祁连山冰雪大量融化,黑河水量骤增,很快灌满了数十条古渠,给张掖、临泽、高台的数万顷良田带来了生命之水。河西走廊降雨稀少,年平均不过二三百毫米,蒸发量却是降雨量的数十倍。如果没有黑河水的滋润,张掖就会变成荒漠,哪会有这样美丽的田园风光!"

他的一番话,使我们不得不对黑河另眼相看。我们注意到,黑河两岸除了种小麦、油菜外,还种着水稻。我们惊呼:"怎么?张掖竟然还有水稻?"

"才知道呀!"老任颇为得意地说,"张掖出的稻米还当过贡品呢!"

"这么说,张掖种稻很有一点历史了?"

"那当然!"老任介绍说,"早在唐朝武则天时期,张掖的稻米就享有盛名了。当时的甘州刺史李江通曾经奉旨在张掖屯田种稻。别看黑河水色沉暗,由于是冰雪融成的,水质却是没比的。浇灌出的稻米,呈半透明色,像一粒粒碎玉。蒸出来的饭不黏,不碎,有油性,香甜可口。我们现在所在地乌江镇,这里出的米叫乌江米,敢和南方最好的大米比赛。因此,历朝张掖都要进贡乌江米。"

我们惭愧于自己的孤陋寡闻，竟然连贡品也不认识，同时，更想知道一点"内幕消息"了。

老任谈兴正浓，不等我们催，便又讲道："嘿！因为张掖产优质稻米，所以这里也有许多和江南相似的风俗。据《甘州府志》记载，古时候，张掖多酒店，酒店善于用米酿酒。米和曲酿成的叫黄酒；糯米和曲，再加汾酒，可以酿成玉兰、金盘、三白、绍兴等其他美酒。此外，这里还有一种用大麦酿的缸子酒。缸子酒掺上黄酒、鸡汤，是专门用来待客的。客人每人拿一根芦苇秆制成的吸管，在同一缸内吸饮，表示亲密无间。这种特别的酒和特殊的饮酒方法，当年给许多文人墨客留下了很深的印象。杜甫称这种酒为'芦酒'。"

"有意思。现在你们仍然用缸子酒待客吗？"我们大感兴趣。

"芦酒与吸饮之法，用现代眼光来看，已经太原始了，也不卫生，慢慢就被淘汰了。不过，黑河沿岸的群众，至今还保留着好客的传统。"

老任带着我们，穿行于黑河岸边的阡陌之中。触目皆是稻秧、水田、芦荡、渠网和垂柳、白杨，真是一幅江南水乡图。怪不得有"不望祁连山顶雪，错将张掖认江南"之诗句。

老任说："此时，你们中的江南人是否有回到家乡的感觉呢？"

几个江南人点头称是。

老任高兴了，说："有些古书还记载说，过去这一带池塘也很多，种莲、养鱼相当普遍。可惜现在已难得见到这样的景象了。"

在黑河边漫步，我们仍然存着寻找长城遗址的念头，可惜在张掖县境内一无所获。黑河两岸的土地已被充分利用，田野就像一幅绣得满满的布，连个大一点的土墩也找不到。

老任在一旁给我们打气说："一时断了线也不要紧，沿着黑河走下去，一定能够找到的。"

也许是为了安慰我们，老任主动给我们介绍了河西走廊地带长城的修筑情况。他说，秦代的长城并非修到河西走廊，汉武帝时霍去病把匈奴逐出河西走廊后，为了巩固成果，守卫河西走廊，保证丝绸之路的畅通，这才开始把长城接着修过来，当时叫筑塞垣。对于长城，历代有不同的叫法。秦时叫长城，汉时叫塞垣，明时叫边墙。我们寻访的长城，大都是明代留下的边墙。在黑河沿线，长城开始一直沿北岸修建。后来黑河改变流向，由西北转过身朝北面的居延海流去后，长城才跨过黑河，来到南岸的。河西走廊的长城，都是用生土版筑的，墙高三米以上，厚一至数米。建墙时是分层夯筑的，有些地段，每层之间还夹有芦秆和红柳等。

黑河一带盛产芦苇，夯筑时可以就地取材。张掖长城虽然难觅行踪，但高台长城却可做证。河西走廊的长城，线路设计很科学，它走的都是防守面大、筑城量小的险峻地带。

　　说话之间，我们不知不觉沿黑河走出了二三里。踏着黑河边松软的土地，望着两岸辽阔的田野，我们的脑海中，勾勒出屹立于边地的一道古长城。长城边上，走过一队队载满货物的驼队，持着旌节的外国使节，捧着化缘钵的僧侣，满身披着铁甲的边关将士，络绎往来。长城内侧一派和平景象，农夫插秧于田间，老翁饮酒于院落，顽童嬉戏于村头……

　　从幻想回到现实后，我们问道："从现在看，很多地段的长城只是一截不高的土墙，当年它真发挥过那样重要的作用吗？"

　　"这还用说吗？"老任不以为然，"修建长城虽有劳民伤财的一面，但如果从当时的生产力和技术水平看，敢于兴建长城还是有战略眼光的，它体现了古代军事家们的雄才大略。这一点在河西走廊体现得最明显。汉、明这两个朝代，长城对防御匈奴人和蒙古人南侵起过很重要的作用。首先，它在军事上阻遏了对方的进攻，特别是对方骑兵的侵袭。拿汉代来讲，未修长城前，每逢秋季，大田收获，匈奴人的战马也正好膘肥体壮，他们就到河西走廊来抢掠骚扰。由于他们以马代步，来去倏忽，汉朝军队很难防卫。建了长城以后，匈奴从漠北南下，一路过沙漠，走山道，鞍马劳顿，又遭到阻遏，军心士气已先输一筹；而汉军养精蓄锐，以逸待劳，依靠长城，严阵以待，所以，匈奴的抢掠计划很难得逞。其次，它在经济上也给了匈奴沉重的打击。匈奴不断南侵，与他们居所荒僻、自然条件差、物产不丰富、缺吃少穿有关，所以他们要到汉族所在的地区抢掠。修长城后，他们急切却不能得手，反要从漠北运粮供军需，且粮尽水缺，必然不战自败。而汉军虽然防线很长，但长城把丰泉腴地全圈入自己的势力范围，可以就地屯田生产，丰衣足食。这样一来，自然确立了军事上的优势。明朝时的情况也完全相同。"

老任一番高论，令我们受益匪浅，看来长城在历史上的作用真不可低估呀。我们寻访长城的念头因此更强烈了。由于在张掖境内一无所获，我们便驱车向临泽县和高台县奔去。

到临泽县沙海镇附近，我们看到了一片沙滩。老任让车停下来，带我们来到沙滩前。他蹲下身子，在沙土下翻掏了半天，找出一块东西。我们接过来看，原来是块绘着青色釉彩的碎瓷片。

"这沙下难道是长城遗址吗？长城遗址怎么会有瓷片呢？"

老任摇头说："这里倒未必有长城遗址，只不过听当地人说，这里过去就是黑水国。"

"黑水国？莫不是《杨家将演义》中提到过的那个黑水国？"我们颇感意外了。

"是啊，民间有这样一个传说，说辽国萧太后摆天门阵的时候，守青龙阵的，就是从此地的黑水国借去的'铁头太岁'。但是传说归传说，历史上的黑水国究竟是怎么回事，现在没有定论。有的学者认为，所谓黑水国或许指的是汉朝以前在河西走廊活动的月氏人建立的小国。据《隋书》记载，月氏王姓温，原来居住在祁连山北的昭武城，后来该城被匈奴攻破，才向西越过葱岭在西域建立了月氏康国。康国还有八个附属国。康国为了不忘祖居之地，以昭武为姓，所以过去又称它和它的属国为昭武九姓国。"

"这里难道是昭武古国的遗址吗？"我们忙问。

"或许吧。可惜没有确切的证据。这有待更进一步考证发掘，将来总有一天会证实这一点的。然而，月氏人在周围一带居住过，这是有案可查的。地方志中描绘过昭武当年的风光。"

老任提出了很有吸引力的建议："怎么样，咱们到这传说是黑水国的地方走走！"

我们自然赞成，但心头又生疑问，说："即使后来月氏人迁走，这地方也不应该颓败成一片沙滩呀！"

老任说："河西很多古城之所以被废弃，都和风沙进逼有关。民间流传着不少带有神话色彩的故事。传说这一带有座古城，隋朝时还有人居住。一天，有位鹤发童颜的老道路过此城，他两手空空，却沿街叫卖：'枣、梨！枣、梨！'喊了几声，突然就消失了。人们都认为这老道来得古怪。守城的大将左思右想，悟出老道的喊声是'早离'的意思，似在劝城里居民赶快避祸。于是他连夜动员军民撤离城市。待到三更时分，狂风大作，沙尘骤起，城市顷刻就被掩埋了。但是全体军民得救了。"

"故事里那座被沙埋掉的城市就是这里吗？"我们问。

"说是这里也可以。"老任笑了，"故事毕竟是故事，不能牵强附会，硬要对号入座。"

因为一路颇有收获，所以尽管在沙海镇没能找到长城，我们也不感到遗憾。

没想到，进入高台县境，我们却有了意外的发现。车子开到一个名叫乐善的村庄附近，我们忽然看到黑河对岸横亘着一道土墙，虽说残缺低矮，我们却一眼认出，这就是暂别又重逢了的长城。它这样突兀地从黑河"钻"出来，令我们倍感亲切。

我们由乐善过河，就近领略到长城的余威。它和黑河一样呈西北走向，东北面除了少量农田、林带外，就是望不到边的大戈壁。有些地段，黄沙已经漫过墙体。幸亏林带已经形成，在一定程度上遏制了流沙的蔓延。否则这一段长城也会葬身于沙海了。

长城墙体缺损处露着墙泥，里面似乎夯进了条状的东西。我们挖了一点，放在掌心细看，正是芦秆。看来老任所言不谬。长城的建筑，从选址到取材，都很注意从实际出发，这是中华民族勤劳智慧的体现。

在黑河岸边，我们虽然只寻到了长城的断壁残垣，但是面对它们，完全可以想见长城当年的风姿。在我们的心目中，长城依然是完整无缺的；它的形象，永远留存在历史的记忆中……

三十一　迷人边城醉人泉

酒泉，这久已令人心驰神往之地，的确有非凡的魅力。中国历史上，有多少动人的故事和诗章与它联系在一起啊！踏上这片土地，我们就感到，历史的沉淀已融进它的泥土，化入它的空气之中。在这里，到处可以闻到古代历史和文化散发出的气息。

我们是由东北角进入酒泉地界的。长城是我们的"引路人"。长城由黑河上的白明塘水库开始向酒泉境内挺进。说来也有趣，长城在与黑河齐头并进的地段，只剩了断壁残垣，现出败落的模样；可离开黑河之后，却立即恢复了往日的雄姿，骄傲地挺进在沙碛戈壁之中。张掖地委宣传部的老任开玩笑说："在黑河边，长城患了水土不服之症。要和水斗，长城没能耐，所以吃了亏；可和风沙斗，它却是一把好手，所以镇住了戈壁滩。"他的玩笑话还真有几分道理呢！

长城在白明塘水库西岸现身后，就再也未消失过。它经过高台县盐池的北面后，一直沿着高台县和金塔县的边界前进。可以说，从金塔县石泉子村附近开始，它便成了两县的分界线。来到酒泉、金塔、高台交界的杨家井附近，它好像再也无法保持公正的立场，于是一头钻进了酒泉的怀抱。在酒泉东北角的戈壁滩中穿行了十几公里后，长城来到了建在临水河上的鸳鸯池水库。由水库上游过临水河后，它一直在酒泉北面缓缓而行，直至进入嘉峪关。这段路程，我们一直在南面追随着长城的足迹。

看过酒泉的北方后，老任对我们说："送君千里，终有一别。我把你们送到酒泉后，就该回去了。我建议你们在此地多留几天。这里的长城，本身并无多少特殊之处。但长城西端的这座古城，却值得细细探访。它的历史和长城的历史交织在一起，了解了它，可以更深入地了解长城。"

正是听从了老任的建议，我们才体会到了酒泉的魅力。

和老任告别后，我们在酒泉地区招待所住了下来。我们住处的隔壁，正好住着一位大学历史系的教授，他是专门来酒泉搜集资料的，对酒泉的历史掌故了如指掌。当天傍晚，我们结伴在酒泉城内游览了一圈。

一边走，教授一边给我们讲酒泉的历史。他告诉我们，在酒泉多待几天实在有必要。酒泉不但历史悠久，而且富有传奇色彩。根据已经发掘的文物推断，人类从旧石器时代就开始在这里活动。秦代以前，这里是古代一个叫西戎的少数民族的居住地；秦朝时，住着月氏等民族；西汉时，开始有了酒泉的名字，是河西四郡之一；东汉时，仍在这里设郡；西晋时也设郡，但隶属于凉州；隋朝时这里成了州，才有了肃州的称呼；可到唐朝时，又改成了酒泉郡。

我们说："地名改动也真够频繁的。"

教授笑了："地名改动只是现象，它反映了政权的更迭。与中原地区不同的是，酒泉这地方历史上经常在汉民族与少数民族之间易手。我国古代的少数民族月氏、羌、匈奴、吐蕃、回鹘、氐等都先后占据过酒泉；汉族的地方势力也曾在这里割据称王。东晋十六国时，李暠建立的西凉国，就曾以酒泉为国都。唐初，酒泉被汉民族收回，后又落入吐蕃手中；唐宣宗时，一个叫张议潮的汉族地方将领在沙州（敦煌）起义，占据了河西走廊，后归附唐朝，酒泉又回到唐朝政府手中。可是，五代和宋朝时，它又先后被回鹘和西夏占据；元、明以后，酒泉才回到中央政权的控制之下。"

酒泉历史上的动荡使我们惊叹："嘿，这真够复杂的！要写一部酒泉的地方史，够你考证一阵的。"

"我正是为此来的。"教授坦率地承认，"我到酒泉已经半个月了，越了解情况，就越感到兴奋。这里留存的史料太丰富了。酒泉的兴衰史，实际就是中国西部地区的兴衰史。"

"酒泉最兴旺的时期是什么时候呢？"我们请教道。

"那当然是汉唐时期了。"教授像在课堂上上大课，口吻一丝不苟，"当时酒泉和河西走廊的其他重镇一样，随着丝绸之路的开通，经济文化发展达到了鼎盛时期。元代、明代时这里也还是很繁华的西部重镇。据古书记载说，这里的商业活动异常繁荣，每天天刚亮，店铺和集市就开始做生意了，直到天黑才罢市。至于小商小贩们，夜半时分，还能听到他们的叫卖声。明代时，一个外国使节路过这里曾记叙道：'肃州城市极大，城墙为四方形，有坚固炮台，市场无幕盖……扫除清洁，时时洒水，尘垢不起。店内羊肉与猪肉并行而挂列。各街均有华丽之建筑物，顶上有木制尖塔与炮眼，用中国漆漆之。'明朝时，海运已经开通，对外贸易中，船队逐渐取代了驼队，丝绸之路开始走下坡路。可酒泉却仍这样兴旺。可见它最兴旺的时期，场面应比这位使节描绘的更宏大、更繁荣。"

"酒泉败落是在何时呢？"

"应该说，到了明末它就不景气了；到清代已经成了破落户；民国期间更不用提了。"

"民国时的情况，我们在书中已经读到了。"我们接过他的话说，"著名记者范长江在《中国的西北角》一书中，专门用一节篇幅写酒泉，用的小标题是'酒泉走向地狱中'，可见当时已经到了很凄惨的境地。"

从历史回到现实，我们发现，酒泉又迎来了新的繁荣。夏日的酒泉，太阳落得很晚。已是下午六点多钟了，可金盘似的太阳还没有沉入戈壁滩的打算。火红的残阳给酒泉街头镀上了一层橘红色。街道两旁，店铺鳞次栉比，正是最忙碌的时候。店内商品琳琅满目。送货购物的人络绎不绝，营业员一个个忙得不可开交。店铺门前的街沿上，摆着大大小小许多菜担瓜摊，小贩们的叫卖声此起彼伏。瓜的种类可真多，除了西瓜、甜瓜、番瓜外，还有不少我们叫不出名字的瓜。因为这些瓜，酒泉城内到处弥漫着一股诱人的香味。

第二天清晨，我们在教授的带领下参观了酒泉著名的建筑物——鼓楼。翘角飞檐大屋顶的鼓楼，坐落在市中心一座砖砌的高台上，高台四周都有拱门，可通向十字街。整座鼓楼从基座到楼顶有三十多米，在晨曦的映衬下显得十分巍峨壮观。

教授对我们说："这座鼓楼是典型砖木结构的古代建筑，虽然砖墙敦厚，楼高四层，但是由于梁架轻巧，又是方形塔式构造，所以并不显得笨重，反倒增添了一种古朴庄严的神韵。"

我们问："它是哪个朝代的文物？"教授答道："它原是东晋永和二年（346）前凉张重华时所建的酒泉城东门。

如从那时算起，已有1600多年的历史了。明朝洪武二十八年（1395），酒泉城向东扩建，这座东门便成为市中心，改建成鼓楼了。"

"从外观看，这座楼恐怕已不是明朝的原物了。"

"对，的确已非原物。现在基座上的木构塔楼，是清朝光绪年间重建的。酒泉解放后，酒泉县人民政府曾五次修葺。"

我们绕楼缓行，看到鼓楼基座的门洞上方，各题了四句话："北通沙漠""南望祁连""西达伊吾""东迎华岳"。

这四句话就像一个十字坐标，标出了酒泉这个中心点所处的地理位置。教授拉着我们上楼："走吧，登上楼，你们就会对这个十字坐标有更深的体会了。"

随后，他带着我们由东面侧门一条名曰"云路先登"的坡道登上了鼓楼。登楼四面瞭望，我们才明白这十六个字题得真是妙不可言。北望，是一望无垠的巴丹吉林沙漠；南望，是祁连山白皑皑的冰峰雪岭；西望，是一条通向新疆哈密伊吾的柏油大道；东望，则路途迢迢，群山连绵。这四个方向，分别用了"通""望""达""迎"四个动词，真是再贴切不过的了。

离开鼓楼，我们沿着东大街，出东关后步行了约一里，来到泉湖公园，寻访著名的酒泉。跨进公园大门，我们在右侧看到了一幅大油画，画着一群戎装的古代将士在泉边饮酒的场面。教授对我们说："这幅画表现的就是酒泉的故事。传说汉武帝时，骠骑将军霍去病西征，大败匈奴后，曾命令部队驻扎在这一带休整。当时这里有一股泉，名叫金泉，可供全军人马饮用。汉武帝为表彰霍去病的卓著战功，特地派使者从长安送来几坛美酒。一贯与将士同甘共苦的霍去病，不愿独享，可酒又太少，分不过来。霍去病便倾酒于泉，泉水顷刻化为美酒。霍去病与全军将士便由泉中取酒，开怀痛饮。从此，这眼泉变得味美如酒，金泉也就改名为酒泉了。"

我们为故事所吸引，更急于去见识这眼不寻常的泉。教授引路，穿过一条由葡萄架搭成的走廊，走下一道砖砌台阶，来到一座石碑前。石碑正面刻着"西汉酒泉胜迹"几个大字。绕过石碑，我们看到了一眼清泉。泉边围着八角形栏杆，泉水清澈纯洌，可以看到泉眼中汩汩地向上涌水。

我们情不自禁地由入口处走到泉边，掬起泉水，饮了一口，其味虽然并非似酒，却也十分甘美。泉无酒味，本在意料之中。传说毕竟是传说，传说之所以动人，并非因泉水变美酒，而是因为霍去病与将士同甘共苦的感人精神。

品尝酒泉，不由得使人联想起唐朝诗人王翰的诗句：

葡萄美酒夜光杯，

欲饮琵琶马上催。

醉卧沙场君莫笑,

古来征战几人回。

  教授听我们吟哦,猛然醒悟,拍拍脑袋说:"你们不提我差点忘了,酒泉还真出夜光杯呢!"

  "是吗?"我们惊喜地问,"能不能带我们去看看?"

  教授慨然允诺,带我们来到了酒泉工艺美术厂。在厂里的产品陈列室里,我们见到了形状各异、精巧玲珑的夜光杯。有仿古平底杯、西式高脚杯、各种雕花杯、银丝边杯、金丝边杯,颜色有黛绿、淡黄、月白等好几种,一只只光彩照人。厂里一位老艺人告诉我们,这些杯子都是用祁连山出的祁连玉精心雕刻而成的,杯壁极薄,有一丝光线透过,便通体晶莹。古人曾称赞它"光如凝脂,薄如蝉翼,细如精瓷"。夜光杯最绝之处在于斟酒可满过杯面而不洒。夜饮时,斟满酒的杯子在月光下熠熠生辉,所以被人称作夜光杯。

  教授在旁补充说:"酒泉夜光杯据说在西周时即开始生产。西汉时的文学家东方朔在他的《海内十洲记》中写到,周穆王时,西胡献夜光常满杯……杯是白玉之精,光明夜照。酒泉出产夜光杯,与它独特的地理条件和资源状况是分不开的。它位于玉门关内,长城西端,是西域运送玉石的首经之地。加上本地又产祁连玉，资源丰富，便成了夜光杯的传统产地。"

我们结束参观时，每人都选购了一对夜光杯作为纪念。在酒泉逗留期间，我们仿佛在参观一座没有围墙、没有展厅的历史文化博物馆。这里古迹、文物之丰，掌故、传说之多，令人惊叹不已。观赏东晋壁画墓，使我们在酒泉的日子锦上添花。东晋壁画墓在该县果园乡丁家闸附近的一片戈壁滩上。我们乘车向县城西北方行驶了大约8公里，就到达了目的地。这里分布着一个南北长约20公里、东西宽约3公里的东晋十六国时期的巨大墓葬群。东晋壁画墓就在墓葬群南端的陶家庄。

壁画墓经过整修、加固，在墓道口盖起了一幢平房，这就是入口。进房后，我们沿着长三十多米的坡形墓道来到墓室。讲解员介绍说，墓室距地表约12米。墓室全用平砖垒砌，分前后两室。前室四壁及顶壁绘满彩色壁画，后室则只有后壁有画。为了便于参观，室内装了电灯。内容丰富、色彩绚丽的壁画吸引了我们的视线。壁画用朱砂、赭石、石绿、石黄、白、灰等色彩绘成，画面保存基本完好。前室壁画分天景、人间、地下三部分。天景中有日、月、龙、羽人、东王公、西王母、三足乌、九尾狐、天马、白鹿、金蟾、山岳和服兽图，人间有耕地、锄草、扬场、采桑、喂马、养禽、赶车、椎牛、宰猪、庖厨和花圃园林等场面，地下部分绘有房屋和象征承载大地的神龟。

讲解员告诉我们,天景部分,每一个画面几乎都有一个神话故事作为依据,它们集中反映了当时的迷信观念和封建道德;地下部分,则真实地反映了墓主人生前的生活环境与生活方式。

最使我们感兴趣的是绘在墓室西壁的"燕居行乐图",它反映的是墓主人生前在家饮酒作乐的生活画面。画上,墓主人坐在庑(有屋檐的廊室)内,听伎乐演奏,看女伶舞蹈。他蓄着长须,头戴三梁进贤冠,身穿米黄相间的朝服,左手执着麈尾,右手放在一张三足隐几上,面前放着摆满樽、勺、酒壶和温酒器的案子。他的身后有一位侍女举着方形曲柄华盖。由他的帽子与华盖可以断定,墓主人可能是东晋十六国时一个"三公"一级的大官。因为三梁进贤冠是三公品级的象征,三梁即三公的标志。方形曲柄华盖也只有皇帝与显赫的功臣才能享用。可见墓主人身份非同小可。画面真实地再现了当时官僚们的家庭生活,与我国古代名画《韩熙载夜宴图》有异曲同工之妙。

讲解员告诉我们,墓内壁画因为真实地再现了东晋十六国时期河西走廊的社会生活,因而十分珍贵。它为研究当时的历史、经济、文化和政治制度、阶级关系、民族关系,提供了难得的资料。

我们也由壁画看出，自汉代打通丝绸之路，修筑长城以来，酒泉——这个河西走廊西端的重镇，确曾有过歌舞升平、繁荣兴旺的岁月……

　　酒泉之行，使我们对长城更加刮目相看，因为它为昔日中国的昌盛立下过不可磨灭的功勋。

三十二　长城西端的雄关

结束了在酒泉的访问之后，我们踏上了去长城最西端的关隘——嘉峪关的路程。

由酒泉往西，是一大片戈壁滩。

过去我们总以为，"戈壁"和"沙漠"是同义词。到河西走廊后，我们才弄清楚：这两者其实还是有区别的。沙漠，是沙的世界，到处布满了黄茫茫的细沙；而戈壁滩，则是碎石的世界，地面几乎铺满了小石块。当然，戈壁和沙漠又是紧密相连的，戈壁滩可以说是大沙漠的外缘。古时候，人们把戈壁滩称作"沙碛"。古诗中对此曾有过十分形象的描写：

十日过沙碛，

终朝风不休；

马走碎石中，

四蹄皆血流。

戈壁滩上，由于风大缺水，树木很难成活，因而，到处稀稀落落地长着一种多刺的灰绿色植物。因为骆驼很爱吃这种植物，所以当地人称它作"骆驼刺"，并流传着"人吃辣子图辣，骆驼吃刺图扎"的俗语。意思是说，骆驼喜欢吃刺，就像人喜欢吃辣椒一样，是因为喜爱那种特殊的味道。

骆驼刺的生命力异常顽强，炎夏暴晒不衰，严冬久冻不死，只是到了冬季才变为白色，所以，又有白草的名称。

从酒泉到嘉峪关的途中，看到这戈壁滩上的主要"居民"白草，我们不由得想起了唐诗中的句子：

酒泉西望玉关道，
千山万碛皆白草。

千余年过去了，通往嘉峪关、玉门方向的"玉关道"现在虽已经铺上了柏油，变成了现代化公路，可沿途的景色，却似乎没有多少变化。

我们是乘坐酒泉地委特意派出的吉普车到嘉峪关去的。车行途中，透过车窗，可以远远望见逶迤西去的明代长城的断墙残垣。（在人们的心目中，总以为长城的外表都是砖砌石垒

三十二　长城西端的雄关　｜　305

的。其实,长城西端的大部分地段,都是就地取材,用泥土夯筑成的;只是在城楼周围,才用砖石建造。我们在这一带见到的残缺长城,就都是泥土构筑的)在观赏车外风光时,我们还注意到,每隔五里、十里,就有个高数米的土台,这叫烟烽墩,是古时预报敌情用的。

　　车行不到一小时,这时我们发现,北面的长城已渐渐向南拐,离我们越来越近了。与此同时,地势也似乎越来越高。这时,已经可以望见,在马鬃山、祁连山之间,巍然屹立着一座雄伟的城楼。蜿蜒的长城由它的南北穿过,沿着起伏的山伸延出去。同行的酒泉地委的干部小高告诉我们,这就是嘉峪关,是明代洪武年间修建的,因位于祁连山支脉嘉峪山下,所以叫嘉峪关。

　　嘉峪关,伟大长城最西端的雄关!我们在城楼下仰望关城时,都有一种抑制不住的激动,于是不约而同地举步一起绕城楼转了一圈,仔细瞻仰了它的风采。

　　雄踞于石山、戈壁之间的嘉峪关,与穿城而过、倚山势腾跃的长城,恰成掎角之势。城楼、垛口、角楼、烽火台,相互呼应,结构严整,造型美观。从总体看来,真有虎踞龙盘、凭险扼要之势。城楼有内外城。城东、城西都各有一道城门和城楼;城头四角各有一座"角楼",南北城墙各有一座"敌楼"。城西有石条砌底、内外包砖的"罗城"。城的东、南、北三面，有黄土筑起的围墙。和长城相连处，南有明墙，北有暗壁。围看一周后，我们深深感到，立在西门外那座石碑上写的"天下雄关"四个大字，可说是给了嘉峪关最确切的评价。

正因为它气势雄壮，所以古往今来的文人墨客、志士仁人经过这里时，留下了不少赞颂歌咏的诗篇。其中最有气魄的，恐怕要算清代爱国官员林则徐写的七言诗了。林则徐是福建侯官（今福州）人，鸦片战争期间清朝官员中抵抗派的首领，也是主张严禁鸦片的代表人物。道光十九年（1839），他担任钦差大臣到广州后，雷厉风行地开展了禁烟运动，迫使英美两国的商人交出了近两万箱鸦片。林则徐把这些鸦片运到虎门海滩，当众全部销毁。随后，在英国人武装侵犯中国海关时，又指挥官兵进行了坚决抵抗。可是由于清政府的腐败软弱，在英美帝国主义的压力下，禁烟失败。维护了民族尊严、表现了民族气节的林则徐，竟因禁烟、抗英成了罪人，被清政府革职流放到新疆伊犁。他去新疆途中，路过嘉峪关时，虽然身处逆境，但看到这象征中华民族顽强精神的雄关，一种民族的自豪感不由得从心底涌起，因而吟出了胸襟中豪壮的诗句：

严关百尺界天西，

万里征人驻马蹄。
飞阁遥连秦树直,
缭垣斜压陇云低。
天山巉峭摩肩立,
瀚海苍茫入望迷。
谁道崤函千古险?
回看只见一丸泥。

　　诗的大意是说,高几十米的雄壮森严的嘉峪关,使过往的远行人不得不驻马凝望。它的翘角凌空的阁楼和东边遥远的树木似乎连在一起,盘绕的长城顺山势斜压下来,使甘肃境内的云层也显得很低。祁连山的群峰紧挨着屏立在南部,显得格外峻峭;浩瀚苍茫的戈壁大漠,远远望去就让人眼迷神乱。谁说崤函是千古以来的险关?从这里看过去,它只好像是一个小小的泥丸。这首诗的气势是多么宏伟啊,读了真让人精神为之一振。

　　不过,嘉峪关这座雄关,在长城所有的关隘中,论"年龄"却只能算是"小弟弟"。它是在明代才"诞生"的。明朝期间大规模修筑的长城,是历代长城中最长的,它东起河北的山海关,西端延伸到嘉峪关。

　　据说当年嘉峪关的设计建造是非常严密科学的,准备的石块、木料、砖瓦，都恰到好处；整个工程结束时，只多余了一块砖。小高指着放在城楼上的一块长31厘米、宽14厘米、厚5厘米的明代青砖对我们说："有人说，这就是当年多出来的那块砖。"

不管这是真是假，看了城楼的整体，你都不得不赞美古代工匠们巧夺天工的智慧与技能。

小高还告诉我们，正因为结构严密、建造精巧，所以嘉峪关有三处击石燕鸣墙。在这些地方以石击墙，或两手持石相击，就可以听到像燕子鸣叫一样的清脆响声。说着，他把我们带到了城东光化楼的北墙脚下。我们都从地上捡了两块卵石，轻轻碰撞了几下，果然听到了"啾啾"的燕鸣般的声响，十分悦耳。我们异口同声地问："这是什么道理？"小高答道："这和北京天坛的回音壁一样，主要是回音引起的。由于光化楼北墙和东城墙有坡度的马道墙形成了特殊的三角形地带，类似一个喇叭口；加上由于城墙的砖缝都是由砂浆、白灰浆和糯米粉浆制成的灰浆黏合而成，整个墙面非常平整严密，犹如喇叭内壁，所以回音效果良好而又奇特。"

小高由此还讲起了一个民间传说，他说："由于过去人们不懂科学道理，无法解释燕鸣的道理，所以民间流传出了这样一个故事：早先有两只燕子筑巢于嘉峪关内。一天，两燕一同出关觅食。傍晚时，一燕先归，关门尚开；另一只燕子晚归一步，此时，关门已闭。它因找不到伴侣，悲鸣触墙而死。死后，它的精灵不灭，所以击石就发出啾啾的叫声。"

  这小小的故事虽说动听，但未免有点牵强。如果说这美妙的声响，是古代工匠们留给雄关的一点巧思与匠心，游客们也许是会赞同的。

三十三　两关之间汉长城

离开嘉峪关后,我们驱车穿越戈壁和绿洲,专程去访问著名的玉门关和阳关。正巧甘肃省博物馆的老赵也要去两关,于是我们便结伴同行了。

在车上,老赵告诉我们,明代的长城,西端到嘉峪关就是终点了。可汉代的长城,却还要继续向西延伸。前面到两关,就可以看到汉代长城的遗迹。我们一路都大睁着眼睛,生怕古老的塞垣(汉代对长城的叫法)从我们的眼皮底下漏掉。可是由于汉长城修建时距今已两千余年了,因此,开始一段时间我们一无所获。老赵指出的一些汉长城经过的地段,都是满目的黄沙戈壁。偶尔见到几个土墩,也委实难以确定它们的"身份"。

车过敦煌后,又向县城西北方向行驶了一个多小时,我们终于看到了断断续续的汉长城。和我们原先一路追寻的明长城相比，汉长城显得更加衰败，只剩下一段段残缺低矮的墙基。有些地方，墙体已剥落风化为一个个土丘。

老赵对我们说："你们别看它现在这副模样，当年却是丝绸之路上最雄壮的建筑。"

汽车随着汉长城一路西行，把一片片戈壁和一个个沙丘抛在后头。一路上除了骆驼刺和红柳外，没有看到其他草木。无边无际的荒滩上没有人烟，没有生气，只有沙漠里蒸腾起的蜃气（传说中大蛤蜊吐出的气）在空气中游移飘荡，让人产生一种神秘的联想。望着眼前的景象，我对老赵说："汉代在这里建长城，可真够艰难的。建长城的人连喝水吃饭都成问题。"

老赵说："别说汉代了，就是现代，修建长城也仍是个艰难的工程。途经这样的地带，当年，肯定有无数人因干渴、饥饿、寒冷而葬身于荒野。"

"确切地讲，这段长城究竟是汉朝的哪个时期修建的呢？"

老赵思索了片刻，说："汉武帝时，在甘肃永登至新疆罗布泊之间修建过长城。元鼎六年（前111），修的是永登至酒泉这一段。过了几年，才陆续修了由酒泉到玉门关这一段长城，确切时间是汉武帝元封二年（前109）。这就是我们眼前看到的这段长城。"

"玉门关到罗布泊的那一段又是何时修的呢？"

"是公元前101年前后修建的。20世纪初，英国人斯坦因曾在玉门关附近一个烟烽墩的遗址中挖出了一批汉简。从汉简上的文字可以断定，它们是太始元年（前96）和太始三年（前94）的遗物。从简上还可以看出，写简的时间在修建玉门关至罗布泊这段长城前的五至七年，即公元前101年。你们还应当注意，玉门关至罗布泊这段长城，准确地说应该叫亭障。"

"为什么呢？"我们好奇起来。

老赵不愧是搞文物工作的，他耐心地解释道："汉代西部长城，样式和明代不完全相同。它在有些地方和明长城一样，都是又高又厚的城墙；在有些地方初期并无墙，而是由一个个叫作塞的堡寨（土筑的小城）和烽燧组成的警戒线；在有些地方，还利用险要的地形建筑较大的关塞，凭险控制周围。"

"断断续续的警戒线也能算长城吗？"

"当然，从严格的意义上讲，它们只能算长城的雏形，因为长城是由春秋战国时代的军事防御工程演变来的。这些工程因用途和规模不同，有不同名称。最大的叫城，再下来依次叫障、塞、亭、燧、烽、堠（土堡）。这些工程有的用来防御，有的用来报警。刚建时多数是断断续续的。后来根据防御的需要才修了城垣，把它们串联起来，变成了真正的长城。汉长城西端人烟稀少，所以有的地方未再修城墙。"

老赵给我们做介绍时，吉普车沿着汉长城遗迹径直西行。半个小时后，老赵指着前方说："看，玉门关到了！"

我们顺着老赵手指的方向看去，看见前方不远处有个沙冈，冈上立着一座不大的黄色城堡。

我们颇感意外："玉门关并不雄伟呀！"

老赵一本正经地说："可不能这样说。历史遗迹是不能凭表面印象来衡量的。"

下车后，我们绕着这座古代著名的关隘转了一圈，印象有了很大转变，不得不承认老赵说得有道理。玉门关残垣高近9米，近看还相当有气势。关城是方形的。老赵告诉我们，当地人因它的形状，称之为小方盘城。我们一边参观，一边测算，发现现存的城郭东西大约有24米宽，南北有26米左右。关城面积不大，只有600多平方米。城墙厚度约4米。西北两道墙，各开着一座门，因墙土剥落，门洞形状已不大规则，像是两个土洞。与嘉峪关不同的是，玉门关竟是用黄土夯筑的，整座城关找不到一块砖。但建筑的水平却很高超。历经两千多年的自然损耗，墙体仍很坚固。我们试着用手去抠缝隙中龟裂的土块，居然没抠下一块。

老赵说："人们一直把这里作为玉门关的遗址来看，但它究竟是不是汉代那个著名的玉门关，目前还有争论。有人认为，玉门关不在这里，而是在别的尚难确定的地点。"

听了老赵的话，我们互相望了望，有些泄气了："怎么，这里不是玉门关呀？"

老赵笑着说："但也不能否认这里可能正是玉门关啊！"

"有什么根据吗？"

"是的。认为这里就是玉门关的人为数不少。他们的根据之一，就是我曾提到过的那批汉简。汉简中有一枚比较完整，字迹也清晰，上面写着'玉门都尉'几个字。1943年10月，我国的考古学家夏鼐、阎文儒在距这里不远的地方也挖到了几十枚汉简，其中一枚上面写着'酒泉玉门都尉'的字样。于是，人们就以这两次考古发现的汉简为根据，断定此地就是玉门关遗址。"

"既然如此，怎么又会有不同意见呢？"

据老赵介绍，这是因为考古工作又有了新的发现。1979年夏秋之间，在离这里11公里处一个叫马圈湾的地方，甘肃省考古队和敦煌县文化馆的同志又发掘出了一批汉简，挖出汉简的地方是汉代一座名叫千秋燧的烽火台遗址。他们认为玉门关不是在千秋燧以东的小方盘城（多数认为的玉门关），而是在千秋燧以西。小方盘城只是玉门关都尉住的地方，并不是玉门关。

原来是这样。

在老赵的指引下,我们又驱车沿着汉长城向西北方向奔去。此时看到的汉长城,比小方盘城以东的更完整了。长城的断垣还有两三米高,墙基底宽约三米。这里的长城用沙石土夹着芦苇秆夯筑成,更加坚固。这段长城,每隔十里光景,内侧就筑有一座烽火台。

不一会儿,我们来到了那个叫千秋燧的地方。从外貌看,千秋燧和别的烽火台遗迹相仿。它建在一个地势较高的土丘上,离汉长城约有10米光景。走近了看,我们发现这座烽火台遗址还基本完整。它设有瞭望台,还有坞墙,里面有四个房间,房里有灶有炕。老赵告诉我们,这可能是军官住的地方。坞墙外还有一些狭小的附属建筑,看来是士兵的住处了。附属建筑附近还有一个较厚的灰层。老赵指着灰土说:"你们看,汉简就是从这里挖出来的。"

我们走过去在灰土里翻掏了一会儿,想寻找遗漏的文物,但一无所获。

离开千秋燧后,我们回到了小方盘城。在玉门关遗址的确切地点没有找到之前,小方盘城自然还是公认的玉门关。我们由这里又向南踏上了寻访阳关之路。汽车沿着戈壁滩上一条新修的公路飞速奔驰。车窗外总是戈壁、沙丘,沙丘、戈壁,景象荒凉而乏味。走在这样的地段,我们不禁想起古诗中的句子：

> 绝域阳关道，
> 胡沙与塞尘。

> 劝君更尽一杯酒，
> 西出阳关无故人。

古时的阳关，在人们眼里是最西的边关。踏出此关，即算跨进了异域，远去他乡了。人们本已满含离愁别绪，再看到这满目荒凉的阳关道，怎么会不黯然神伤，喟然长叹呢？

车行半个多小时后，老赵让司机把车停在路边，带我们往路边沙丘深处走去。我们虽然摸不着头脑，但还是服从命令听指挥。走到一片沙丘中间，老赵指着地上对我们说："你们知道这是什么？"

我们引领而望，看见沙丘间有刚露出地面一小截的墙基。墙基很窄，仅一米左右，露出地面的部分，参差不齐，矮的十几厘米，高的也不过几十厘米。有些地段，墙有两三道之多，墙与墙之间有浅沟。老赵看我们茫然的神情，笑了："这就是新发现的玉门关至阳关之间的汉长城的遗址。"

我们不解地问："这里的长城怎么窄得这么可怜？"老赵

说:"我不是讲过长城有许多种类吗?这两关之间的长城主要不是用来御敌的,所以比长城主体要窄。"

"不御敌又是干什么用的呢?"

"我的分析,主要是起关卡的作用。你们注意到这些浅沟没有?有的学者认为,这或许是古书中记载过的天田。把沟挖松后,越境者经过就会留下痕迹。"

我们赞道:"这倒是个防止偷越边境的好办法!"

我们继续上路。一个多小时后,眼前突然出现了一片绿洲。老赵告诉我们,这是敦煌的南湖乡。这个乡四周都是戈壁沙漠,全凭了自西汉以来即闻名的渥洼池水的滋润,才维持了这一小片绿洲的繁荣。汽车进入绿洲后,我们仿佛来到了另一个世界。这里到处柳荫蔽日,粉墙朱瓦的农舍掩映在绿树丛中。被防风林环抱着的田野里,麦苗挺秀,葱绿一片。纵横于田间的渠道里,清流潺潺。我们的车行不多远,就看到了一个碧波荡漾的小湖,湖畔水草茂密。我们兴奋极了:"居然有这样漂亮的景致!"

老赵说:"这就是渥洼池,当地人叫它南湖。它是由一座石坝将地底涌出的泉水拦蓄而成的。这座坝自古即有,叫黄水坝。"

我们深为古代劳动人民的智慧叹服。没有这道石坝,也就不会有这一小块奇迹般的绿洲。

在湖边逗留后，我们来到了乡政府。这时天近傍晚，老赵带路，我们迎着夕阳，去寻访阳关古迹。穿过小绿洲，向西走了几分钟，发现面前竟横着一道道沙梁，活像凝固住的黄色波浪。黄沙茫茫，阳关何在？老赵一边在前面走，一边念叨："别着急，别着急。"

翻过几道沙梁，扑面而来的是一大片断壁残垣。遗迹的面积很大，有上万平方米，但裸露在地面上的部分太少了。我们望着几乎成为平地的阳关遗迹，感到这和想象中的已倾颓却不失雄壮的阳关差得太远了。

我们感叹道："使古代的文人墨客留下无数名句的阳关，想不到成为这个模样！"

老赵说："是啊！许多来过的人都发出过这样的感叹。其实，阳关的衰败在唐代就开始了。当时它已受到风沙的侵蚀，但仍在使用。据史书记载，玄奘从印度取经回来就是取道阳关的。宋、辽以后，阳关已被废弃。由于它离祁连山近，在无人驻守整修之后，于元代即被山洪冲毁得差不多了。"

老赵的一番话，消除了我们的遗憾。沧海桑田，历史变迁，不是人的主观意志能逆转得了的。

接着，老赵笑着说："到了阳关不该空手回去。当地人把这里叫作'古董滩'，任何时候来，都可以捡点古董回去。好像永远捡不完似的。"

说着,他在地上捡起一样东西,递给我们,原来是枚带绿斑的铜钱。我们顿时来了兴趣,也蹲在地上寻找起来。不一会儿,果真小有收获,我们找到了一枚铜钱、两块瓷片、一个铜箭头、一颗料珠。我们高兴地说:"古董滩名不虚传呀!"

此时,晚霞已烧红了西天,我们只得告别了阳关,踏上归程。回来的路上,大家默默地追念着一代雄关,把它们的身姿刻在自己的心中。

访问了阳关后,我们的游历结束了。我们去柳园乘火车回到了北京。